嫡女難嫁

3

蘇小涼 著

風 文創 179

目錄

第四十三章

沈家。

沈老爺子的書房內，沈世軒敲門走了進去。

「去看那丫頭了？」還沒等他開口，沈老爺子靠在躺椅上霍地睜開眼看著他。

沈世軒點點頭，看著沈老爺子鄭重道：「祖父，世軒有一事懇請您出面幫忙。」

沈老爺不語地看著他。

「請祖父出面，替世軒向楚家提親，我想娶楚家大小姐為妻。」沈世軒眼底盡是堅定。

「你可知道你在說什麼？」良久，沈老爺子從躺椅上起來，拿著枴杖走到了窗邊。「如今可不是你娶這個丫頭這麼簡單的事情。」

「世軒明白。」沈世軒很清楚這個時候提出意味著什麼，曹家這麼緊迫逼人地要楚亦瑤嫁給曹晉榮，沈家這麼做，那就是橫插一腳，直接和曹家槓上了。

「你是真喜歡那丫頭，還是不忍心她這樣嫁給曹晉榮？」沈老爺子回頭，看著孫子眼底的堅持，似乎對這一結果有所預料。

「世軒對她鍾情已久，只是覺得時間尚早。」他怎麼會糊塗到分不清楚，只是一直覺得還不是時候，若不是曹家來這麼一齣，他還會再等上一年。

「你可知道這麼做就是直接擺明立場要站在楚家背後，你看現在金陵中誰家不是抬頭觀望著。」曹家這番動作在金陵中不論是沈家還是水家，還是那一直低調行事的白家都沒有動作，各家看各家的戲，沒人想摻和這件事。

「祖父不是說過曹老夫人當年的魄力，如今她這番舉措卻有損她當年的風範，孫兒喜歡楚家大小姐是真，孫兒看不慣曹家也是真，此事若再繼續下去，不就是曹家在打其餘三家的臉，這金陵可不是他們一家說了算的。」

沈老爺子看他說得義正詞嚴，忽然大笑起來。

沈老爺子用力拍了一下沈世軒的肩膀，明知道他說這話就是為了說服自己出面，但就是聽得痛快。看不慣曹家這麼做的也不只他沈老爺子一個人，在他看來曹老夫人這手段真是太低俗了，和一個小姑娘較勁，白活這歲數。

「你想我怎麼做？」沈老爺子朗笑著問沈世軒，拄著枴杖在書房裡走動。

「我想讓祖父和母親開口，請媒人前去楚家提親。」沈世軒不能和娘親自開這個口，唯有祖父這樣答應了，整個沈家就沒有人敢出反對的聲音，他要沈家大大方方地去楚家提親，他喜歡的，何必勞駕曹晉榮照應？

「我會聽祖父的話，留在沈家同大哥一起把沈家發揚起來。」最後，沈世軒才說出了讓沈老爺子幫忙這件事的條件，他可以放棄所有在外想發展的一切留在沈家，祖父讓爭他就去爭，早晚有一天要面對的，等到祖父有一天離世，這個家難道還能這麼和諧地兩房同住嗎？

「你回去吧！這件事我會找你爹娘說的。」沈老爺子看著他，一會兒，揮揮手讓他出去了。

書房裡又只剩下沈老爺子一個人，他望著牆壁上那幾幅畫，臉上露出一抹滿意的笑，這買賣，也不虧……

四、五天後，秦家商船出航了，楚亦瑤的身子也好了許多，發燒的那幾日她混混沌沌地記不清楚，好像覺得有很多人來看過她，但沒有一張臉是有印象的，唯有那些話她清醒過來後還記得。

「有誰來看過我？」楚亦瑤喝下了一杯溫水問寶笙。

「秦夫人和王夫人都過來看您了，王家三少爺也來過，不過是在門外看了一眼沒有進來，張夫人和陳夫人派人送了東西過來，讓您好好保重身子。」寶笙一一說著這些天前來探望的人。

楚亦瑤搖搖頭。「不對，還有人進來過，還有誰來看過我？」

寶笙猶豫了一下，抬頭看屋子裡正在開窗的錢嬤嬤。

錢嬤嬤走過來替她掖了掖被角，坐下來說：「小姐病了那晚上，沈家二少爺來看過您。」

「他怎麼會過來？」楚亦瑤相握的手一顫，抬頭看錢嬤嬤，眼底一抹驚訝。

「是我派人去請他的。」

喬從安的聲音在門口響起，青兒跟在她後面，手裡拿著一個盤子，盤子中放著剛煲好的粥，青兒盛了一碗遞給在床邊坐下的喬從安，喬從安拿起勺子吹了吹，示意楚亦瑤吃下去。

「大嫂怎麼會派人去找他來？」楚亦瑤吃了小半碗便搖頭說飽了。

喬從安拿著帕子給她擦了嘴，解釋道：「我派人傳了訊，過不過來看妳，全憑沈少爺自己。」她只是派人傳訊去沈家告知沈世軒，楚家大小姐病了，若那沈家少爺沒半點心思，他也不可能在眾人都躲著楚家的情況下親自來看亦瑤。

「我派人傳訊去，晚上他就過來了，中間不過隔了兩個時辰的時間。」喬從安抬頭看她，眼底的深意不言而喻，重視不重視，關心與否即刻就能分辨。

「大嫂妳怎麼會想到要找他？」楚亦瑤有些慌亂地低下頭去，看著自己的雙手。

「妳只在我面前提起過兩個男子，一個是曹家三少爺，一個是沈家二少爺。」喬從安伸手摸了摸她的頭髮，柔聲道：「那天他抱妳回來，妳睡著了，一直手揪著他的衣服不肯鬆手，任憑我們怎麼勸妳都不肯，他也沒有說什麼，就只是讓妳抓著衣服，看著妳睡著。」喬從安拍了拍床沿，當日沈世軒就是這樣坐在床沿，後來錢嬤嬤拿了剪刀過來，把衣服剪了他才回去。

楚亦瑤臉頰一紅，那個時候她只覺得很安心，睡過去之後的事情是真的不記得了。

「那天妳二哥進來抱著妳，妳也是這樣揪著他的衣服不鬆手，我就知道，在妳心中，那沈家二少爺也能讓妳覺得放心，也許妳自己沒有感覺，在我面前提起他的時候，妳總是多一些笑容。」喬從安摸摸她皺起的眉頭，笑道：「傻丫頭，妳說妳心裡頭一點都不惦記他？」

「我沒想那些。」楚亦瑤頓了頓，即便是有想起，她也沒往那方面想，她壓根兒沒有打算過成親這件事。

「妳沒想，不代表它不存在，就像他這麼急著過來看妳，本來是在屋外的，後來妳二哥答應讓他進來，在妳床前守了一個時辰才離開的。」喬從安也是過來人，怎麼會瞧不出這兩個人之間細微的變化，在她看來，小姑子不應該過得苦，更不應該遭受這些，她值得一個人來對她好。既然要嫁，為什麼不找一個兩情相悅的？

「他進過屋子？那他說了什麼？」楚亦瑤猛地抬起頭看她，語氣裡帶著些急切，昏迷中那陌生又熟悉的聲音，一直告訴自己不會像上輩子一樣，不會再嫁嚴家的人，會不會是他？

這個想法生出就被楚亦瑤給否定了，世上哪裡來這麼多湊巧，她重生了，難不成沈世軒也重生了，若有這麼多人有機會再活一回，這世間豈不是要亂套。

喬從安看她一臉的不置信，關切道：「丫鬟離得遠，沒聽見他和妳說了什麼，妳聽到了什麼？」

「沒，可能是作夢的。」楚亦瑤搖搖頭，被自己這突生的想法嚇了一跳，上一世的沈家二少爺這個時候已經成親的，娶的是水家大小姐，如今他卻還沒成親，這真的有可能嗎？或者是她的今生變了，所以影響到別人，就像嫁給張子陵的是表姊而不是楚妙菲。

「若是沈家二少爺想娶妳，妳嫁不嫁？」喬從安忽然把話題說到了她的婚事上。

楚亦瑤略顯茫然地搖搖頭。

喬從安眼底閃過一抹了然，拍了拍她的手，安撫她好好休息，離開了怡風院。

半個月後喬從安說的假設成真了。

沈二夫人關氏親自前來楚家，帶著媒人替自己兒子向楚家說親。

這消息傳開去，頓時炸開了鍋，整整一個多月，金陵的人看著曹家對楚家這些手段都沒有人站出來說什麼，一轉眼，第一個站出來的沈家竟然是以這樣的方式，直接一巴掌打在曹家臉上。

你說親我也說親，我沈家比你曹家更有誠意！

第一次就是沈二夫人親自前來，還是授自沈家老爺子的意思，說個親幾臺的箱子抬進楚家大門，就差沒有吹吹打打昭告所有人，這沈老爺子是想要把楚家大小姐娶進門做孫媳婦。

而最大的區別在於，楚家沒有把沈家給請出來，沈家二夫人離開楚家的時候，那幾臺說親的禮都留在了楚家，意思很明顯，楚家中意沈家。

本來沈家這一步就夠打曹家臉的了，楚家這樣的決定更是直接給了曹家一擊，身在曹家的曹老夫人聽到這個消息的時候，整個人震怒了。

這已經不是楚家答不答應損曹家面子的事情，沈家的插手直接把這個問題上升到曹沈兩家之間的爭奪。可這根本也說不上爭奪，楚家的表現已經足夠明顯，曹家就是插足人家的第三者。

曹老夫人還不至於糊塗到直接向沈家開刀作對，她很清楚沈家可不是楚家那樣隨意可以拿捏了，要真對峙起來就是兩敗俱傷的後果，僅僅是為了楚家一個小丫頭片子，曹家完全沒這個必要。

曹老夫人氣歸氣，還是找來曹老爺商量這件事，曹老爺的看法很簡單，這世上也不是只允許曹家能說親，沈家不能說親了。所以在這個節骨眼上沈家這麼做，就算是故意的，曹家能說什麼，他們已經在這件事情上做得不地道了，難不成一群一大把年紀的人，為一個小丫頭在那兒爭，說出去都要笑死人了。

「娘，這件事本來就是晉榮無理取鬧，難不成您還要因為這個和沈家鬧不愉快，那是沈老爺子親自開的口讓沈家二夫人去楚家說親的，就算您氣楚家不識趣，對他們的懲罰也夠了。」欺負一家老弱，曹老爺深感慚愧。

「那楚家有什麼好的，讓那老頭子還能親自出面。」曹老夫人哪裡會不清楚這些，可這口氣就是嚥不下，自己孫子是有多差勁，逼嫁都不肯，相較楚家對沈家說親的態度，這差距一下就出來了。

「這楚家是沒什麼好的，所以我們根本沒必要去較這個真，沈老爺子出面那也是沈家的事，娘，晉榮又不是找不到人娶，您何必要湊合這一對心不甘、情不願的，真娶進門了，這日子能過得順當嗎？楚家那丫頭一看就是個倔強的，到時候兩個鬧起來，這家才無寧日了。」曹老爺藉機勸曹老夫人放手。

「她敢！有我在她敢這麼鬧！」曹老夫人一拍桌子斥道。

「有您在她自然是不敢，可將來呢？還是要為晉榮選一個知書達禮、溫柔賢慧的才好啊。」曹老爺順著她的話說下去。

曹老夫人神色緩和了幾分，露出一抹疲倦，揮了揮手要他走。「行了，這件事我不管了，你愛怎麼辦就怎麼辦吧。」

曹老爺一聽曹夫人這麼說，即刻讓長子曹晉安派人去把在楚家那些鋪子周圍的流氓給遣散了，又把那爭搶生意的鋪子關了，至於那些從楚家搶走的商戶和管事，他就沒有辦法了。

曹家的舉措也向眾人告示了這件事對曹家來說，就算這麼過去了，不追究也不強逼什麼，至於那些商戶要不要回去那都是楚家自己的事情，曹家對這些事概不負責。

有些人還不平為何曹家不道歉，那些看得明白的卻都覺得該慶幸了。你見過曹三公子惹事之後給誰道過歉嗎？他們就此收手已經夠了，還指望別的呢！

這件事情持續了近兩個月，楚家上空這烏雲總算是散去了。

可對於楚亦瑤而言，事情遠沒算完，且不論商行裡的那些事，就說這眼前的，沈家的婚事究竟該不該應下來。

那天的事情其實並不像外界傳的那樣已經談妥了，喬從安沒有當下就應了這親事，而是說要問過楚亦瑤的意思，沈家二夫人也沒有把帶來的說親禮拿回去，直接和喬從安說，這些東西先放著，等楚家真回絕了再拿回去也不遲，反正禮單子在，也不怕少了什麼。

楚亦瑤知道這是沈家在幫自己，說親禮不拿回去，就是告訴曹家，這件事沈家插手定了，否則曹家如何會這麼快就收手回去，而沈家會幫自己的原因肯定是因為沈世軒。

耳旁回想起喬從安來勸說她時說的話，她眼中的沈世軒是像曹晉榮那樣拿自己的婚姻大事做兒戲的人嗎？如果不是，那沈世軒必定是認真請沈老爺子出面作這個主的。

楚亦瑤認識的沈世軒，從來不是一個會做毫無準備事情的人，不論是開鋪子還是把東西交給她，他都是經過深思熟慮，所以她也不相信沈家說親這件事只是因為他想幫她就和沈老爺子去說。

轉而一想，楚亦瑤的臉就開始發燙了，也就是說，想娶她這件事，沈世軒也是經過深思熟慮的。

人和事是禁不起推敲的，當初沒發現是沒去在意，一旦花心思去想，很容易就理清楚其中的因果，沈世軒並沒有遮掩過什麼，只是從沒明說，藉著別的名頭來表達對她的關心，在馬車出事那一次，他所表現出來的已經超乎他們之間該有的關心，楚亦瑤想起了姻緣廟裡這一世的求籤——「同是有緣人」，難道說的就是他？

從第一次相遇開始，他們就是互相幫助的，到開鋪子，到她出事，再到他為了隱瞞在外置辦的東西託她保存，加上如今沈家出面，這一切都好像應了那句話似的，他們各自是各自的有緣人。

楚亦瑤長長地嘆了口氣，對一旁的孔雀說：「準備紙筆。」

提筆停頓了好一會兒，楚亦瑤才慢慢地寫下了第一個字，繼而加快了速度。

三天後，身體恢復的楚亦瑤出門和沈世軒見面，雅緻的閣樓裡面，還是沈世軒先到，隔著內心的透徹，楚亦瑤從進門開始總覺得哪裡不太對，又說不出來。

沈世軒看上去輕鬆一些，給她倒了茶。

楚亦瑤沒坐下來，只是站在窗子邊上看閣樓下的院子，十月正值秋天，院子裡的常青藤卻絲毫沒有受到影響，依舊鬱鬱蔥蔥地生長在那裡，蔓延在一片紅黃之中，尤為挑眼。

沈世軒也不急，只是等著她情緒平穩一些，安靜地煮著茶，偶爾給她換一杯桌子上涼掉的茶。

良久，楚亦瑤雙手放在木框的窗戶上，看著遠方湛藍的天空開口道：「大嫂說你來看過我，在我昏睡的時候，你是不是說了有關嚴家的事情？」

其實她是想問，關於那些上輩子的話語，是不是他說的。

沈世軒放下舀水的竹勺子，見她沒有回頭，從容道：「沒有啊，我說的不是這個。」

楚亦瑤回頭。「那你說了什麼？」

沈世軒低頭撥弄了一下浸潤在水裡的杯子，抬起頭看著她，臉上一抹笑靨。「我說我娶妳，絕對不會負了妳。」

有那麼一瞬間，楚亦瑤怔怔地看著他，完全不知道該怎麼接話下去，沈世軒直白的話語把她接下來想說的、想問的全都給打了回去，想了半天，楚亦瑤腦海裡想到什麼直接撿出來問道：「沈老爺子為什麼會出面？」

「我答應祖父，今後留在沈家，不在外面置辦任何自己的東西，以沈家的發展為重任，和大哥一起把沈家的生意做大。」沈世軒把她的神情盡收眼底，趁著楚亦瑤發愣，繼而補充道：「所以，以後的這些事情，都要拜託亦瑤妳了。」

意味深長的一句話，讓楚亦瑤的臉瞬間紅了起來，下一刻她就意識到，沈世軒這是在占她便宜調戲她。

這調笑倒讓她的心平穩不少。成親啊，也不是第一回了，她做什麼要像個扭扭捏捏的小姑娘一樣，被他三言兩語就逗得面紅耳赤。

於是楚亦瑤坐了下來，拿起他剛剛倒好的茶喝了一口，慢條斯理地開口道：「如果我沒記錯的話，你還欠我兩個人情。」

沈世軒不置可否地點點頭，聽她繼續說下去。

楚亦瑤放下杯子，輕敲了一下桌子。「那這一回，你拜託沈老爺子幫的忙，算抵你一個人情。」

「幫忙和求親是兩回事！」沈世軒再度點頭，繼而強調他是他，祖父是祖父，她還的是祖父的人情，不是他的。

楚亦瑤瞪了他一眼，明明就是一回事。

沈世軒嘴角勾起一抹笑。「楚小姐說的人情，我用自己還了，可否？」

「好啊！」楚亦瑤眼底一抹狡黠，全然沒了剛才失措的樣子，她拿起茶壺往自己杯子裡再倒了茶水，認真地算起了沈世軒的價值。「那也得看你夠不夠還的。」

沈世軒臉上閃過一抹苦惱，微嘆氣道：「可能是不夠了，我的所有家當都成別人的嫁妝了，如今空空如也，值不了多少錢了。」

楚亦瑤一口茶水梗在口中險些噴出來，忙用手一遮。

沈世軒以商量的口吻對她說：「不如這樣，一輩子的時間也許可以攢下不少，說起來這人情也夠還了。」沈世軒一臉半賣半送的表情。

楚亦瑤嚥下了茶水，悶笑了一聲，見他這裝得一臉囧，心情頓時好了不少。「行了，那我勉強收了唄！」

沈世軒頓時一臉大喜，拿起杯子朝著楚亦瑤作揖，投其所好道：「那今後世軒就得靠妳照拂了。」

第四十四章

沈楚兩家的婚事就這麼正式地給定下來了。

選了日子，定了來年的一月提親，沈二夫人關氏高高興興地替兒子準備婚事了。

去過楚家之後見過喬從安，關氏心中的疑慮就打消了，不論外頭怎麼傳的，一個這樣年紀的姑娘本應該好好享受生活，像別的大家閨秀一樣輕鬆，可她卻得肩負起家裡的生意，拋頭露面，這樣的孩子，自然讓人心疼。

同樣是沈家，相較於關氏的高興，嚴氏那兒卻充滿了酸楚味，二房長子的親事還是有老爺子出面訂下來的，娶這個一個鬧得滿城風雨的丫頭，值得高興成這樣嗎，連著老爺子都跟著摻和。

她兒子的婚事還沒著落呢，媳婦去世都快要一年了，這就算是盡心一年也夠了，嚴氏感覺到二房那裡傳來的喜悅氣氛，終於忍不住開始替兒子物色合適的人選。

心高氣傲的沈家大夫人，一點都沒覺得自己兒子已經成親過一回掉了些價值，非得選得比田家還好的人家不可，金陵中比田家好的人家是有，可合適的人沒有，要麼太小，要不然已經說親出嫁，算來算去，就只有水家大小姐還沒著落了，嚴氏心裡一合計，找個時間探探水家夫人的口風才好。

而對水若芊而言，聽到沈世軒親事定下來的時候就有些不能接受，得知沈世軒想娶的是那個楚家大小姐的時候，水若芊整個人都不好了。

那楚家大小姐憑什麼，名聲也不好，整天在外面拋頭露面，事情一樁接著一樁沒完沒了，還和曹家三少爺鬧出這樣的事情，沈世軒居然還在這樣的關頭請沈老爺子出面幫忙說親，他居然拒絕自己要去娶那樣一個女子！

水若芊不能相信這個事實，派人多方打聽，傳回來的消息確實人家連提親的日子都訂下了，水若芊大受打擊。

也就在這時，水夫人和她來說關於沈家大夫人提起的婚事。

「娘，您說的這是什麼話，我怎麼可以嫁給沈大哥！」水若芊激動地站了起來，隨即被水夫人拉著坐下。

水夫人安撫地拍著她的背勸道：「妳今年可十六了，明年就十七了，妳是想一輩子不嫁人了？」

「可……可也不是嫁給人家做繼室啊！」水若芊揪著衣服，一時間難以消化兩件事帶來的震撼。

水夫人嘆了一口氣，拉著她的手道：「娘仔細想過了，妳若不嫁沈家，妳就只能低嫁了，妳爹第一個不答應。就算妳爹答應，他們的年紀也不會小，沈家大少爺如今只有一個女兒，還養在沈夫人跟前，妳嫁過去，名分一樣不會差了妳的，妳姑婆是沈家的老夫人，就算已經去世了，沈老爺子都不會對妳差，他對妳好的，這沈家還會委屈妳不成，還有妳小弟他……」

水夫人摸了摸女兒的頭沒有再繼續說下去，她肚子不爭氣，連生了三個女兒才得一個兒子，這兒子的年紀還比從那幾個妾肚子裡出來的兒子要小，庶長子都能幫忙管事了，自己兒子還在這裡蹦蹦跳跳地撒嬌。

就因為此，在水老爺面前，水夫人基本都只有聽話的分。

半晌，水若芊抽回了自己的手，低著頭斂去眼底那一抹嫉恨，緩緩說：「娘，您容我好好想想。」

伴隨著十一月商船歸來，楚忠和那幾個管事也同秦家的商船一起帶著那些瓷器回來了，楚忠帶回來的東西並不多，裝了幾箱子運回到楚家商行，按照她重新畫的圖紙，每一樣只帶回來幾十只，一共八種。

楚亦瑤看著桌子上擺放出來的成品，前世嚴家不也是這麼改的嗎？她抬頭問楚忠。「忠叔，我們餘下的銀子還夠不夠開五間鋪子？」

「小姐是要租還是買？」

「自然是要買。」租的總不是自己的，到時候生意好了還會遭抬價。「雖然不知道開多久，大不了轉手再賣。」

「算上這請人的話，恐怕吃緊。」楚忠是按照金陵這邊的鋪子算的。

楚亦瑤接過帳本看了一下，搖頭說：「用不了這麼多，洛陽開一家，姑蘇那兒開一家，鴻都也去開一家，還有關城那裡，除了洛陽姑蘇那鋪子不便宜，其餘的也還好，至於人嗎，不用另外請了，鋪子裡原來的這些，一家鋪子分一個管事兩個夥計也就夠了，到時候在當地請請運貨的長工。」楚亦瑤沒打算把這些貨放在金陵，若曹家這樣再來一回，她不就束手無策了？即便有沈家在那兒又如何，她可不想讓楚家靠著沈家被圈養起來。

「這商行裡的人可不夠了。」楚忠一聽這麼算銀子是夠了，但之前走了一批，這麼分出去留在商行裡的可不多了。

「如今就一條商船，以前人是多出來的，現在我覺得剛剛好，給他們高一些的工錢，忙一點他們也不會說什麼，金陵就那幾家鋪子繼續開，這邊新到的都拿去新的鋪子，另外之前留下沒賣出去的，也都拿過去。」那幾個地方不靠海，也沒有專門用來航運的大河，楚亦瑤就是要吸引那裡做這生意的人到她這裡來訂貨，前世這些新東西是從金陵傳出去的，如今她要讓這些東西從外頭傳進來。

這樣既能延長金陵這邊商行知道後和楚家競爭，還能讓楚家不再受制於金陵這個地方，曹家的手再長，能長得到全天下不成？

楚亦瑤讓楚忠帶人去每個地方轉悠找鋪子，時間很緊迫，來年一月出航，在這之前提前一月半肯定是要把鋪子開起來的。

和楚忠商量完了這些，屋外傳來一陣嘈雜聲，其中還有二哥的聲音，楚亦瑤出去一看，楚暮遠沈著臉看著門口那幾個管事，還很眼熟，不就是二叔帶走的那些人嘛！

楚亦瑤走到他旁邊。「二哥，這麼快從鴻都回來了？」

楚暮遠點點頭，繼而眼底閃過一抹不耐，看著門口堵著的幾個管事，這年頭，臉皮這東西在無恥的人身上是不存在的。

楚亦瑤順著他視線看，比他淡定了許多，這牆頭草都是兩邊倒的，風吹哪兒往哪兒，他們現在才說要回來，她還覺得他們這是良知發現，知道害臊了才拖這麼久過來。

「二少爺，這事是我們糊塗，跟著楚二爺就這麼走了，我們好歹也在楚家盡心盡力了這麼多年，看在這分上，二少爺你可不能再趕我們走了。」門口站在四個管事，其中三個是楚翰勤當初帶走的，其中一個是後來拿了安家費走的。

這世道哪裡是這麼好混的，曹家一收手，自然是不管這幾個奔過去的人了，曹家又不缺人，給一筆銀子算是遣散費，能怒嗎？不能啊，能得個遣散費就不錯了。去外頭再找，別的人家可不樂意收這樣的人。

於是幾個人商量著，厚著臉皮回來楚家，如今的楚家是傍上了沈家這個大後臺，就算門面再小，人家內子足得很，面對曹家都不怕了，這金陵還怕誰。

但這楚家也不是他們想走就走，想回來就能回來的，楚亦瑤也慶幸這一次危機清理了這些人，笨一點沒關係，可以教，這有二心的即便是再聰明，也不敢用。

「商行裡的人手已經夠了，無須再請人，我們也給不起這工錢，若是你們實在無處可去，商行裡包你們三餐吃的，沒有工錢，也算是對得起你們這些年來在楚家的苦勞。」楚亦瑤亮聲說道。

那幾個人頓時安靜了，幾個人臉上都露出不同的神色，但其中都有著難堪。

就算出去碼頭打個零工都有工錢，回楚家這裡就成了接濟，只包吃的還不包住，讓他們啥也不用做，就坐等養老。

做生意都講究和氣生財，楚暮遠心裡壓著火也不會朝這幾個管事發作，見他們都不說話了，讓夥計都把他們趕走，轉而走進屋子裡，從鴻都回來的好心情也被他們攪和了，還真是有臉回來。

楚亦瑤過來拍拍他的肩膀。「氣什麼，人都是如此，這樣的還不常見嗎？沒有拉著一家老小上門來哭，已經算是客氣的了。」

「他們倒是做得出來，楚家何曾虧待他們了。」楚暮遠也是見識過這樣的，一家老小的都過來，愣是不讓你把生意做了，哭天搶地，最終都是破財消災。

楚亦瑤伸手給他按著肩膀，笑道：「也許是拉不下這個臉，底氣不足，咱們可從沒虧待他們，這麼一鬧，最普通的鋪子都不敢要他們了。」

楚暮遠跟著也笑了，隨即提到去鴻都的情況，末了，把楚亦瑤拉到了跟前，意味深長地看著她說道：「二哥沒把這刺繡的事說下來，不過，二哥把自己的終身大事給訂了。」

楚亦瑤一怔，好一會兒都沒反應過來，看著他一臉的認真，楚亦瑤伸手，在楚暮遠的臉上扯了一下，看著他疼得皺起了眉頭，還不置信，大力一扯，楚暮遠直接拿開她的手，臉頰上出現了塊紅印子。

「二哥，你剛說什麼來著？」楚亦瑤走神了一圈回來，收回手再度問道，對他剛剛說的話不太相信。

「我說妳要多一個二嫂了！」楚暮遠好笑地看著她，臉頰上還扯得疼呢，這丫頭自己的不掐，到他這裡可下狠手。

楚亦瑤盯著他，忽然嘴角揚起一抹笑。「你什麼時候給我找的二嫂，藏哪裡了？」

楚暮遠被她這一問逗樂了，伸手掐了一下她的鼻子，沒好氣道：「還能藏哪裡，難不成藏妳兜裡了。」

「二哥，你就別逗我了，快和我說說。」完全反應過來的楚亦瑤，拉著他的袖子撒嬌道，楚暮遠這才和她說起關於在鴻都的事情。

那也純粹是偶然，楚暮遠在鴻都尋找能夠把家傳手藝刺繡拿到楚家商行裡來賣的人家，尋了很多家都無果，都是家傳的東西，日子過得還順當的，都沒這心思。後來遇到那衛姑娘還是因為他弟弟，比楚亦瑤還要小幾歲，小小年紀就要在自己家的鋪子裡管事。

那衛公子也沒直接否決他，只說要問過姊姊，楚暮遠才見到了這個和自己同年紀，如今都十八歲還沒出嫁的衛小姐，說是因為父母早逝，衛小姐為了帶大弟弟、經營好家裡的鋪子，所以把年紀給拖大了，十四歲的時候還有人上門說親，衛小姐不放心當時才八歲的弟弟和家裡的事情，沒有出嫁。過了十六歲就沒人給她說親了，即便是有，也都是給人做繼室的，衛小姐不願意，乾脆就絕了這嫁人的心思。這時候衛公子也大了，可以獨當一面，衛小姐就直接待在家裡，做做繡活。

楚暮遠看著這一家子有了同病相憐的感覺，尤其是聽衛小姐的事，若是自己當初還沒悔過，亦瑤肯定也不放心楚家，最好的年華都放在這裡了，到了十七、八歲，也會像衛小姐一樣直接放棄嫁人。

楚暮遠確實因為這些對衛小姐產生了憐惜，再看她帶大弟弟，又把家裡打理得井井有條，楚暮遠就直接開口向衛小姐說親了。

楚亦瑤聽完驚訝地微張著嘴巴，半天才說：「所以他們答應了？」

「離開他們家四、五日後，那衛公子就來找我了，說他姊姊答應了。」楚暮遠也知道那個時候直接提出來是有多嚇人，單看衛家兩姊弟的神情就知道了，可楚暮遠如今也不是要談個情、說個愛，覺得合適，就開口說了。

「這個二嫂，也是個乾脆的人啊。」楚亦瑤聽罷評價道，能帶大弟弟、打理好家裡鋪子的姑娘，怎麼也不會是扭扭捏捏、弱不禁風的，再說鴻都那兒，女子出來各個都是能獨當一面，這樣的人來到楚家，可謂是幫手一個。

「所以我就趕回來了，先把這婚事給訂了，我也只是說了一下，什麼都沒準備，可不能委屈了她。」楚暮遠摸摸楚亦瑤的頭，眼底閃過一抹心疼，他這個二哥做的不夠格，更不是出色的人，後知後覺讓妹妹受了這麼多委屈。

楚亦瑤當即站了起來，一臉大悟。「對啊，那我們趕緊回家，讓大嫂去鴻都，把該做的禮都做足了，肯定不能委屈這未來二嫂。」楚亦瑤拉著楚暮遠直接要回家，這麼大的事可不能二哥說說就成了，都是正兒八經的人家，這該要的禮數一樣都不能少。

回到了楚家把這事一說，喬從安也高興得很，即刻準備行頭去鴻都，楚暮遠已經自己說親了，這回把說親禮和提親的都一併帶上，請了媒婆選了日子，淮山陪著喬從安就出發去鴻都了。

楚暮遠的親事很快就訂了下來，因為兩個人年紀都不小了，成親的日子就訂在來年的五月，很多人說這楚家開始走運了，從楚亦瑤的婚事訂下來，外面說的總是會帶上沈家，如今楚家二少爺這送去鴻都的聘禮同樣吸引不少人的關注，前段時間差點要破產的楚家，現在正風風光光準備迎娶新媳婦。

二哥的婚事由大嫂一手操持著，楚亦瑤得空去各家鋪子看了一圈，沈世軒交給她的那些真不打算拿回去了，說是給她做嫁妝，楚亦瑤哭笑不得，雖然知道他是怕自己出嫁的時候，嫁妝不豐厚讓別人說閒話，但想起那天他這篤定的樣子，總覺得自己是著了他的道。

為了躲避曹晉榮，楚亦瑤前段日子都沒去香閨，從胭脂鋪出來想著過去看一下，十二月中大街上已經掛起了不少紅燈籠，巷子裡還時不時傳出鞭炮聲，跑著玩的孩子們穿得也喜慶，這個時間鋪子的生意都很好，讓忠叔找好的那五間鋪子在各地也開張了。

「大小姐。」李掌櫃請了楚亦瑤進去，香閨中客人不多，不過隔壁的行木來看雕刻的人不少，那裡不少大件的可以買回去送禮。

「有不少客人來下單子要訂做。」李掌櫃面有難色，一、兩個過來拒絕可以，但臨了年前說要訂做的人特別多，有些開價也不低，李掌櫃回絕的都有點不捨。

楚亦瑤翻了翻他拿過來的冊子，其中一個客人開的價格最高，一千二百兩雕刻屏風架，還有幾個也不低，但都是些耗時的東西，楚亦瑤放下冊子，搖搖頭。「如今那師傅沒空雕刻這些，李掌櫃不必覺得為難，開張的時候本來就說了不接這種單子。」白師傅年事已高，不能讓他這麼辛苦，沈世軒現在更是沒空做這些，不如一家都不接，省得落人話柄。

「那這生意恐怕會讓人搶走不少。」李掌櫃擔心的是他們不做，別的人家做了，這客人就會被帶走。「如今生意比年初淡了一些。」

楚亦瑤笑道：「淡一些才是正常的，人們的新鮮勁過去了，來的客人肯定比去年的要少，如今生意平穩就好。」每隔一段時間擺個特別的上去，鋪子的生意能維持平穩，也不會怕那幾個客人跑走。

「他們回來我們這裡，必然是覺得我們的好，退而求其次才去別人那兒，我們有什麼好擔心。」

「是，是。」李掌櫃點點頭，對大小姐還是佩服得很。

楚亦瑤走出了鋪子，耳旁傳來一陣吵鬧，抬眼看去，曹晉榮那酒樓門口一個喝醉的大漢被人趕了出來摔在路上，酒樓裡衝出幾個人對著那醉漢拳打腳踢，一旁路過的人都是避開了走過去，遠遠站著看熱鬧。

繼而曹晉榮從酒樓裡走了出來，跟在他身邊的人對著那醉漢不知說了什麼，那醉漢也不反抗，蜷縮著身子任打。

打了有好一會兒，那幾個人才停手，楚亦瑤看著那醉漢踉蹌地爬起來，跌跌撞撞地往巷子裡走去，鼻青臉腫。

正要轉開視線，曹晉榮的目光撇向她這邊，看到她的時候定住了，本來就森冷的神情裡更添了一抹寒意。

楚亦瑤心裡微嘆了口氣，轉身上了馬車。

曹晉榮看著那馬車遠去，握拳的手緊了幾分。他不甘心，可父親的警告不斷在提醒他，曹家不可能為了這件事和沈家鬧不愉快，人家那是兩情相悅。

兩情相悅？兩情相悅個屁！

求而不得讓這心魔不斷滋長，曹晉榮不甘心這件事就這樣算完了，可他竟然什麼都做不了，此時此刻的他還沒有意識到，對楚亦瑤過多的關注不僅僅是為了出口氣……

楚家的這個新年過得很熱鬧，除夕夜吃過了年夜飯，楚暮遠帶著楚亦瑤和楚應竹去建善寺祈福。

「小心點。」楚亦瑤笑看著二哥揹著楚應竹讓他扔許願牌。

楚應竹一回就把那牌子扔上了許願樹，卡在高高的樹杈上面，從楚暮遠背上下來，一臉興奮地對楚亦瑤說：「姑姑妳看，我扔得好高。」

「讓姑姑猜猜，你寫了什麼。」楚亦瑤捏了捏他凍紅的臉，故意猜道：「是想趕緊長大娶媳婦？」

「不對！」

「那是想你小叔趕緊要個孩子給你做玩伴？」

「不對不對！」楚應竹見她好幾次都猜不到急了。

「那姑姑猜不到了。」楚亦瑤一臉的沮喪。

楚應竹朝著她揮揮手，楚亦瑤俯低身子，他對著她的耳朵輕輕說：「我想娘對淮山大叔好一點。」

看楚應竹一臉天真地笑著，楚亦瑤眼底閃過一抹詫異。「為什麼你想你娘對大叔好一點？」

「因為大叔人很好，每次看到娘，他都很開心，要是娘對大叔好一點的話，大叔一定會更開心的。」

楚亦瑤看他一臉的期盼，不由得問道：「應竹，要是淮山大叔做你爹爹，你喜歡嗎？」

楚應竹想了想卻搖搖頭。「我有爹爹，娘說爹爹不是故意離開我和娘的，要我不能忘記他。」

「應竹乖。」楚亦瑤摸摸他的頭，大哥在侄子心中的印象越來越模糊，大嫂還不斷告訴他關於大哥的事情，大嫂真的打算就這麼一輩子過下去嗎？

「二哥。」

身後忽然傳來叫喊聲，楚亦瑤回頭去看，楚妙珞和楚妙藍帶著丫鬟出現在她們面前，楚亦瑤朝四周看了一下，果真在大殿外的臺階上看到程邵鵬還有李若晴。

這一聲「二哥」聽在楚暮遠耳中卻不中聽，二叔帶著那些管事離開的時候，這兩家人之間就算是斷絕關係了，於是他斂起了笑容，拉住楚應竹，對楚亦瑤說：「該回去了，明天還要去祭拜。」

楚妙藍見他們連招呼都不理有些急，開口喊道：「亦瑤姊，妳別生我爹的氣，他也是迫不得已。」楚楚可憐的樣子加上那柔弱的聲音，吸引了不少人的目光。

楚亦瑤嘴角揚起一抹笑，看著楚妙藍，語氣裡有一抹不屑。「我怎麼會生二叔的氣呢，他帶走的也是自己的親信，替我清理了這商行，我感激他還來不及呢。」

楚妙藍臉頰一紅，眼底就泛起一層水霧，相較於楚亦瑤這盛氣凌人的話，周遭的人先是看楚妙藍的反應，都覺得她可憐。

「走吧。」楚妙珞拉起妹妹的手，心繫在陪李若晴進去祈福的程邵鵬身上。

楚妙藍幾乎是三步一回頭地看楚亦瑤，緊咬著嘴唇襯著那神情，凡是看到的人都為之動容。

楚亦瑤站在那裡看著她們上去。她是太高看自己了，還是覺得這樣做能夠引起許多人的注意，如果是後者，那麼她成功了，這樣的柔弱風格，不少人喜歡呢。

「走吧。」楚亦瑤回頭對楚暮遠笑了笑，相伴著離開了建善寺。

急著趕去大殿的楚妙珞，此刻哪裡顧得到妹妹的心思，從生下女兒之後都過去這麼久了，她的肚子還是沒動靜，大夫說這是頭胎生的時候傷了些元氣，得好好養養。

幸好成親一年多的李若晴也還沒有身孕，自己的女兒還是相公的心頭肉，讓她比李若晴多了些見程邵鵬的機會，她要牢牢抓住相公的心，不能讓李若晴搶先有身孕。

走進大殿，程邵鵬陪著李若晴求好了符，一年多來，程夫人沒少帶著李若晴去求子拜佛，可都沒什麼動靜，建善寺中的求子符也很靈驗，李若晴就讓程邵鵬陪著自己一起求，希望能早日懷上孩子。

「妳們寫好許願牌了？」程邵鵬驚訝她們怎麼這麼快就回來了。

楚妙藍抿了抿嘴沒有出聲，楚妙珞笑著點點頭。「去的時候人少，很快就好了，妹妹可求好了符？」明明是看到李若晴收好了求子符，楚妙珞當作沒看到，關切地問她。

「求好了。相公，來都來了，我還想去一下許願樹那裡寫個牌子。」李若晴轉而對程邵鵬說，溫婉的神情一點都不輸給楚妙珞。

程邵鵬剛想回應，楚妙珞直接接上李若晴的話，挽住了她的手。「我陪妳過去吧！邵鵬，現在都已經很晚了，不如你先替我送妙藍回去，等回來我和若晴也寫好了。」

這些細微的小動作，程邵鵬根本瞧不出什麼，再加上楚妙藍一直憂傷著，他點點頭說好，帶著楚妙藍先行離開了。

一妻一妾還是一妻多妾都比兩個妻子來得容易處理，楚妙珞和李若晴兩個人誰都想爭個高下，誰都不想屈於下風，雖然表面上都相安無事，背地裡下的絆子卻不少。如今看程邵鵬走遠了，楚妙珞很快鬆開了手，李若晴也挪了一步和她保持距離。

楚妙珞看李若晴走過去，在她身後涼涼地說：「妹妹妳可要仔細些下臺階，摔著傷了身子可不好，妳還沒為相公生下一兒半女呢，不過就算沒孩子，這將來也是會有人給妳養老的。」

李若晴不甘示弱，回眸朝著她微微一笑。「多謝姊姊關心，這深更半夜的，妙藍年紀也不小了，讓相公送她回去，姊姊妳也真是放心。」

「妙藍是我妹妹，我有什麼不放心的，倒是妹妹妳，看好妳的腳下才好。」楚妙珞哼了一聲。

李若晴走下臺階，回頭看她，意味深長地笑著說：「那可未必。」

第四十五章

過完年，沈家就向楚家提親了，新年的氣氛還未散去，街上的紅燈籠都還未撤去，沈家送聘禮的長隊伍應景地往楚家走去，吸引了許多人的注意。

當年沈世瑾娶田氏的時候，沈家的聘禮也是大手筆，這聘禮的多少足見對未進門媳婦的重視。

有心人數了一下，和當年沈世瑾娶親時候的聘禮是一樣的，沈世軒出自二房嫡子，這樣的待遇就是在告訴別人，沈家沒有格外重視嫡長孫這個名分。

楚家這邊也是被聘禮驚嚇到了，喬從安看著不斷進來的抬箱子的人，前來送聘禮的是沈家二房的庶子，沈世軒的弟弟沈世暢，他把聘禮單子給了喬從安，這聘禮是要在院子裡放上些時候，曬著給別人看的。

等楚亦瑤拿到聘禮單子的時候已經是晚上了，沈家的聘禮不光是數量上，裡面的也一點都不充數，楚亦瑤是不清楚沈世瑾娶妻的時候沈家出了多少，不過當年她嫁入嚴家的時候，嚴老夫人為了彰顯誠意，聘禮也不少了，居然只及得上這禮單上的一半。

「娘留給妳的嫁妝都鎖著呢，爹臨走前把這個留下的，說是等妳親事訂了就給妳陪嫁。」喬從安把保管多年的東西拿了出來，那是一個漆紅的錦盒。楚亦瑤知道，這裡面是爹娘為自己留的楚家三分之一的家產。和前世一樣，喬從安從沒想過要把這個中飽私囊。

喬從安拉著楚亦瑤的手，微嘆了一口氣。「我來的時候妳還很小，才五歲，如今十年過去，都長成大姑娘了，要嫁人了。」

楚亦瑤的婚期訂在來年的年初，十年時間對喬從安來說都過得飛快，如今也就一年時間留她在家裡了。

「妳二哥的婚事訂了，妳也要嫁人了，我心裡的大石頭都放下了，我想我應該不會愧對妳大哥。」喬從安只是個普通人，她和楚亦瑤一樣盡全力想讓楚家過得好，卻沒為自己考慮過，這也是楚亦瑤心疼她的地方。

楚亦瑤把盒子一挪，反拉住喬從安的手。「大嫂，二哥的婚事訂了，我也要嫁人，那妳呢？」

喬從安被她這麼一問愣了一下，隨即笑了，戳了一下她的額頭。「什麼我呢，我這不好好地在這兒？我就好好養著應竹，你們都好好的，我就放心了。」

半晌，楚亦瑤望著她笑盈盈的眼，吐出幾個字。「那淮山呢？」

片刻的沈寂，喬從安的笑意漸漸淡了幾分，若有似無地輕嘆了口氣。

楚亦瑤又再說：「別人說大叔真好，親哥哥自己不娶親，就在楚家照顧妳這個失散多年的妹妹，可妳我也知道，大叔是為了什麼。」

「亦瑤，妳大哥……」喬從安剛開口就被楚亦瑤打斷了。

「我大哥他是最不希望妳一個人這麼下去的，大嫂妳與他夫妻多年，難道不瞭解大哥的性子嗎？」

「大叔孤苦了這麼多年，過去的事情大嫂妳也都看開了，為何不能給大叔一個機會？」喬從安抬頭，眼底滿是詫異，自己的小姑子勸說自己接受另外一個男人，這簡直就是天方夜譚。

楚亦瑤第一次把話說得這麼直白。「我們家不是什麼食古不化的人家，活著的人過得好比什麼都重要，爹娘脫離徽州到這邊來才有了現在的楚家，楚家沒有這樣的規矩，大嫂不必為大哥守寡一輩子。」

喬從安沈默了，若說感情，那都是小時候積澱下來的，雖然記憶模糊，但喬從安也知道自己對淮山是有親近感的，她這二十幾年來，除了五歲那次的意外，其餘的日子都順風順水，在喬家過得很好，後來嫁人生子，楚家待她一直很好。

而這二十年來淮山竟為了找自己，受了這麼多苦。

她所堅持的只是最簡單的東西，相夫教子，丈夫出了意外，那就好好養大兒子。

楚亦瑤的這一番話，讓她徒然有些覺得這些堅守似乎並不是最重要的。

「大嫂妳也看得出來應竹有多黏著大叔了，有一天他也會長大，也會娶妻生子，大嫂其實不需要擔心他。」楚亦瑤拍了拍她的手，話都說到這個分上了，再多的她也不必說了，想沒想通都只能靠大嫂自己。

年初的開端是喜事，緊接著商行裡連番的訂單忙壞了所有人，儘管累，但都很高興，那五家開的鋪子產生的影響，為楚家帶來了不少的訂單，訂金也是如期收到，加上金陵這邊回來的一部分商戶，一艘商船，都怕是不夠運的。

「不能太急，他們要這個數目，我們只能少給，決不能多給。」東西多了流傳得就會太快，到時候別人收到消息跟著做這買賣，就沒賺頭了。「東西少，讓他們覺得賣得好，才會繼續和楚家下單子，做了兩、三回做熟了，到時候給些小利，這客人也就穩住了。」

楚亦瑤聽楚暮遠這麼和楚忠在說，臉上的笑意蓋不住，二哥的話就是她的意思，回來這段日子，二哥學得非常的快。

進來的王管事送了新單子，隨口道：「大小姐，據說楚二爺在月牙河街市那裡又開了一間鋪子了。」

楚亦瑤抬起頭，饒有興致地問：「哦？賣什麼？」

「月牙河街市那裡賣瓷器的少，楚二爺就開了一家，昨兒個才開的，一早我們夥計路過的時候看到，進去的人還不少。」王管事也是聽夥計說的。

「二叔離開楚家，混得倒是不錯。」楚亦瑤這話是由衷的，以二叔的才幹，楚家商行確實是屈才了，這兩年在商行裡撈了不少，出去自己開鋪子也夠了，都比回徽州好，徽州那個楚家他是半點便宜都占不到。

楚亦瑤接過那單子，隨意道：「找個人去他鋪子裡轉轉，看他賣的是什麼樣的。」

王管事應聲出去了。

楚亦瑤抬眼看楚暮遠，見他臉色微沈著，她笑道：「犯不著，都和我們家沒什麼關係了，如今的金陵可不是爹娘當年那樣，他想弄起來可以，弄大了也不容易。」

「他還想弄大？就這幾間鋪子。」楚暮遠哼了一聲，金陵有多家鋪子，開著的人有多少，遍地的生意人。

楚亦瑤拿起筆，在另外的本子記下道：「你還真別說，二叔的心思，他當然想做的和爹一樣，最好比爹當年的還要大。」一母同胞，楚老爺當年這麼大的心性要在金陵闖一番事業，作為親弟弟的楚翰勤同樣心氣不小，只不過楚老爺走的是本分勤懇，另一個則妄圖吞了哥哥的一步登天。

楚暮遠這會兒神情不氣了，笑道：「那就看看咱們這二叔，能幹出多大一番事來。」

商船陸陸續續地出航了，楚家開始準備五月楚暮遠的婚事，也就在這時候，又一消息蓋過了沈家聘禮的事，沈家和水家要結親家了。

這本也不是什麼新鮮事，兩家人本來在沈老爺子這一代就是姻親，沈老夫人就是水家的人，別人說的是這樁婚事裡頭的兩個人，沈世瑾和水若芊。

一個是剛死了妻子一年多，一個是再不出嫁就真成老姑娘的水若芊。

按理說這婚事應該是趕緊辦了的，水若芊現已十七，可到了沈老爺子那兒，這婚事的日子卻遲遲沒能定下來。

沈老爺子也沒攔著長媳去選日子，就一個要求，不能選在沈世軒成親的日子之前，這下嚴氏不樂意了，選的早晚有什麼關係，早早娶進門了，這是辦了也就辦了，再說這水若芊年紀也不小了，明年再娶進門，她什麼時候有孫子抱。

但沈老爺子就是不同意，田氏去世這才一年，這麼急著成親，和田家真是一點挽救的辦法都沒了。可嚴氏不是這麼想的，兒子能早一步娶妻進門，這就是更勝一籌，趕緊生下曾孫，二房那裡還有什麼好得瑟，再說這水家對兒子也是一大助力，如今老爺子這麼開口，萬一是二房那兒先有身子，她這不是白忙乎了？

但沈老爺子不同意，嚴氏是一點辦法都沒有，老爺子不答應，沈家兩個老爺就絕不會插嘴，這事更輪不到小輩去說，嚴氏心一狠，直接把這日子訂在來年的二月，和沈世軒成親就只差了二十天。

不知道內情的外人一聽這麼緊湊的婚禮，還以為沈家這是為了省錢，掛上去的燈籠都甭摘了，直接等著沈家大少爺娶水家小姐的時候用就得了。

有些話傳著傳著直接變了味，到水若芊耳朵裡的時候，已經變成了這水家小姐怎麼盡要用剩的，夫婿也是別人用過的，臨了婚禮，這置辦的東西也可以直接用沈家二少爺成親用剩下的。

水若芊直接氣哭了，摔著屋子裡的東西，趴在小桌子上嚶嚶地哭著，一旁傳這話的丫鬟站在一旁嚇得不敢說話。

她怎麼能不委屈，不想答應的婚事，爹一錘定音。

她不願意嫁給沈世瑾，娘說為了小弟，沈家這個夫家今後對小弟來說會有很大的幫助，有姊姊在沈家做長孫媳婦，弟弟才能在長大之後在爹面前站穩腳。

水夫人得到女兒鬧脾氣的消息趕緊來安慰，抱著她說：「外頭傳的哪能當真。」說罷瞪了那嘴碎的丫鬟一眼，拍拍水若芊的背。「日子趕得緊是想早點娶妳過門，畢竟那田家的才走一年，就是裝裝樣子也要過了兩年，妳哪能為外頭說的那些置氣。」

「那為何不在他們之前，非要在他們之後？娘，我嫁去沈家已經夠委屈的了，還要在這事上受別人閒話，什麼叫用剩下的，當初您和爹怎麼不堅持我嫁給世軒，你們要是堅持的話，他怎麼可能不聽長輩的話而拒絕，我也不可能到這年紀還嫁不出去。」要再過一年，為什麼不是早沈世軒二十天，非要是遲二十天，這不就是打她的臉。

「他說親本來就比妳的早，凡事也得有個先來後到。」對於水老爺不堅持女兒嫁給沈世軒，水夫人也無奈，沒別的原因，就是覺得沈世軒不夠出息。

水若芊眼底都是不甘，都是託詞，這種事情有什麼先來後到，這些人都是想看她笑話。

可她沒得選，若是曹家前來提親，爹肯定也會答應，換做別的人家，水家也看不上。偏偏這個時候沈家前來說親，隔著沈老夫人這層關係，爹對這親事是滿意得不得了，對他來說，兩家聯合其中的好處，才是他最關心的……

水若芊的糾結沒人能夠幫她，婚禮的日子照著訂了，聘禮也送了，她唯有安心待在家裡準備出嫁，而沈家那邊，嚴氏心中有再多的不滿，日子也已經定下了。

轉眼三月底商船回來，楚家這一艘船上就裝了不少東西，全部卸下船之後，第二天就讓管事和夥計把這些貨都送去提前下訂單的那些，此時別人才知道，楚家這生意是打算往外做了。

楚亦瑤和楚暮遠算著那些銀子，想再另外添一條商船，說了一半忽然改口道：「二哥，衛家在這裡的宅子置辦了沒有，到時候衛姊姊不可能從鴻都那裡出嫁的啊。」

「大嫂早就準備好了，妳怎麼現在想起這個了？」楚暮遠拿著手中的筆桿敲了一下她的頭。

楚亦瑤嘿嘿地笑了一聲。「這裡的交給你，我去南塘集市。」

楚暮遠看她這又遮又掩的，看著她出去，無奈地低頭繼續算帳。

楚亦瑤出了商行，讓阿川載著自己過去南塘集市，也不知道是什麼日子，下午的南塘集市人滿為患，馬車竟然進不去了，楚亦瑤讓阿川在外面等著她，自己步行過去。

還沒走到那調味的鋪子，前面一群人潮擠了過來，楚亦瑤下意識側了個身，閃進一旁的巷子裡，路過的是一群穿著戲服的人，踩著高蹺，還有人表演雜技，後面有幾十人的大抬轎，抬轎上還有人跳舞，難怪這南塘集市連馬車都進不來，原來有人請了雜耍的來遊街。

隊伍很長，走走停停的，楚亦瑤本想從巷子裡出去，可巷子口看的人卻越來越多，滿滿地圍堵在路兩旁，楚亦瑤不喜這麼擠，乾脆待在最裡面，等著那些人過去。

無聊之餘，楚亦瑤朝巷子裡看了一眼，空蕩蕩的就見幾家屋子門前的燈籠掛著，正欲低頭，瞥見那對面的巷子口忽然有人閃過，楚亦瑤抬頭看去，只來得及看到那黑色的衣角，緊接著，伴隨著外面那鑼鼓喧天的動靜聲，巷子裡傳來一聲悶喊，繼而沒了聲響。

楚亦瑤覺得奇怪，對面巷子口裡應該都是些民宅，這時，一個幾歲的孩子忽然出現在楚亦瑤的視線裡，十字的巷子他正看向她這邊，似乎是聽到了街上的熱鬧聲，想往她這裡跑過來，結果小腿還沒邁兩步，直接撲在地上。

哭聲即刻響起，淚汪汪的大眼睛還不斷往她這裡看，小手伸向她，嘴裡一直喊著姊姊，楚亦瑤無奈地往他那兒走去，離街市遠了，之前那悶哼聲又穿入耳中，楚亦瑤奇怪這民宅中是在殺豬還是做什麼，人就到了那孩子面前，俯下身子去抱他。

才剛把那孩子抱起來，楚亦瑤下意識朝著巷子還有兩側看去，在向右瞥的時候，整個人呆了一下。

就在右邊的巷子那裡停著一輛馬車，後車門開著，兩個穿著黑衣服的人正把一個裝在麻袋中的人往馬車裡面塞，麻袋裡的人不斷掙扎，才使得兩個人這麼久了還沒推上去。

楚亦瑤這一瞥，六目相對。

兩個黑衣人對望了一眼，其中一個鬆開了手朝著楚亦瑤慢慢走過來。

楚亦瑤心中頓生不妙，放下那孩子朝著街市出口拔腿就跑。「救命」二字尚未出口，快步跟上來的人就把她拉了回去，楚亦瑤吃痛地撞在一旁的牆上，那人很快捂住了她的嘴巴，蒙了面的眼底卻有一絲不安。

「怎……怎麼辦！」那黑衣人朝著另一個人喊道。

那人示意他一塊兒裝上車，找了繩子把楚亦瑤綁了起來，嘴巴裡一塞破布，兩個人齊力把麻袋給抬上來了。

簡直就是天降橫禍，楚亦瑤無語地看著不斷扭動的麻袋，剛剛抓著楚亦瑤的那個，朝著麻袋中踢了一腳，裡面傳來悶哼聲，黑衣人沈聲罵道：「吵什麼吵，再吵……再吵直接殺了你！」

結巴的口音瞬間少了些威脅，只是那麻袋中的人像是暈過去了一樣，真的不動了。

緊接著馬車動了，楚亦瑤雙手雙腳都被綁起來了，固定在那兒難以動彈，綁架她也就認了，這就是平白無故被牽連到的，甚至都不知道袋子裡的人是誰，楚亦瑤靠在馬車內一時間有些懵了。

直到身下傳來不斷顛簸的聲音，楚亦瑤知道這馬車是出城了，她離開這麼久又沒去鋪子裡，阿川肯定會找她，就是不知道二哥他們什麼時候才會來找她，現在只能指望他們不會對她這個無辜受牽連的人做什麼。

楚亦瑤覺得手腳都麻木了，想換個位子又不能動，也不知道過去多久，馬車忽然停住了，後門啪地一聲打開，另外又出現了兩個人，其中一個看著馬車上的楚亦瑤皺了眉道：

「怎麼多綁了一個！」
楚亦瑤看著那黑衣人拿下了蒙面的布，結結巴巴地解釋道：「她……她……她看到我們抓人，萬……萬一說出去了怎麼辦？」
為首的看了一眼楚亦瑤。
楚亦瑤趕緊搖頭，她真的什麼都不知道。
那人又踢了一下麻袋。「都帶上。」繼而對楚亦瑤說：「既然妳是被誤帶的，事情過後就會放妳走。」
楚亦瑤還是第一次聽說綁匪這麼心善，被人解開了腳上的繩子拉下了車，另外兩個抬著那麻袋走進了一間廢棄的破屋子裡。
楚亦瑤打量四周，這也不知道是哪個林子。
破屋子裡堆滿了稻草，楚亦瑤自覺地找個地方坐下，安安靜靜地什麼也不說。
那人瞥了她一眼，黑衣人進來解開了麻袋封口的繩子，露出了一張楚亦瑤無比熟悉的臉。
楚亦瑤此刻踹死曹晉榮的心都有了，見他昏迷著被幾個人搖來搖去，其中一個拿起一碗水就潑到了他臉上。
曹晉榮醒了，當即疼得咧了嘴，看到眼前站著的幾個人，也沒管這是哪裡，狠聲說：「你們是什麼人，竟敢抓我！」

「看來沒抓錯人，去吧，把六兒叫來，好好認認。」那人直接拍了拍曹晉榮的臉，招呼兄弟幾個出去了，鎖了門直接把兩個人留在屋子裡。

曹晉榮這才開始打量屋子，轉頭看去，看到坐在一旁的楚亦瑤，眼底一抹驚詫，繼而他竟然笑了。

曹晉榮整個身子還在麻袋中，楚亦瑤看他臉頰青腫的滑稽樣，哼笑了一聲，瞥過臉去。手腳都被綁住的曹晉榮根本沒法從麻袋裡出來，他看楚亦瑤一臉的不屑，頓時惱怒了起來。「不要讓我知道他們是誰。」

楚亦瑤看他掙扎，壓根兒沒打算幫他一把，遇到他盡沒好事，這樣的事情都能讓她遇到，她真的欠他的了。

掙扎許久未果的曹晉榮終於暴怒了，朝楚亦瑤悶喊道：「妳還不過來幫我一把！」

楚亦瑤回頭看他，眼底一抹涼意。「曹公子有這工夫對我發火，不如找外面的幾個。」

「妳！」曹晉榮恨恨地看了她一眼，放棄了掙扎，半個身子還在麻袋裡裝著。

楚亦瑤懶得理他，側臉靠在稻草堆上，那人說事後放她走，至少她還是安全的，可不想再因為他惹出什麼事來。

第四十六章

屋子裡一片安靜，過了一會兒，門口有了響動，門開了，幾個人抬著一個躺在躺椅上的人，後面還跟著一個手上裹著白布的人走了進來。

楚亦瑤看那個受傷裹著白布的人就覺得眼熟，還沒等誰說話呢，躺椅上的人就很激動地抖動著身子指著曹晉榮，口中想說什麼又說不出來，只是眼睛瞪大地看著他，那一股恨意連楚亦瑤都感覺到了。

手上裹著白布的人朝著地上吐了一口唾沫，看著曹晉榮恨恨道：「就是這小子！」

起先和楚亦瑤說過話的那個人，示意他們把躺椅放下。「確認沒抓錯就好，到時候殺錯了人可就不好。」

這人的語氣冷淡得很，可說出來的話卻帶著一股寒意。

曹晉榮看著那全身癱瘓躺在躺椅上的人，聽言也怒了。「你要是敢殺我，你們就統統得跟著陪葬！」

「小子，死到臨頭還嘴硬。」裹著白布的大漢想衝上來打他，卻被那人攔住了，那人從腰間抽出一把匕首，走到曹晉榮的身旁，拿著刀貼著他的臉頰慢慢地劃了一下。「人都綁過來了，怎麼不敢殺你，殺了後拋屍荒野，看誰還找得到我們。」

「抓你也不容易，放到你身邊那幾個人可浪費了我們不少銀子，你這條命不少人都想要呢。」

曹晉榮得罪過的人數不勝數，害過的人也很多，這不，躺椅上的和那個大漢就是其中的受害者，楚亦瑤認出來了，那個大漢就是當日她看到被趕出酒樓暴打一頓的醉漢，可曹晉榮哪裡還會認得他們，平時出入有護衛，即便是有人恨也不敢下這個手，怕曹家報復，像今天這樣還是頭一遭。

「殺了我，你以為沒人說出去嗎？」曹晉榮哼笑了一聲，看向楚亦瑤。「你們還抓了楚家大小姐，就是和沈家二少爺訂親的那個，你說沈家會不會找你們麻煩？」

曹晉榮這句話成功地把他的注意力引到了楚亦瑤身上。

楚亦瑤趕緊保證道：「你們放心，這件事我不會說出去的。」

配上曹晉榮的哼笑，楚亦瑤的話似乎對他們來說沒什麼信服力，她看了曹晉榮一眼。拖她一塊兒陪葬是吧！

曹晉榮對她這眼神反倒是一笑。「黃泉路上還有妳作伴，也不寂寞。」

楚亦瑤也不生氣，直接看向那幾個人，嘴角揚起一抹笑。「這位大哥，他死了我還高興呢！你們一定聽說過這曹家打壓楚家逼迫我嫁給他的事，你們直接殺死他也太便宜他了，你們那些弟兄沒少受他欺負吧？看看這躺椅上的大哥，估計一輩子也就這樣了，大好的人生都毀了。」

曹晉榮沒料到她會這麼說。

躺椅上的人聽言又激動了，嗯嗯啊啊想說什麼，卻沒人聽得懂。

楚亦瑤笑盈盈地繼而道：「我看這大哥是要看著他死，解恨才解氣呢，不如你們找些惡犬，餓個三、五天的，往這曹公子身上淋些肉湯送籠子裡去。要不然就在他身上多劃些傷口，看著他慢慢流血，死不了，傷口上撒撒鹽、撒撒辣椒，再不行啊，找些蟲子，放他的傷口，要不了幾天，那蟲子就會慢慢啃食他，還會鑽進傷口裡面孵蟲子呢，一時半會兒他也死不了，你們找個僻靜點的地方這麼折磨，一定很解氣。」

楚亦瑤說完，屋子裡是長長的沈寂，這些話從一個漂亮小姑娘嘴巴裡用俏皮的口氣說出來，聽得幾個大漢都有些汗涔涔，而曹晉榮的神情，此刻更是難以形容，震驚，噁心，難以置信。

半晌，門口那裡才傳來結巴聲。「怪……怪不得，我……我娘說，越……越漂亮的女人就……就越狠毒，最最最……最毒婦人心！」

門口結巴黑衣人的話說出了在場人的心聲，蹲在曹晉榮身邊的那個人，輕咳一聲站了起來，瞥了楚亦瑤一眼，招呼幾個人把躺椅抬出去，也沒對曹晉榮做什麼。

伴隨著那門啪地一聲鎖上，楚亦瑤即刻接收到曹晉榮投來的憎恨目光，她淡淡地掃回去，嘴角揚著那抹笑，並不在意。

「妳以為妳活得下來？」曹晉榮此刻才是真正的憋屈，那種揮手就有人上去為他打群架的情況不復，而他又被綁在這裡什麼都做不了，幾乎是任人宰割。

「起碼不會比你死得快。」楚亦瑤低頭看了一下手，輕輕地摩著指甲上的蔻花，抬頭對他又是展顏。

「毒婦！」曹晉榮只會威脅人，不會罵人，憋了半晌，他恨恨地說了出口兩個字，楚亦瑤剛剛那些主意，真讓他覺得噁心。

楚亦瑤見他死不悔改的樣子，笑容漸漸淡了下來，冷言道：「嘴巴上毒，也好過曹公子行為上毒，你若不欺負他們，今天怎麼會落到如此境地。」

那個結巴的黑衣人眼神閃爍得很，綁住她的時候手都顫抖，若是什麼慣犯，至於這麼久都弄不上一個麻袋嗎？他們根本沒怎麼傷害曹晉榮，氣不過兄弟被人折磨得全身癱瘓才下這狠手，也許都是幾個老實巴交的莊稼漢，除了那個似領頭的有些身手外，楚亦瑤覺得其餘幾個都很普通，兔子急了還咬人，若不是他欺人太甚，人家平白無故綁架他做什麼。

曹晉榮不語，他根本不認得那兩個人是誰，從小到大他就是這脾氣，打過、傷過的人不計其數，哪裡還能記得幾個月前的事情，橫行霸道對他來說已經成為一種習慣，習慣到他根本不會去想這些人好不好受，自然也不會想到有一天他是要自食惡果。

可他何曾受過這種屈辱，眼底的恨意越聚越濃，他會讓這些人付出代價。

楚亦瑤不是沒看到他那恨意，微嘆了一口氣。有些人，你怎麼說他都不會明白的，浪費口舌。

天色漸漸暗了，外面的動靜很小，偶有竊竊私語聲，楚亦瑤靠在稻草堆旁，抬頭就能看到窗外的天，不知道什麼時候，已經晚上了。

大嫂和二哥他們該著急地找她了，也不知道這是什麼地方。

一旁的曹晉榮那裡傳來一陣動靜，楚亦瑤撇過去看，曹晉榮是綁在那裡坐著睡著了，忽然一個驚醒，頭猛地抬了起來，朝著四周一看，看到楚亦瑤的時候似乎鬆了口氣。

屋子裡黑暗一片，不知道是不是錯覺，楚亦瑤竟在他眼中看到了一絲驚慌，轉眼就不見了。

屋子裡繼續安靜，屋外傳來了聲音，門開了，一個人進來手裡拿著兩個饅頭，一個給了楚亦瑤，一個給了曹晉榮。

大概是覺得她一個弱女子在這林子裡能怎麼逃，就給她鬆了手上的繩子，直接關門出去了。

曹晉榮嘴巴裡塞著個饅頭，在那裡嚼也不是，吐也不能。

楚亦瑤鬆開了腳上的繩子，早就麻木的腿好一會兒才有感覺，楚亦瑤一手拿著饅頭，一手捶著腿，沒有水只能慢慢地小口嚼著吃。

一旁的曹晉榮傳來了嗚嗚聲，楚亦瑤看了他一眼，慢條斯理地吃下了最後一口，扶著一旁的柱子，嘗試站起來。

腿還有些麻，楚亦瑤走了幾步到他面前，那人手勁也不輕，一個饅頭半個全塞他嘴巴裡了，頂也頂不出來，直接堵住。

楚亦瑤伸手把饅頭拿了下來，曹晉榮呸了一聲，把嘴巴裡剩餘的也吐了出來，一臉的嫌棄。

嘴巴一空，他就急著對楚亦瑤說：「快給我鬆綁！」

「然後呢？」楚亦瑤看著他沒有動作。

「我帶妳逃出去！」曹晉榮看了一眼她手中的半個饅頭，見她一副不理睬的神情，來了火氣。「妳打算一直留在這裡不成？」

「你打算怎麼逃？不如你先告訴我，你怎麼從這屋子裡出去，再告訴我，怎麼從這林子出去。」楚亦瑤的眼神有些不屑。

曹晉榮環顧了一下四周，這屋子一共就一扇窗，還在門的旁邊，根本沒辦法逃出去。

曹晉榮頓時羞憤得不知道該說什麼，他的觀察力連她都不如，看她嘴角那淡淡的嘲諷之意，他此刻覺得顏面盡失。

「快吃吧。」楚亦瑤沒辦法給他鬆綁，總不能看著他餓死，把饅頭遞到了他面前，看著他眼底的錯愕，不耐道：「我不會給你鬆綁，你愛吃不吃，要是餓死了，他們都不用費神了。」

良久，曹晉榮張口。

他臉上的神情充斥著被羞辱的憤怒，還有被楚亦瑤輕視的不平，不甘心地吃著她手中的饅頭，乾澀得根本難以下嚥，可她剛剛都吃下去了，曹晉榮想到此，發狠的幾口就咬在口中，一時間嚥不下去，脹紅著臉咳嗽了起來。

楚亦瑤嘆了一口氣，半點生活常識都沒有的曹家三公子，離開了曹家他到底是要怎麼活下去，曹老夫人的寵愛直接把一個好好的人給養廢了。

起身到門邊，楚亦瑤輕輕敲了兩下。「大哥，我們一天都沒喝水了，能不能給我們些水喝？」

外面沒回應，過了一會兒，窗邊丟進來一個竹筒。

楚亦瑤撿起來，拔掉了上面的塞子，送到曹晉榮嘴邊，催道：「快喝吧。」

曹晉榮再也沒能嫌棄什麼，忍著竹筒上的髒，喝了兩口順了氣，饅頭便不要了。

楚亦瑤塞上塞子，也沒打算喝，放在了一旁。

標準的嬌寵小少爺形象活脫脫地體現在曹晉榮身上，楚亦瑤對他說不上恨，就是覺得曹晉榮是個特別麻煩的人，惹上他身後總跟著一連串糟心事，他還覺得自己無所不能，想要什麼就能得到什麼。

如果活著出去，這大概是曹晉榮這輩子最屈辱的事情了，她不幸被牽連，有幸做了個旁觀者……

憑藉著那點月光，曹晉榮看向楚亦瑤那邊，卻發現她睡著了，靠在稻草堆上，看起來睡得還挺香，曹晉榮嗤了一聲，卻壓不住瘋狂來襲的睏意。

半個饅頭怎麼抵得住，曹晉榮又餓又累，硬是看著窗戶，不讓眼皮垂下去，他不會死，更不會死在這裡……

等他醒過來天已經亮了，門居然開著，那個之前拿著刀子威脅過他的人走進來，看了他一眼，到他面前把他從麻袋中拖了出來，拿起小刀割斷了他腳上的繩子，直接拉起他往外走。

都被綁了一天了，曹晉榮根本沒辦法跟上他的速度，幾乎是被拖著出去的，人直接撞了那門框一下，繼而有個人進來拉楚亦瑤。

楚亦瑤臉上露出一抹赧然，不好意思地看著那個人。「大哥，我們是不是要離開這裡？能不能讓我在這裡先方便一下？」

那人聽言走了出去，還關上了門，楚亦瑤鬆了一口氣，拿下頭上的一根簪子扔在稻草堆裡，拿了些稻草遮掩了一下，隨即裝作收拾衣服喊了聲——「好了。」

那人打開門，楚亦瑤藉故遮住了那視線，見他走進屋子裡到處看了看，好像在檢查什麼，楚亦瑤懸著的心即刻吊了起來，看著他從草堆上走過，到她身邊時推了她一把，楚亦瑤微僵著身子走了出去，昨日載他們過來的馬車早就不見了，一個人帶路，曹晉榮被拖著走在前面，楚亦瑤在後頭，後面還跟著一個人。

楚亦瑤雙手被綁在身後，跟著上了山路，路很不好走，前面的曹晉榮身子都未舒展開來，跌了好幾下，那人根本不管，直接推著他，磕著碰著也當看笑話，楚亦瑤看他再一次跌倒後被人拖起來的狼狽樣，她慢吞吞地跟在後面，忽然腳下一崴，她便順勢朝著一旁倒了下去，眉頭一皺，痛苦地喊了一聲。

身後的人趕緊把她拖了起來，楚亦瑤也不管傷了哪裡，忍著痛繼續往前走。

沈世軒和楚暮遠趕到那破屋子時，已經是一個時辰之後的事了，他們運氣好，找到了楚亦瑤扶過的小孩子，那孩子口中不斷地喊著車車，又喊姊姊，又捂臉說怕怕，他們斷定楚亦瑤是被馬車帶走了，那巷子裡的人也說有馬車出去，一路打聽，出了兩回岔他們才趕到這裡。

一夜未睡的兩個人精神都不好，身後跟著數個護衛，走進那屋子，裡面卻空無一人，楚暮遠看到扔在那裡裝水的空竹筒和沈世軒對看了一眼。

「再找找看。」沈世軒說。

屋子裡就一堆稻草，屋外的光照射進來，沈世軒忽然眼前一閃，反光來自草堆中，他趕緊前去翻找，找到了一支金簪子。

楚暮遠臉上一喜。「這是亦瑤的，還是我陪著她一起去買的。」

沈世軒雖沒表現出來，拿著簪子的手卻顫抖了一下，到屋外吩咐那些護衛。「分頭找，她肯定還會丟下什麼東西，若見到了楚小姐，不要輕舉妄動。」

一行人分三隊出去找，附近的林子路也就這一條，沈世軒看到被踩踏過的草，抬頭看向了山上，對身後的人說：「你們跟我上去。」

上山的路也盡是分岔，人跡罕至的地方根本沒有具體的路，只要有人走過，還是會留下些痕跡，折斷的樹，踩踏過的草叢，走在前面的一個護衛終於找到了楚亦瑤摔倒時候丟在草叢中的荷包。

沈世軒捏著那荷包，快步往上走去，一間藏在山林裡的小木屋很快出現在他們眼前……門口站著四個人，沈世軒帶人往上盤到小木屋後面，發現沒有窗子。

幾個人貼著木屋慢慢地往側邊靠，聽到門口那幾個人的說話聲——

「大大大哥，接下來我們怎……怎麼辦！」那個結巴的人換了身衣服，看了一眼屋內的人。「我……我們真要殺人？我可……從……從來沒殺過。」

「不殺了他們，放走了來尋仇怎麼辦，你逃走了，你娘怎麼辦？」一旁稍微瘦削的一個，看老大不說話，對那結巴的說：「六兒都那樣了。」

那結巴的頓時不說話了，可眼底還不忍得很，那可是殺人啊，這輩子他最多就殺過牛。

沈世軒看了一下他們身上並沒什麼武器，這麼等著也不是辦法，朝身後四個護衛使了眼色，只能硬闖了。

沈世軒第一腳往前踩，腳下的枯枝斷裂聲響起，門口的人看了過來，沈世軒他們立即衝了過去。

只有那個領頭的人難對付一些，其餘幾個都是普通人，沈世軒帶來的護衛也都是練家子，很快門口的人就被制伏了，那結巴的還給了個收尾——

「這……這下完了！」

沈世軒還詫異怎麼這麼簡單就給制服了，把人綁了起來後，沈世軒直接拿刀子撬開了門上面的鎖，推開沈沈的木門，屋子裡亮堂了許多，沈世軒看到靠在牆角邊上的楚亦瑤，同時也看到被綁在一旁的曹晉榮。

曹晉榮看到前來的人是沈世軒，那喜悅頓時減去了一大半，他最不願意被人看到這麼狼狽地綁在這裡，尤其是沈世軒。

沒多說什麼，沈世軒走上前只解開楚亦瑤手上的繩子。「我們先走。」也沒管曹晉榮，沈世軒直接拉著楚亦瑤往門口走去。

曹晉榮在身後喊了一聲。「喂，把我的繩子解開！」

沈世軒回頭僅是瞥了他一眼，還沒算為什麼楚亦瑤會被綁架的帳呢，聽他這囂張的口氣，沈世軒走過去揮手給了他一拳，直接把曹晉榮給打躺在地上。

曹晉榮口中一股腥甜，怒看著沈世軒。「你幹什麼！」

「你還真看得起你自己，脫了這曹家三公子的名頭，你以為你算什麼。」沈世軒看到曹晉榮就隱隱能猜到些什麼，再加上外面那幾個人說的，基本就肯定了楚亦瑤是被無辜受牽連，說不定就是半路給劫上去的，這一拳他還打輕了。

曹晉榮那心氣兒受了他一拳不能反抗回去已經夠憋屈的了，更不可能再開口讓他鬆綁，只能恨恨地看著他帶著楚亦瑤出去。那女人，居然都不回頭看他一眼。

到了屋外那四個人還綁著，楚亦瑤看那結巴的大漢朝著自己看過來，轉身問沈世軒：「有銀子嗎？」

沈世軒拿出了一張銀票，楚亦瑤示意護衛把銀票塞到那領頭的人懷裡，對這幾個人說：「拿著這些銀子，帶上你們的家人離開這裡，走得越遠越好，殺了曹家三公子也只能出口惡氣，但曹家肯定是不會善罷甘休的，你們走吧。」楚亦瑤讓護衛給他們鬆綁。

那結巴的呆呆地看了一眼楚亦瑤，轉頭看一旁的人。「老……老大。」

「你們打算救他？」屋子的門虛掩著，曹晉榮聽清楚他們的話臉色又黑了幾分。

沈世軒壓低了聲音道：「要不了多久官兵就該找來了，還請諸位不要向任何人提及這兩天發生的事，更不要提見過楚小姐。」

女子聲譽重中之重，若是讓別人知道亦瑤和曹晉榮一起被關了一夜，那就怎麼都說不清楚了。

那領頭的點點頭，即刻帶著其餘三個人下山去了，他要帶著他們趕緊回家收拾東西，再帶家人離開這裡。

沈世軒看著他們下山，轉而對那四個護衛說：「你們三個別走太遠，留在這附近，看官兵上來了再離開，不要讓他們發現了。」

幾個人點點頭，沈世軒繼而對楚亦瑤說：「沒留下什麼東西在這裡吧？」

楚亦瑤搖搖頭。

兩個人連同一個護衛趕緊下山去了，到了山腳下正好遇上了楚暮遠，見楚亦瑤沒大礙，一行人上了馬車，直接離開這地方。

為了不引人注目，楚暮遠和沈世軒都待在了馬車內，出了林子他們就找了另外的路，繞著遠路回金陵。

楚暮遠聽沈世軒說曹晉榮還留在那小屋子裡，還不覺解氣。「你才給他一拳，我上去的話直接多給他幾拳，讓他也好好嚐嚐這滋味。」

「不用二哥你打他，他這一路來也沒少受折騰。」楚亦瑤想動一下手肘，疼得眉頭都皺起來了，撩起袖子一看，之前故意跌倒半個身子摔下去，手肘直接撞在地上，如今已經烏青一片，還泛著擦傷的血絲。

「別亂動！」耳旁同時傳來楚暮遠和沈世軒的聲音。

楚亦瑤抬頭朝他們笑了笑。「不礙事，應該沒傷著筋骨。」

沈世軒見她輕輕地拉下袖子，心想應該在馬車內也備著藥箱子才行。「我們從金陵西門進去。」

若是從東門入，和曹家對上就不太好了。

「這回算妳運氣好，要真是綁匪怎麼辦！」楚暮遠輕敲了一下她的頭。「身邊也不帶個人。」

「知道了。」楚亦瑤點點頭，微嘆了口氣，和曹晉榮結下的梁子夠多了，也不差這一件了，希望他會長點記性……

回到了楚家，喬從安見她回來，懸著的心終於放下了，聽說她受傷了，趕緊讓人請了大夫。「妳快回去好好洗洗，去去晦氣。」

綁架別人順帶還能帶上她，她這不是倒楣是什麼？楚亦瑤跟著錢嬤嬤回去，沈世軒把她安全送到後也告辭回沈家去了。

楚亦瑤躺在澡盆中，受傷的手擱在外面，周身飄著一股淡淡的柚子葉香氣。泡過澡，請大夫看過手，喝了清粥後，楚亦瑤架不住睏意睡著了。

到了晚上曹家那裡就有消息了，他們不像楚家這樣是私下去找的，發現曹晉榮一夜未歸，曹老夫人就立即報官了，如今曹晉榮被找回來，馬車後跟著大隊的官兵，自然引起了很多人的注意。

曹晉榮被綁架救回的消息很快四散開來，但是匪夷所思的是，曹家沒有收到任何要贖金的信件，官兵到的時候也只有曹晉榮一個人被綁在小木屋中，周遭人影都沒，翻遍了山林也沒見到半個所謂的綁匪。

而回來的曹晉榮，第一件事就是派人到處去找那幾個相關的人。別說是他了，就是那幾個手下也記不得打癱了誰，唯有酒樓裡的一個夥計還記得那個醉漢，繼而四處打聽，等知道那夥人住的地方，早已經人去樓空。

曹晉榮直接是吃了悶虧，無處撒氣，楚亦瑤那日的話他聽得很清楚，卻更羞憤於她料到自己離開後會做的事情，這種毫不掩飾的鄙視和不信任，讓曹晉榮覺得從未有過的沮喪。

半月後，金陵這奇怪綁架的事也消散了，沒半點關於楚亦瑤的，楚家這才鬆了口氣……

到了五月初，鴻都衛家兩姊弟來到了金陵，喬從安親自接了他們到置辦的宅子裡，兩姊弟沒別的親人，喬從安又安排了嬤嬤和丫鬟過去，帶著兩姊弟看了一圈宅子，拉著衛初月笑道：「這宅子小了些，不過離楚家近，我看你們東西也沒怎麼帶，是不是要在這裡置辦？」

走在前面的衛初陽回頭道：「是啊，就帶了娘給姊姊準備的，其餘的都在這裡買就是了。」

「我讓人帶著你們去買，金陵這兒大，你們好好逛逛，也別待在這裡。」喬從安留下了自己的一個嬤嬤給他們幫忙，讓阿川這些天就在這裡當車夫，負責載他們到處走走。

衛初月看弟弟一臉的高興，臉上多了些笑容。「楚夫人，就不多麻煩妳了，我和初陽自己去就成了。」

「都快是一家人了，說什麼麻煩不麻煩，今後，麻煩妳的事可多。」喬從安挺喜歡衛初月，爽利的性子和亦瑤肯定也相處得來，今後這楚家多一個人幫忙，就多一份安穩。

衛初月年紀再大也還是個姑娘，聽喬從安這麼一說微紅了臉，不再拒絕她的安排，畢竟她和弟弟對這裡是真的不熟悉。

喬從安把他們安排妥當了，這才回楚家……

第四十七章

轉眼半個月過去，楚暮遠成親了，楚亦瑤讓那些管事夫人都去了衛初月那裡，能夠讓她熱熱鬧鬧地出嫁。

楚家這裡張燈結綵的，客人也是很多，到了黃昏遠處才傳來鞭炮聲，迎親的隊伍回來了，前廳早就準備妥當了。

身著喜服的楚暮遠看上去英俊極了，楚亦瑤和大嫂站在一塊兒，看著二哥走進來，身後是喜娘扶著的新娘子。

跨過了火盆，踩過了瓦片，新人進喜堂，紅燭跳躍的喜堂桌子上，只放了兩杯熱茶，代表過世的楚老爺和楚夫人。

拜過天地，兩個丫鬟捧著紅燭將新人帶去新房，楚亦瑤湊著熱鬧，趕緊拉著邢紫語一塊兒過去，瞧瞧這個尚未謀面的二嫂。

衛初月累了一天了，抬起頭，看到門口進來了兩個姑娘，一個文靜些，還有一個則笑咪咪地看著她，衛初月微怔了一下，隨即回了她一個笑。

很快兩個人中間擠進來一個腦袋，楚應竹伸手拉住了楚亦瑤，又看了一眼坐在床上的衛初月，好奇得很。「姑姑，娘說二嬸在這裡，那二叔呢？」

「你二叔正在前頭被灌酒呢，你們快去幫幫他。」說罷，楚亦瑤牽著他出去了，留衛初月在屋子裡好好休息。

那古靈精怪的應該就是小姑子了，衛初月動了下脖子，想起之前楚暮遠書信給她說的，話不多卻也貼心，把楚家上下幾個人的性子說了個遍，就是沒說他自己的。

「二少奶奶，這是廚房裡送來的，您吃一些先，不用等二少爺。」青兒進來送了一個食盒放在桌子上，讓屋子裡的丫鬟伺候著她吃。

「辛苦妳了。」衛初月笑著讓丫鬟給青兒塞了個紅包，青兒接在手中笑咪咪地出去了。

青兒出去就找了喬從安，把紅包給她一看。

喬從安一笑。「是個謹慎的人，妳就拿著吧。」

青兒收下，便去忙別的事了。

喬從安想起還落下了東西，轉身往自己的院子走去。

才剛剛過了迴廊，迎面那就走來一個俊朗沈穩的男人，喬從安看了一眼，頓時怔在了那兒……

「你。」喬從安微一抬手想指他的鬍子，卻又怕是認錯了人，停在半空放了下來。

男子下意識地摸了摸自己的下巴，看著她，熟悉的聲音傳來——

「不好看？」

喬從安這才確定眼前的人就是淮山，稜角分明地勾勒著他的樣子，帶著小時候的一些影子，遮掩不去的是歲月沈澱下來的滄桑，看著他專注地望著自己，喬從安心裡沒由來地慌了一下。

「沒有。」喬從安避過了視線說道。

淮山再度摸了摸下巴，還是前兩天亦瑤和應竹過來的時候，齊力要求自己把鬍子剃了，這才下得去手，說什麼二哥成親也是大喜事，得換個模樣。

「我都認不出自己了。」淮山苦笑了一聲，都留這麼多年，剃了後照鏡子，他差點認不出鏡子裡的人。

「我剛才也有些認不得。」喬從安笑道。

淮山看到喬從安笑了，眼角都透露出一些開心，他的心情忽然也舒暢了起來。

「你去前廳替暮遠擋擋酒，王家那三個，怕是晚上不想讓他走著回去了。」喬從安莞爾從他身邊走過。

淮山回頭，好像有什麼不太一樣，又說不大出來……

第二天一早，楚暮遠和衛初月早早地起來，去了供奉楚老爺、楚夫人的祠堂裡面給他們上香敬茶，衛初月的楚家生活真正開始了。

楚亦瑤說要給楚暮遠放三個月的大假，最好是能早早生下孩子，讓楚家更加熱鬧，於是把楚暮遠手上的事都給接過去了，六至八月月還算空閒。

三日回門，楚暮遠陪著衛初月去了之前出嫁的那個宅子，衛初陽早早等在了門口，見到姊夫扶著姊姊從馬車上下來，嘴角的笑意怎麼都掩蓋不去，姊姊終於出嫁了。

迎進了屋子內，衛初陽已經收拾得差不多了，三日回門之後他就要回去鴻都，鋪子裡的事還有很多。

楚暮遠知道姊弟間有話要說，到了屋外留他們二人獨處，自己則站在院子裡，負手望著遠處的天空。

屋內，衛初陽看姊姊面色不錯，放心了許多。「姊，我明天一早就回去了，妳在這裡和姊夫好好過日子，不用擔心我，家裡有蘭婆在。」

衛初月覺得弟弟是一下子長大的，尤其是這兩年，越發懂事，她應該都覺得高興，只是想到要留他一個人在鴻都，心裡就隱隱有些難過。

衛初月摸了摸他的頭，囑咐道：「你也別太拚命，你年紀小，若是人家不服你，也別急著逞強，我們衛家在那兒也是老行當了，有事就去找藍叔他們，切莫一個人強出頭。」

衛初陽點點頭。「姊，楚家比許多人家都簡單，妳要早些為楚家生下孩子，多生幾個，這樣爹娘也會放心。。」

衛初月敲了一下他的頭，眼睛一瞪。「你當我是豬？」

衛初陽看她這一副和對面鋪子的大嬸鬥嘴時的架勢，老氣橫秋地教育道：「姊，現在妳是楚家二少奶奶了，可別再擺出這樣子，我都聽人家說了，這女人要溫婉賢淑，妳看楚夫人。」

話音剛落，衛初陽又遭到她的一記白眼，耳邊傳來衛初月壓低嗓音的話——

「得，以後你就娶個溫婉賢淑的，可別像你姊我這樣。」衛初月瞥了他一眼，轉移話題道：「別嬉皮笑臉的，回去之後先把齊家的事搞定了。」

聽此，衛初陽的神色才正經起來，點點頭。「姊，妳放心，我不會讓他們把娘的東西拿走的。」

衛初月對他也安心，又補充了一句。「我成親，他們送來什麼都扔回去，娘早就和他們沒有任何關係了。」

「姊，娘留下的繡段我留在妳這裡了。」衛初陽拿出盒子，裡面是半截繡段和半本繡本。「保不準他們回來搶，還不如留在這裡安全。」

衛初月本不同意，聽他這麼說也沒再拒絕，這東西娘過世前有交代，是留給弟媳的。

「那我就暫時幫你放一放。」

姊弟兩人說了許久的話，衛初月還有些不捨，下午離開的時候，衛初月的情緒就有些低落，她就這麼一個親人了，要再見面，不知道要等到什麼時候。

「你們若是想常見面，也可以讓妳弟弟來金陵。」

耳邊傳來楚暮遠的聲音，衛初月一怔，隨即搖搖頭。「他在那兒可以過得很好。」來了金陵勢必要依附楚家，她並不想這樣。

楚暮遠看她眼底閃過的一抹堅持，不再開口，不是每個女子都必須依附丈夫才能活下去，例如亦瑤，例如他眼前的新婚妻子。

但楚暮遠心中還是隱隱希望，自己能夠成為眼前這個人的依賴，她們本就應該被呵護，有人疼愛，誰願意堅強……

也許是喬從安帶著楚亦瑤去求的平安符顯靈了，下半年楚亦瑤過得安安穩穩，半點事也沒出，更沒人來楚家鬧什麼煩心的事。

十月初，商船已經出發往大同，楚亦瑤去了一回桑田，第一次去看自己買下的地。

田家把地契給她的時候，這些地依舊是被農戶租賃去的，所以每年都能收到一筆賦稅之外的租金，抬腳走上山坡，楚亦瑤往下看，穀子都已經收了，如今田間是堆起一個又一個的草垛子，據村民說，這些草垛子曬乾了，打理乾淨，可以鋪床板上，再於上面蓋上厚厚的墊褥子，冬天就足夠暖和。

「二舅，黑川都能收了，今年那鋪子裡的生意可是要好許多。」楚亦瑤現在想著，效仿她這樣開調味鋪子的人越多越好，她就可以成品也賣，原料也賣，黑川收得多了，完全可以當是批發給別的鋪子。

邢二爺站在她身後說：「都收好了，曬乾了就等磨碎。」

楚亦瑤笑了，嘴角上揚出一個好看的弧度，望著不遠處村子裡的裊裊炊煙。

不一會兒，兩個老者朝著她這裡走上來了，前面的還拄著枴杖，走近看清楚，楚亦瑤臉上一抹詫異。

「陳老？」這不就是當日用二千兩銀子買走觀音雕刻的老人家嗎？居然還能在這遇到。

「楚小姐好記性。」沈老爺子微微笑著走了上來。

楚亦瑤趕緊伸手去扶他。「陳老您小心些，前兩日剛下了雨，土鬆得很。」

沈老爺子走上山坡，江管事跟在他身後，對楚亦瑤頷首了一下，算是打招呼。

「這地方人傑地靈啊。」沈老爺子長嘆了一口氣，望著桑田這麼一大片的地，何止是人傑地靈，這本來應該是他的囊中之物。

楚亦瑤見他語氣裡有些惋惜，笑著接話道：「地靈我是看出來了，至於這人傑，莫不是桑田還出了什麼能人？」

「丫頭，這妳就不知道了，五、六十年前，這裡可是出了個大人物，就是現在的內閣大臣錢正，此人一生未娶，致力於國事，桃李滿天下，還培養出不少人才。」

錢正去洛陽的時候楚老爺都還沒出生，楚亦瑤自然是不知道這人物。

「他一生為官清廉，否則這桑田也不會只是這樣。」沈老爺子最佩服的還是錢正的官風，他能進諫讓金陵這些商戶們有更好的發展，卻從未在自己的老家上有過一絲私心，內閣幾十年，換做是他也做不到。

「我倒覺得桑田還是這樣的好。」楚亦瑤望著這一片山林，透著的質樸感非金陵能比，再說不久的將來，這裡將會是皇家的地方，又何嘗不是錢正對父老鄉親們的另一番造福？

沈老爺子看著她側臉。說起來，二小子的眼光確實不錯。

楚亦瑤回頭，看到沈老爺子看她，不由得笑了笑。「陳老，這麼人傑地靈的地方，您是不是也置了宅子，偶爾來這裡住住？」

饒是老人家，心裡不免腹誹，他想置辦的，可都讓這丫頭給置辦去了。

沈老爺子摸了摸鬍子，笑了。「來看看，有此意思，不如丫頭妳陪我下去走走。」

「好啊。」楚亦瑤見天色尚早，爽快地答應下了，雖然不清楚他是哪家的，陳老也沒明說，但一次性二千兩的大手筆，想必也是大家了，交好肯定是沒有錯的。

江管事看著老爺被楚家大小姐扶下去，臉上浮現一抹笑意，幾次見面老爺都不說穿，不知道進門之後，這二少奶奶會是什麼個神情。

遠遠看過去那就是和樂的祖孫倆散步，楚亦瑤喜歡這種恬靜安寧的感覺，村子裡看孩子們嬉鬧，聽牲畜鳴叫，少有馬車咕嚕聲，從別人家的門前走過，偶爾還能聞到裡頭飄出來的菜香。

沈老爺子見她故意放慢步調配合自己，呵呵地笑著，問道：「楚小姐可有十五了，可允親了？」

「陳老，我已經允親了，是與沈家二少爺。」楚亦瑤也不隱瞞什麼，金陵中幾乎都知道這事，大概是陳老不常出來。

「可惜了，我家還有個比妳大一些的小子，怎麼就允親了呢？」沈老爺子語氣裡盡是可惜。

楚亦瑤笑著，乾脆不接話。

走到一戶比較大的農家前，沈老爺子停下了腳步，略高聲音喊道：「不走了，累了，咱們進去討口飯吃。」

楚亦瑤扶他進去，和邢二爺說：「二舅，您去和那大娘說一聲，做些好菜，清淡些。」

江管事看了沈老爺子一眼，跟著進了屋子裡。

邢二爺塞了銀子那家人哪能不熱情，收拾乾淨了讓他們坐下，楚亦瑤看那大娘似乎在找什麼能泡茶的，笑喊道：「大娘，給我們倒些你們這裡的麥茶可好？」

那大娘看了看他們，有些不好意思地說：「這……這哪拿得出手。」那麥茶是自家曬著泡來喝的，最普通不過了。

「不礙事，大娘，您泡一些讓我們嚐嚐。」麥茶是桑田這裡的一個特色，楚亦瑤還沒去過的村尾那一片，就是用來種麥子。

「那我出去給你們挑些好的。」那大娘走了出去，叫了自己媳婦去找兒子回來殺雞，進進出出廚房，不一會兒就給他們端來了四碗茶，還拿著一個茶壺用來添的。

楚亦瑤端起碗先遞給了沈老爺子，自己才端起來喝了一口氣，和平日裡喝的茶不同是，這麥茶的香氣裡夾著一股醇厚的麥香味，顏色比較淡，碗底裡還漂浮著一點點麥殼磨成的碎末。

楚亦瑤嚐著麥茶中的一點點澀味，這是純的大麥炒製的，在農家肯定是不會加什麼特別的佐料進去，想罷，楚亦瑤對沈老爺子說：「陳老，您坐會兒，我出去一下。」

楚亦瑤走到屋外，那大娘正在那裡篩穀子，楚亦瑤走近。「大娘，您能給我看看，您這泡茶的大麥是什麼樣子的嗎？」

那大娘放下了篩子，帶著她到一個屋子裡，白色的布袋子裡裝著一些乾癟的大麥顆粒，帶殼的、飽滿的都拿去磨粉了，挑揀出來乾癟的就都碾碎了泡茶喝。「村子裡的大夫說這喝著開胃，止熱，有時候他們下地幹活了，就都給他們泡上些，夏天多喝喝。」

楚亦瑤抓了一把麥粒子。「炒的時候要加什麼嗎？」

那大娘搖搖頭。「加啥？加了別的茶葉可貴，咱們也喝不起，就這喝著也能和城裡的一樣了。」

楚亦瑤笑了笑，回去之前的屋子，看著那茶碗想了一會兒，耳旁傳來了沈老爺子的笑聲。

「丫頭，妳想什麼呢，看這麥茶裡是有什麼玄機了？」

楚亦瑤點點頭。「陳老，您說這樣的茶，味道也不錯，在金陵怎麼就不能賣呢？」

「太便宜，味道不夠。」沈老爺子很直接地說出了兩點，好比階級層次，就算某樣東西好喝，太便宜，下階層都喜歡買得起的，上階層的人就很少會去喝，茶也一樣，多名貴的代表多高的身分地位，金陵城這一群商戶，怎麼都是喜歡裝兩把的人，怎麼會想喝這個？味道也不夠精緻。

「便宜的東西可以做得貴，味道不好，那就讓它更好喝不就成了。」楚亦瑤回頭。「一樣的白菜，小館子裡和酒樓裡就差這麼多，不就是個牌子的區別，那小館子裡的分量還比酒樓裡的多了，有些味道也不錯。」

沈老爺子被她這麼一說，笑了，做生意確實是這樣，看她眼底躍躍欲說的樣子，配合地問：「賣得貴容易，茶這東西，必須得好喝才行。」

「陳老您看，這碗底還有不少碎末呢，村子裡條件不夠，泡的時候都沒過濾乾淨，剛剛我出去問了大娘，說是直接炒好了碾碎的，那就是殼都沒篩乾淨，這味道淡不說，還有些澀味。」

楚家不做茶葉生意，楚亦瑤也清楚金陵的茶業幾乎是被壟斷的，想要以新東西分一杯羹，根本不能持續多久，所以她直接把這想法和陳老分享了。

楚亦瑤疑惑地問道：「若是加些別的東西進去呢？好的麥子炒好了碾碎，去了殼磨粉之後，再加入炒好磨粉的茶葉，混合在一塊兒，泡好了過濾，那味道不是更醇厚了？」

沈老爺子聽了靈光一現。

楚亦瑤又說：「加什麼茶，不論多少，這分量不能多於麥粉，這樣麥香味才是首要，這樣不就可以賣得貴了嗎？」

沈老爺子此刻看楚亦瑤的神情都變了，沈家商行裡茶葉這塊做了這麼多年了，什麼種類的茶沒有，這麥茶是根本不屑做的，被這丫頭這麼一說，倒是他錯把寶玉當廢石了！

「丫頭，妳是怎麼想到這個的？」沈老爺子這會兒有些小激動，又喝了那麥茶，已經開始盤算起如何嘗試她說的這東西。

楚亦瑤被他這麼一問，倒有些不好意思了。「我對茶懂得也不多，既然花茶是能夠多種添加一塊兒，那這麥茶為何不能是麥子和茶葉一起？只要比例合適，我想這味道應該更濃郁。」她已經養成了這樣的習慣，但凡看到新奇的特別東西，都會想一下它的價值，稍加改變後會不會賣得更好。

沈老爺子樂了，難怪楚家能撐過那段日子沒有破產，如今還越來越好，難怪二小子這麼放心地把自己那些東西都交給她了，若不是他在那兒點破，二小子還不知道要瞞多久。沈老爺子一把年紀中少有的頑劣心全用在孫子身上了，果然還是他明智，早早讓二小子給下手了，真讓曹家娶回去了，他們也不識貨！

「丫頭，妳都告訴我了，就不怕我回去就這麼做，奪了妳的生意？」半晌，沈老爺子認真問她，做生意的怎麼會把好點子告訴別人。

「陳老您不知道嗎，楚家是做瓷器的，茶葉這塊，金陵城已經飽和了，做來做去都是那些人，我這打鐵的去做包子，不是瞎胡鬧呢！什麼都不懂，光靠這一個，沒多久就該讓人家給擠出來了，還不如不去呢。」楚亦瑤笑咪咪地擺手，唯有缺什麼做什麼才更容易發展起來，她讓二哥去這麼多次鴻都，都直接拐回來一個二嫂了，這繡品的事估計也不遠了。

「好好一個打鐵的去做包子，哈哈哈。」

沈老爺子爽朗的笑聲從屋子裡傳來，江管事很久沒看到老爺這麼笑了，看楚亦瑤的眼神裡倒是多了幾分佩服。

沈老爺子高興和不高興的時候說話都夠大聲，他粗聲粗氣地對她說：「那丫頭不介意陳老把妳這主意給私藏了，回去試試？」

楚亦瑤對哈哈笑著的沈老爺子有一股親近感，從小就沒了爹娘，又經歷了兩世，楚亦瑤對親情的渴望遠高於常人，沈老爺子這般慈祥的樣子，相處起來真的很舒服，於是她拿起碗敬了他一下。「那陳老可別忘了到時候送我些嚐嚐。」

兩個人聊得很投機，一老一少也不芥蒂什麼身分，坐在那兒說著，偶爾沈老爺子會高一聲，臉上的笑意都未退散。

直到那大娘把菜都端上來了，中間的一個陶罐子中是一隻新鮮的燉雞，打開來一股香氣，沈老爺子高興，拉著江管事一塊兒坐下吃，邢二爺也坐了下來，四個人圍著不大的桌子吃了這一頓飯。

席間沈老爺子還喝了兩杯農家自釀的小酒，看著楚亦瑤，這一趟，來得再值得不過了啊……

第四十八章

回去之後，楚亦瑤就開始被喬從安強制留在家中惡補繡活了，來年一月就出嫁的人了，總不能還一直往外跑，除了邢紫語成親的時候去過一趟外，衛初月也是閒不住的人，等楚暮遠回去商行裡就幫著喬從安一起打理楚家，喬從安有空了就負責管著楚亦瑤。

楚亦瑤的繡活不差，但是這個接連不斷的惡補，她也有些怕了。這幾年來她忙的都是商行鋪子的事情，根本沒給自己準備過什麼，所以這新嫁媳婦該準備的一些繡品，她都得自己一樣一樣做好。

快過年的時候，楚亦瑤終於把這些東西給完成了，隔壁的廂房裡已經掛了她的嫁衣，那是楚夫人去世前就為她準備好的，偏大了一點點，送去繡房修改過後，拿回來就一直掛在那裡了。

楚亦瑤按了下太陽穴，全家都高興著，她只能配合著把她們想要自己做的都給做了，秦姊姊當初可是被關了大半年，她這才兩個月就受不了了。

孔雀把東西都放進廂房裡，楚亦瑤走了進去，大紅的嫁衣安靜地掛在架子上，一旁的盒子裡放著鳳冠，這套嫁衣她前世只見過兩次，第一次是二嬸把它從庫房裡拿出來，第二回是楚妙珞出嫁。

老天給了她機會，才讓能夠讓她這個已經撞破頭沒了命的人重生活一回，以前的傻事做得還不夠多嗎？

輕輕地摸著這嫁衣，娘走得早，但記憶裡的楚夫人永遠鮮明，那個安靜的溫婉女子，行事果斷，對生意上的事情比爹都來得更有見解，她把楚家打理得井井有條，只可惜她只來得及培養大哥就走了。

楚亦瑤看著嫁衣喃喃道：「娘您放心，我會像您一樣出色，比您做得更好，我還要活得很久。」

這一年的時間尤為快，年末在忙忙碌碌地準備中過去，年初楚亦瑤就什麼都不用做了，準備出嫁。

喝了兩年的湯藥終於在年末的時候斷了，楚亦瑤在屋子裡看著自己的嫁妝單子，陪上三分之一的楚家家產，楚亦瑤獨分出去，可就是實打實的小富婆了。

抬到沈家的嫁妝中沒有她那些地契，包括桑田的和沈世軒交給她的，她都沒打算列在嫁妝單子裡面，爹娘給自己準備的已經足夠，她也知道沈家大少爺的婚禮就在她和沈世軒成親後二十幾天，嫁妝的風頭還是留給水家大小姐的好，在沈家，弄清楚形式前先低調些總沒有錯……

一月中，楚家大小姐出嫁。

剛剛是冬日過去，初春萌曉的日子，清晨的天還很冷，天剛濛濛亮，楚亦瑤起來之後就是沐浴洗漱，屋子裡燒著暖盆子並不覺得冷，楚亦瑤換上內襯的紅色衣服，坐在梳妝檯前，此刻窗外的天才顯亮。

淨面過後請來的全福奶奶開始給她化妝，屋外熱鬧得很，楚亦瑤彷彿聽到了秦滿秋的聲音，不一會兒，秦滿秋抱著滿周歲的兒子出現在門口，往裡面一瞅，看到楚亦瑤端坐在那裡，低聲對兒子說了什麼，小傢伙從秦滿秋的懷裡下來，扶在門框上站定了。

繼而步履蹣跚地朝著梳妝檯前的楚亦瑤走了過去，楚亦瑤眼神往下一瞥，他正站在她面前仰著頭看她，胖乎乎的小手在她放膝蓋上的手一按，奶聲奶氣地吐出：「姨……姨……抱！」

秦滿秋的兒子粉雕玉琢地十分惹人愛，楚亦瑤伸手摸了摸他的臉，哄道：「乖，姨等會兒抱你，好不好？」

小傢伙不哭也不鬧，回頭看秦滿秋在門口看著他，似乎是站得累了，乾脆坐在楚亦瑤坐的那個踏下面，低頭玩起了自己的手指頭。

「臻寶，過來。」秦滿秋朝著兒子招了招手，王臻寶小手抓著楚亦瑤的手，呼地一下站了起來，對著楚亦瑤呵呵地笑著，又朝秦滿秋走過去。

秦滿秋抱起兒子，王臻寶還揮著小手要她聞聞，秦滿秋在兒子的手心裡親了一口，後者格格地笑著，待不住，要去外面玩。

怡風院子裡面，錢嬤嬤指揮著幾個小丫鬟忙著，沒過一會兒，喬從安帶著衛初月來這裡看了一圈，都準備好了，才去前院招待客人。

辰時剛過，楚亦瑤這邊，全福奶奶已經畫好了妝，拿著梳子邊唸著詞，邊給她梳頭髮——

「一梳梳到頭，富貴不用愁；二梳梳到頭，無病又無憂；三梳梳到頭，多子又多壽；再梳梳到尾，舉案又齊眉；二梳梳到尾，比翼共雙飛；三梳梳到尾，永結同心佩。有頭有尾，富富貴貴。」

門口的錢嬤嬤擦了一下眼角，帶著寶笙走了出去。

楚亦瑤看著初見雛形的髮式，微晃了神，同樣的事情，再經歷一次，卻是不一樣的心情。

身後的全福奶奶在頭上固定好最後一根簪子，笑盈盈地說：「新娘子請起。」

楚亦瑤站了起來，張開雙臂，孔雀和平兒為她穿上嫁衣，勾勒著金絲紅線的嫁衣，裙襬處的雀鳥圖案像是繞著腳踝，十分漂亮。

孔雀在她身前給她繫好了腰帶，輕輕地整理她的衣服，臉上也盡是喜悅。

不輕的鳳冠戴好之後，楚亦瑤被扶到床邊坐下，一旁的平兒給她整理好裙子，眼底一抹驚豔。「小姐，您真好看。」

楚亦瑤莞爾，雙手放在腿上，調皮地問：「平時不好看嗎？」

平兒小臉一紅，忙搖頭。「平時也好看，只是今天，特別特別美。」

楚亦瑤被她這害羞的樣子逗樂了，鳳冠上的墜飾輕輕擺動了一下，看得平兒更錯了眼，小姐今天是真的好看啊。

過了一會兒，喬從安走了進來，身後的青兒手中端著一個盤子，上面放了魚肉，放下後帶著屋子裡的丫鬟退了出去，就留下喬從安和楚亦瑤兩個人。

喬從安在床邊的凳子上坐下，看著楚亦瑤，竟也笑了。

「大嫂，您笑什麼？」

「外頭的丫頭都在說，今天的大小姐真是漂亮極了。」喬從安看這粉黛美人，她若是個男人，也必被給迷住了。

「大嫂您就別笑話我了。」楚亦瑤被她這麼一誇，反而有些不好意思。

喬從安端起盤子裡的碗，挾了一口魚餵給她吃，又挾了一口肉。「嫁過去之後的日子，必定是有魚有肉，紅紅火火。」

「大嫂。」楚亦瑤聽著她說，略微有些哽咽。

喬從安放下碗，嗔了她一眼。「別哭，大喜的日子，高高興興的。」繼而摸了摸她的手。「大嫂什麼都不擔心妳，不過這沈家沒楚家這麼簡單，妳嫁過去了萬事都仔細些。」

楚亦瑤點點頭，喬從安微嘆了一口氣。什麼事小姑子都需要操心，可也就是這樣，她怕小姑子這性子，在沈家的規矩下會過得不舒坦。

「嫁了人，不能隨心所欲地想做什麼就做什麼，做了沈家的媳婦，就要為他家著想，楚家這裡的事，妳要盡少過問，也別老是往外頭跑了，大嫂知道妳喜歡這些，但人言可畏，萬事都抵不住人家一句閒話。」做大小姐和做別人家兒媳婦，是完全不同的兩種日子。

「大嫂，亦瑤明白的。」關於楚家的事情，她都交給二哥和忠叔了，而關於沈家的事情，她一介女流，更不會去摻和，她只要守住自己的一畝三分地足夠了。

喬從安細細地囑咐了不少，但她能傳授的經驗有限，以後的事情還是得靠她自己。

喬從安出去後，孔雀進來替她蓋上了紅蓋頭，很快，沈家的迎親隊伍到了。

一路熱熱鬧鬧、吹吹打打，到了楚家大門口，沈世軒邁進去，門口那兒圍了一大群的人，楚應竹首當其衝，出難題的解難題，討紅包的給紅包，沈世軒給得痛快。

王寄林在後頭還不依不饒地鬧著。「新郎官，說說你是什麼時候看上亦瑤的。」

沈世軒朗笑答道：「那可比你想得要早多了。」

四周哄笑了起來。

王寄林從人群中擠出來。「這哪算回答，大家說，該不該罰！」

眾人配合地說了罰，沈世軒也乾脆，直接讓身後的弟弟給大家分了紅包和糖，本就是湊個熱鬧的，一路過去，倒是暢通無阻。

直到楚暮遠進來說要揹她出去，楚亦瑤才知道，花轎到了。

楚亦瑤只看得見腳下，在孔雀的攙扶下伏在楚暮遠的背上，隨著門口喜娘的說話聲，眼底一亮，到了屋外。

從她的屋子到門口有很長的一段路，楚暮遠揹著她慢慢地往前走。

楚暮遠對著身後的人說：「楚家雖小，若是那小子欺負妳，儘管和二哥來說，可別憋著。」

紅蓋頭底下的人一怔，隨即嗯了一聲。

隨著那大門越近，楚暮遠就越不捨得，回想起小的時候，娘懷裡那只會哇哇大哭的小丫頭，再到他牽著她在院子裡學走路，一步一步，他一路看著她長大，如今都要嫁人了。

這種吾家有女初長成的感覺，讓楚暮遠心裡頭的不捨越來越強烈，他開始擔心起沈家人會不會對她好，沈世軒會不會一直讓著她，她是不是會一如既往的幸福。

楚亦瑤感覺到他腳步一停。「二哥？」

過了一會兒，楚暮遠重新走了起來，他應該相信亦瑤會過得好，而他會好好經營商行，讓她有一個能夠依賴的娘家……

再上花轎，楚亦瑤的感覺越發微妙，直到花轎到了沈家大門口停下，那一聲踢轎，楚亦瑤才緩過神來，喜娘拉開了簾子伸手扶她下來，沈世軒拿著紅綢在前面，她跟在後面，走進了沈家。

跨過了火盆，踩碎了瓦片，到了喜堂前，天色微暗。

透過紅綢她還能感受到喜堂前那跳躍的紅光，主持婚禮的人唸過一段話後，高聲喊道——

「一拜天地，二拜高堂，夫妻對拜！」

喜娘扶著她鞠躬，彎腰的瞬間，楚亦瑤看到了他抓著紅綢的手，心底沒由來一緊。禮成之後，喜娘扶著她跟著前面的人慢慢地走出去，走了有一會兒才到新房裡面，喜娘端來了挑棒的盤子，沈世軒拿在手中，那手竟還有些顫抖。

提手將紅蓋頭輕輕地挑了起來，楚亦瑤微低著頭，輕抿著嘴唇，臉頰微微泛紅。

沈世軒眼底閃過一抹驚豔。「眉目如畫，出水芙蓉」，腦海中閃過這樣八個字，他從未見過楚亦瑤這樣害羞的樣子，就是那唇點處的一抹紅都能勾住他所有視線，怎麼樣都挪不開。

「新郎官，可該喝交杯酒了。」一旁的喜娘等了好一會兒都不見他有動作，再不想打破這一美好景緻也只能開口提醒。

沈世軒飛快地斂去眼底的情動，從喜娘端著的盤子裡拿過一杯酒，楚亦瑤也取過一杯，微一仰頭，四目相對。

幾乎是相視一笑，沈世軒先伸手，楚亦瑤環過他的手臂，靠近抿了一口酒，喜娘接過了杯子趕緊說了兩句吉祥話。

屋外早有人催著沈世軒出去敬酒了。

沈世軒湊近她的耳朵輕輕地說了一句：「妳等著我。」轉而嘴角噙著一抹笑，很快跟著前來通報的隨從去了前廳。

楚亦瑤看著他離開，臉頰通紅，被他說過話的那側耳，熱得發燙。

沈世軒沒走多久，沈家一眾女眷就過來了，帶頭的是嚴氏，身後跟著沈家尚未出嫁的一眾姊妹。

喜娘剛剛要餵她吃餃子，只聽見門口傳來偏尖的聲音——

「喲，這新媳婦長得真是漂亮，難怪世軒這麼久才肯出去呢。」

楚亦瑤一抬眼，嚴氏拉著沈果寶走了進來。楚亦瑤只見過這個孩子一面，比楚應竹還小上一歲的沈果寶有些膽怯地站在嚴氏身旁，看楚亦瑤的臉自己鬧得小臉通紅。

楚亦瑤一口咬下了餃子，在喜娘的問聲中說了一句：「生。」

嚴氏打量地看著她，眼底的笑意味不明，她倒是想鬧上一鬧，不過二十幾天後還是自己兒子的婚禮，怎麼都得掂量些。

楚家大小姐的名聲一點都不亞於水家大小姐，對於二房娶的這長媳，嚴氏起初不在意，不過知道她手中三分之一的楚家陪嫁之後，嚴氏心裡就多了些估量，但看楚亦瑤這溫溫柔柔的樣子，也不像別人傳的這麼能幹，嚴氏多少還是瞧不起楚家的。

看新媳婦也就是熱熱鬧鬧地瞧上一瞧，嚴氏不說話，身後的幾個庶子出的媳婦孩子更不會說什麼，屋裡出奇的安靜，楚亦瑤的目光落在躲在嚴氏身邊的沈果寶身上，後者怯怯地一直偷看她，見她瞧過來，羞澀地笑著低下頭去，半晌又抬起頭來瞧她。

楚亦瑤不禁莞爾，六、七歲左右的小姑娘，懵懵懂懂的，十分可愛。

最後還是闞氏派來的丫鬟給楚亦瑤送吃的，嚴氏才帶著人離開，楚亦瑤不是沒感覺到嚴氏那審視的眼神，從頭到腳，還隱隱透著些不屑。

進來的丫鬟年紀比寶笙還要大不少，笑著從食盒裡拿出幾碟吃的。「二少奶奶，大夫人沒有為難您吧？」

楚亦瑤笑著搖頭，那丫鬟把東西都放下，對她說：「這是二夫人吩咐拿來給您吃。」

「有勞姊姊了。」她讓孔雀送了那丫鬟出去。

喜娘做完該做的也出去了。

寶笙過來扶她，楚亦瑤走到梳妝檯前，摘下壓了一整天的鳳冠。

寶笙為她取下頭上的簪子勸道：「小姐您吃一些吧。」

楚亦瑤動了動痠澀的脖子起身，走到布好菜的桌子前，餓了一天的她其實沒什麼胃口，不過看到那飄著香氣的清湯，楚亦瑤還是喝了一碗，吃幾口飯填了肚子，寶笙把剩下的都放在一旁。

「去準備熱水，我先洗洗。」楚亦瑤交代道。

卸下了厚厚的妝容，楚亦瑤終覺得舒服了些，挑了些乳膏在手心推開來，輕輕地拍在臉上，屋外傳來了動靜聲。

守在屋外的平兒和孔雀趕緊開了門，沈世暢扶著沈世軒走了進來，看到楚亦瑤，紅著臉說了聲二嫂，楚亦瑤示意孔雀她們把沈世軒扶到床上，沈世暢很快離開了。

第四十九章

醉後泛紅的臉上，雙目緊閉，沈世軒躺在床上一動不動，楚亦瑤走近就能聞到重重的酒氣，命寶笙抬了水過來，楚亦瑤絞乾了布，替他擦了擦臉。

「小姐，姑爺這是喝醉了？」寶笙接過毛巾又絞了一把。

楚亦瑤拿手捂了捂他的臉，發燙得厲害，於是讓寶笙過來一起幫她。

「幫我把外套給脫了。」楚亦瑤才剛一伸手，原來緊閉的眼睛霍地睜開來，清亮的雙眼此刻絲毫醉意都沒有，就這麼看著她。

寶笙看如此，自覺地和孔雀她們退了出去，房門關上那剎那，楚亦瑤直接站了起來，把布往臉盆子裡一扔，輕斥道：「你自己洗。」

沈世軒央求道：「我可是醉了。」

楚亦瑤噗哧一聲笑了出來，回頭瞪了他一眼。「哪醉了，我怎麼沒瞧出來，裝醉倒是看明白了。」

沈世軒也不介意，直起身子，走到了她身後，毫無預兆地直接抱住她的腰。

楚亦瑤低呼了一聲，手上的布直接掉在地上。

「我說過會兒早點回來的。」

耳邊響起沈世軒半含笑意的聲音，楚亦瑤微動了一下身子，即刻被他翻轉過來，緊緊地抱在懷裡。

一股酒氣迎面而來，楚亦瑤沒能抬頭，只覺得他燙人的下巴扣在自己的額頭上。

「幫我把衣服脫了，好不好？」沈世軒低頭看她。

兩世為人，按理說這該是駕輕就熟的事情，楚亦瑤伸手幫他解扣子，卻幾度手滑解不開來。

沈世軒時不時感覺到她的手從自己下巴上劃過，終於沒了耐心，直接把她攔腰抱了起來，走向床榻。

放下她，沈世軒直接拉下了帷帳，自己解開領口上的幾顆扣子，拿起楚亦瑤的手要她幫自己繼續往下解。

居高臨下地看著她臉頰上的緋紅，沈世軒眼底的情動越積越深，耐著性子等她解開了外衣的扣子，沈世軒坐了上去，讓她褪下外套，嘴角勾起一抹笑。

「多謝娘子，接下來，就讓為夫幫妳。」

話音剛落，沈世軒就把她壓在身下，一手輕輕地撫摸上她的臉頰，妝容褪去的肌膚如凝脂般剔透柔滑，手緩緩往下，到她嘴邊停了下來。

楚亦瑤看著他慢慢低下的頭，話未出口，嘴唇上一陣溫熱，從淺嚐到深入，楚亦瑤漸漸有了感覺。

沈世軒不厭其煩地親吻著她的嘴，舌尖在她的香檀中盡嚐每一處，雙手很快將她那兩件衣服脫了下來。

帷帳外落了一地的衣服，帷帳內的楚亦瑤就只剩下了單薄的肚兜裹著胸前，沈世軒將她翻身抱在自己身上，後面的手輕輕一拉，肚兜的綁線鬆了開來，楚亦瑤只覺得胸口一涼，正對上他那雙眼，來不及捂，人又被他給壓在身下。

也許是情動，楚亦瑤不自覺地伸出雙手環住了他的後背，沈世軒像得了鼓舞，從她耳後緩緩往下，終於到了胸前的茱萸。

略帶涼意的手覆了上去，楚亦瑤身子微顫，沈世軒低頭含住了它，清晨沐浴的花香氣息還在，此刻混合著床榻內的氛圍，隱隱地透著迷媚。

口中不自覺地嗚咽了一聲，一股並不陌生的感覺從下腹只往上竄，楚亦瑤張口喘息著，一手揪著床鋪，腳趾微弓。

伴隨著一波一波的來襲，那茱萸越發挺立，沈世軒按在手中輕輕揉捏了一下，抬眼楚亦瑤臉上閃過一抹悸動，繼而往下探索。

身下一空，沈世軒直接褪去了褲子，兩具身子交纏在一塊兒，滾燙的身體相貼，到了這時候，兩個人也沒再顧及是不是該裝著初次的生疏，皆沈迷在這裡。

沈世軒勾起她的一隻腳以防她逃脫，一手從她幽徑處滑過，感覺到她身子的顫慄，以口封住了她的嘴，堵住了她的呻吟，一指直接在幽徑口上下探索，終於找到了那躲藏的凸起，沈世軒輕輕一按，楚亦瑤一聲嚶嚀破口而出。

耳旁傳來沈世軒一聲壞笑，楚亦瑤下意識地想要夾緊雙腿，沈世軒快一步阻止了她，手指繼而在珠子上按著。

「是這裡？」

一股熱潮湧下，楚亦瑤感覺到那處的濕潤，目光氤氳地看著他，一手想去阻止，直接在他身下碰觸過去，燙人的腫脹。

沈世軒眼神一暗，那一指直接探進了幽徑之中，楚亦瑤眉頭微皺，有一些疼。很快那一陣酥麻代替了不適，沈世軒慢慢地用手讓她適應起來，由慢而快，直到她臉上的神情全然地放鬆下來，快速抽動的手驟然停下。

楚亦瑤睜開眼看到他抬高了自己的雙腿，而他跪坐在自己身下，很快那物就抵在了她的身下，沈世軒彎腰堵住了她的嘴，緩緩地挺進了身子。

一陣刺痛傳來，沈世軒將她痛喊的嗚咽聲盡數吞下，臉上一抹隱忍，直到全根沒入，停在了那兒。

過了一會兒那痛才緩和了一些，腫脹的感覺除了那隱隱的痛之外，還帶給了她不一樣的感覺，楚亦瑤微動了下身子，沈世軒拉住她的雙手，緩緩動了起來。

這應是相契的配合，楚亦瑤每每想睜開眼的時候，沈世軒總是低頭把她的呻吟堵在口中，帷帳內那床笫之間的相擊為這結合更添一分旖旎。

楚亦瑤身上密密地出了一層細汗，兩人相握的雙手都已濕潤，睜眼看沈世軒額上滴落的汗，滾燙地在自己臉上氳了開來。

腦海中混濁了一片，楚亦瑤只覺得眼前白光一閃，沈世軒猛地一陣抽搐，那一瞬，她陷入了短暫的失神中。

良久才緩過神來，沈世軒伏在她的身上喘著氣，餘溫未退，楚亦瑤想動一下腿，沈世軒低啞地喊了一聲：「別動。」

隨著他的退出，一股灼熱從身下淌了下來，沈世軒貼在她的耳邊輕輕地說：「我愛妳。」

本是渾然的楚亦瑤乍然睜開了眼，瞥過臉去，看到沈世軒眼底那濃烈的情感，一時間不知道如何回答。

半晌她才伸出手，輕輕地摸了摸他滿是汗水的臉，沒有回答，只是揚起頭主動地在他嘴上親了一下，沈世軒回應得急促，兩個人又親吻在一塊兒。

沈世軒抱著她，兩個人在床上躺了好一會兒，享受著片刻的靜謐，而後才叫人進來送水洗漱。

楚亦瑤起身，雙腿痠澀，看著墊在身下白布上的殷紅，有些失神。

寶笙準備好洗漱的水後就退出去了，沈世軒抱起她到那木桶中，洗浴過後，把那白布推到了床尾，兩個人相擁著很快入眠……

次日清晨，天濛濛亮，寶笙和孔雀二人端著水就在外面敲門了。

楚亦瑤睜開眼，懶懶地想轉個身，卻發現置身於某人的懷裡動彈不得，頭頂上方傳來沈世軒的聲音——

「醒了？」

也許是想到了昨晚兩個人的情境，楚亦瑤忽然有些不能坦然看他，點了點頭，伸手抓住被子遮住身前，緩緩起身，雙腿還有些痠脹。

沈世軒也不急著現在調侃，看她側臉上的微微紅，伸手撥了一下她睡亂的頭髮，拉開帷帳讓寶笙她們進來。

起身洗漱，簡單地喝了些清粥，錢嬤嬤帶著平兒進來收拾屋子，一個嬤嬤也跟了進來，直接把床尾的白布收進了盒子裡，帶了出去。

楚亦瑤換了一身喜慶的衣裳，孔雀過來給她梳了個分肖髻，垂在後面的頭髮綰了起來，挑了簡單的簪子戴上，孔雀又在那綰起的頭髮上戴了一個金鳳櫛。

穿戴整齊的沈世軒從屏風後走了出來，看到拿著筆在銅鏡前畫眉的楚亦瑤，眼底閃過一抹溫柔，他這一生，得償所願。

出門的時候天色尚早，寶笙在後面端茶，一個丫鬟在前面引路，楚亦瑤和沈世軒去往前廳敬茶。

前廳中早早地就坐滿了人，未見沈老爺子，就是沈二爺和二夫人坐在上頭，沈大爺坐在右下第二個，旁邊是嚴氏，其餘的長輩楚亦瑤都未曾見面，左邊這裡坐的都是些小輩，還有一些都還是站著的，他們一進去，眾人的目光都落在了他們身上。

沈二爺和關氏身前早就備了蒲團，楚亦瑤先到沈二爺身前，跪下敬茶。「爹，您請喝茶。」

沈振北對這兒媳婦總地來說還是看著入眼，畢竟是兒子自己求的。他接過楚亦瑤手中的茶，啟杯喝了一口，把紅包遞給了楚亦瑤。

楚亦瑤也奉上了一個盒子，裡面放著另外訂做的一支煙斗，楚亦瑤仰頭笑著說：「聽相公說，爹您有這喜好，媳婦借花獻佛，就給您訂做了這個。」煙斗旁還放著兩小盒子上好的煙絲。

沈振北笑著收下了。

楚亦瑤起身跪在關氏身前。「娘，您請喝茶。」抬起頭端著茶杯，看到關氏眼底的那一抹慈愛，臉上的笑意更是真誠。

關氏接過茶說：「以後就是兩夫妻了，要齊心協力把這日子過好了。」

楚亦瑤一一點頭，關氏看了一眼兒子，喝了茶從桌子上拿起一個錦盒，示意楚亦瑤抬手。

「這是老夫人當年給我的，如今啊，我給妳，希望妳能照顧好世軒，兩個人和和美美的。」雙手各自帶上了一只沈甸甸的鐲子，晶瑩剔透的玉質透著些冰涼，楚亦瑤本就喜歡玉石，一看便知價值不菲。

謝過之後，孔雀遞過來一個錦盒，楚亦瑤交到闞氏手中，那是她當初從淮山那兒要來的玉石，小拳頭大小地鑲在盒子中央，闞氏看到的時候微怔了一下，很快笑著合了上去。「起來吧！」

嚴氏那一瞥，只看到盒子裡透出的一角，似乎也是玉，轉頭看楚亦瑤已經到了老爺面前，似乎是知曉沈大爺的喜好，偌大的錦盒中放著一整套的玉酒盞，看得沈大爺本是沈靜的眼神都有了些變化。

很快到了嚴氏這裡，楚亦瑤送給她的東西是一對雙鳳金鑲玉，躺在盒子中看上去細巧得很，嚴氏看著心裡歡喜，面上卻把盒子輕輕地往桌子上一擱，語帶探究地說：「東西是好，新媳婦進門怎麼沒有女紅？」

一個女子的女紅好不好關係到她在夫家的名聲，針線都不會的人即便是詩書滿腹也是不被看好的，楚亦瑤從上到下並未送出一件，嚴氏當即就拿這個揪出作文章了。

「亦瑤替爹娘和大家都準備了，改日便會送上門去。」楚亦瑤笑著回道，她今早過來準備的東西裡沒有一樣是自己的女紅，不是說拿不出手，而是送女紅和送這些，收攏人心的效果會差很多。

「我聽說妳未出嫁的時候都是不著家的，整日在外，這女紅恐怕也是生疏得很，弟妹啊，如今媳婦進門了，妳可得請個好師傅好好教教她，女子無才便是德，生意上的事情還是交給男人的好。」嚴氏一副勸慰的口氣看向闗氏，拿著茶杯也不喝，只是端在手中，一手拿著杯蓋慢慢地叩著那杯子。

闗氏的神情頓時有些不豫，她的兒媳婦，怎麼也輪不到大嫂來教育，更何況是這樣的日子。她抬眼看丈夫，沈二爺輕輕搖了下頭，目光落在楚亦瑤身上，要看她怎麼回答。

楚亦瑤嫣然一笑。「大伯母的消息可真是靈通呢，亦瑤謝過大伯母闗心，女紅之事亦瑤雖忙於家事但也不敢落下，若是大伯母覺得不妥，那亦瑤就給大伯母換了。孔雀，去書香院讓錢嬤嬤準備我的繡品，給大伯母拿過來。」她是新進門的沒有錯，可也不是受嚴氏下馬威的，正經婆婆都沒說什麼，楚亦瑤為何要忍。

嚴氏沒料到她直接說要換了已經送出手的金鑲玉，拿繡品來送，臉色的笑就有些掛不住了，還是一旁的沈大爺圓場——

「妳大伯母她就是自己喜歡，不用去拿了，來來回回費時，等會兒還要去老爺子那兒呢。」

嚴氏聽此只能點頭，拿起杯子剛想說什麼，楚亦瑤快一步叫了身後倒茶的丫鬟——

「給大伯母換一杯，這杯涼了。」

嚴氏原要說的那句「茶涼了」硬是堵在口中沒能說出口，只能接過新的一杯，悶悶地喝了下去，給了楚亦瑤見面禮。

接下去的幾個人都笑顏著送了見面禮，楚亦瑤送出手的東西雖說沒有剛剛的名貴，但也不俗，嚴氏下來坐的是沈家在外的沈家庶子媳婦，從沈老爺子接受之後就分出去了，對楚亦瑤更不會有什麼為難。

到了左側這邊，為首的就是沈世瑾，看了全場弟妹的敬茶，沈世瑾臉上噙著淡淡的笑意，接過了楚亦瑤送的東西，拿出了見面禮，對楚亦瑤身後的沈世軒說了一句：「二弟好福氣。」

娶到一個如此聰慧的女子。

沈世軒笑著，陪著楚亦瑤一個一個過去，一面告訴她眼前的人是誰，一旁負責指點的嬤嬤都省事了。

大家都看得出這是沈世軒對楚亦瑤的重視，幾個尚未出嫁娶親的弟弟妹妹也都笑著接受了楚亦瑤送的東西，沈家人多，大房那幾個妾室生的孩子就有四個，二房這裡除了嫡出的沈世軒之外，還有庶出的弟弟妹妹。

這些都是住在沈家中的，那些旁邊站著的，以後也許會有交集的就是從沈家分家出去的庶出親戚，這麼認下來，時候也不早了。

沈二爺開口道：「快去老爺子那兒吧，在你祖母的佛堂裡面。」

關氏在一旁提醒道：「佛堂清淨，你們換一身衣服再過去。」

沈世軒帶著楚亦瑤離開了前廳，很快前廳裡的人也散了。

沈大爺看了一眼一旁的妻子，等人都走盡了才開口道：「妳也真是的，今天是什麼日子，世軒的媳婦是由妳挑錯的嗎？」

嚴氏瞪了他一眼。「怎麼，我可說錯了？」連自己丈夫都讓那一盒子的酒盞給收買了不成？她不是沒看到眾人收到東西時候的開心，看那丫頭的眼神裡都善意多了，她再不給點下馬威，等自己兒媳婦進門的時候，這些人的心都不知道朝向哪裡去了！

「話是沒錯，但那也是老二家的事情，難道妳還要管他們房裡頭的？」沈大爺和她說不通，直接離開了前廳回商行忙去了。

嚴氏坐在那兒，看著盒子裡的東西，一口氣堵著，想扔，心裡頭還真有那麼些捨不得，但怎麼看都不順氣……

回到書香院換了一身素淨的衣服，沈世軒帶著楚亦瑤去了沈老爺子住的院子，門口早有嬤嬤等著，帶著他們直接去了佛堂裡，佛堂裡並沒有供奉沈老夫人的牌位，那嬤嬤帶著他們進去，要楚亦瑤跪拜佛堂裡的觀音。

楚亦瑤走進佛堂，整個人定在了那兒，佛堂中央供奉的觀音像怎麼看怎麼熟悉，楚亦瑤疑惑地轉頭看沈世軒，沈世軒示意她先上香。

抱著那疑惑，楚亦瑤朝著觀音像跪拜過後，還是覺得觀音像就是當初那客人來鋪子裡下單訂製的，雖然她沒有見過整個成形，但當初在莊子裡她也是看了個大概，大小高度和當初沈世軒雕刻的是一模一樣。

「這個觀音像，是你雕刻的那座吧？」楚亦瑤只想到也許陳老和沈老爺子相熟，還沒往同一個人身上放。

沈世軒點點頭。「是我雕刻的。」

「難道那陳老和老爺子相熟？也不該啊。」楚亦瑤嘟囔了一聲，門口那兒傳來咳嗽聲，兩個人回頭，楚亦瑤再一次怔住了。

那拄著枴杖進來的人，不就是來自己鋪子裡下單，又和自己在桑田暢聊半天的陳老嘛！隨著沈世軒一聲祖父，即便是她再不相信，此刻也明白兩番見面的人就是沈家的老爺子。

「丫頭，怎麼，不認識我了？」沈老爺子看到楚亦瑤臉上的驚訝，心情很好。

楚亦瑤回過神來，趕緊喊了一聲：「祖父。」

楚亦瑤微低下頭，心裡犯起了嘀咕，沈老爺子親自去鋪子裡下單子做雕刻也就算了，去桑田的時候，他應該知道自己就是楚家大小姐，卻絲毫沒有透露。她也是想不到啊，外面傳的這沈家老爺子處事雷厲風行，手段強硬，和那個慈笑的陳老根本合不到一起。

沈老爺子心裡得意啊，當初二小子那驚訝的樣子他看在眼裡，如今孫媳婦這一臉不置信的樣子，讓他覺得自己的喬裝真是太成功了，看把這兩孩子給驚的！

「來這兒坐！」沈老爺子走進屋子內，聲音洪亮地叫他們過去。

楚亦瑤一時不明沈老爺子那麼做的意圖，又不能明著問，看了一眼沈世軒，後者拉住了她的手，安撫地笑了笑，兩個人走了過去。

裡側放著一張小方桌，四周擺著矮凳，沈老爺子坐下後，身後的江管事就拿起方桌上的茶水倒了三杯，沈老爺子朝站著的兩個人招手。「還不快坐下？」

楚亦瑤一聞到那味道就覺得熟悉，偏黃的茶水中飄著一股麥香，其中還夾雜著茶香，茶水過濾得很乾淨，看不見碎渣，脫口道：「這不是麥茶嗎？」

沈老爺子笑著催促她喝。「嚐嚐，味道如何。」

楚亦瑤端起杯子抿了一口，眼前一亮，比在桑田農家喝過的更為濃郁，還添了茶味，沒有苦澀，嚥下去之後，口中久久縈繞著一股麥香，十分回味。

沈老爺子看她這樣的反應就知道這茶是成功了，又換了一杯倒著給她喝，楚亦瑤連著試了三杯，其中麥香味十足，但有的茶香味卻各不相同，最後那一種的茶香味更為濃郁，口感喝起來都不錯。

沈老爺子看她放下杯子，問道：「怎麼樣？」

楚亦瑤想了想，說道：「調配的比例不同，味道也不同，換別的茶葉也許會有不一樣的口感，去了殼的麥茶沒有半點澀味，比起我們平常喝的茶葉，口感也不差。」楚亦瑤把自己的想法都說了出來。「這樣的搭配方式，獨具一格，若是宣傳得好，我想不會比那些上好的茶葉賣得差，這麥茶還能夠依照購買的檔次添加不同品質的茶葉，這樣的話普通人也可以喝。」

沈老爺子眼底閃過一抹讚賞，果然不負他望，這丫頭說出來的，就是他想的，麥茶能做得最好的也就這樣了，而裡面添加的茶粉卻可以是很多種類，從桑田回來後他也試過很多種，只做貴的不稀奇，上下階層都能享受，那才是大手筆的進帳。

這下驚訝的人輪到沈世軒了，他何曾看到過祖父這麼和藹的一面，從小到大祖父最和善的表現就是對他們笑笑，如今他卻慈眉善目地看著亦瑤，沈世軒覺得，這一定是在作夢！

沈老爺子看著楚亦瑤再度問道：「丫頭，若是這東西賣的好了，妳不可惜？」

楚亦瑤點頭，本來她就沒這心思，現在是沈老爺子要做這個，她更不會起什麼心思了。

沈老爺子見她乾脆，直接一揮手，讓他們出去。「好了，你們回去吧，累了一早上，明天還要祭拜祖先。」

第五十章

離開佛堂走了好些路，楚亦瑤都沒緩過神來，走過了迴廊，她停下腳步，略有些懷疑地拉了拉沈世軒的手。「你說，祖父平日裡也是這樣的？」

沈世軒搖頭，他印象中的祖父，十次裡面有六次是在發火教訓的，還有兩次是面無表情地看著，其餘的時候，就是心情好，也不是那種喜形於色的人，所以他也不明白為什麼祖父對亦瑤這麼和顏悅色。

這就更不對了啊，對於沈老爺子的另眼相看，楚亦瑤怎麼覺得有些不安呢？

沈世軒看她一臉憂心忡忡的樣子，笑了。「祖父是看重妳，這也好，在沈家也不會有人看輕了妳。」

楚亦瑤還是沒覺得有多少安慰，沈老爺子當年的名聲和桑田農家中的陳老形象完全相左，這樣的另眼相看，楚亦瑤總覺得心裡頭不太踏實，半晌，她呀了一聲。「忘了把東西送給祖父了！」

沈世軒看著她搖頭著說：「不行，得換一樣東西送，你說送什麼好？」

楚亦瑤面帶苦惱地看著他，眼底一抹求解，這一回她是真不知道送什麼給沈老爺子了，太出乎她的預料了。

沈世軒看她這不常有的糾結，笑咪咪地拉著她繼續往前走。「等回去差人送過來就是了，祖父不介意這一會兒時間。」

回到了書香院已是晌午，錢嬤嬤見他們回來了，讓平兒下去把領來的食盒拿來，布好了菜。

兩個人吃過飯之後皆有些疲倦，可還有一大堆的事等著處理，楚亦瑤小憩過之後就開始忙，這一忙，到了吃晚飯的時候才停歇。

入夜，沈世軒摟著她躺在床上，這才有空問她白天去祖父那裡發生的事。

楚亦瑤把在桑田的事原原本本和沈世軒說了一遍。她睜著惺忪的眼，末了還添了句：「祖父可真像你說的那樣？」

「是啊，妳不信？」沈世軒看她這一臉萌態，笑著捏了捏她的鼻子。

楚亦瑤搖了搖頭，挑了個舒服的位子躺好，尋思了一下才說：「以前也只聽說過沈家老爺子的手段，以為應該是個不苟言笑的人，再說見過的人都說他說話凶得厲害。就算桑田那兒他是故意這樣，今日看到，也不是那麼可怕。」

「那是祖父對妳這樣，對我們可不這樣。」今天去佛堂，他幾乎就是陪襯的，祖父的眼神全落在亦瑤身上，這樣的關注沈世軒也是憂喜參半，祖父心性一來，從來都不會估計別人怎麼看，他是怕這樣的對待府中會多話。

「他對你們如何？」楚亦瑤抬頭看他。

沈世軒這角度瞧見她眼底那一抹好奇，低頭含住了她的嘴唇，良久，看著她雙頰泛紅，這才意猶未盡地給她解說。

在沈世軒的記憶裡，兩輩子加起來，爹和大伯都是很和善的，唯獨祖父，一直是很嚴厲，在他五歲的時候，大哥已經十一歲了。他第一次被叫去祖父那裡和大哥一起學沈家的生意，看到祖父嚴厲的樣子，小小年紀的他是怕了。

沈家的庶子是不會受到祖父的重視，所以他一直和大哥兩個人在祖父跟前學，小的時候他頑皮，又不長進，能偷懶的偷懶，沒少挨罵，每回挨罵，祖父的聲音隔著個院子，外面的人都能聽到。

「大哥學得很快，我八歲那年大哥就去商行裡了，又教了我兩年，祖父說我朽木不可雕，就讓我回來自己學，不想教了。」沈世軒的聲音裡略微透著些苦澀，十歲是他重生回來的時候，前世十歲的時候他出過一次意外，摔傷了頭，那一次祖父罵他罵得很凶，前世的他就是這樣一蹶不振。

那時一直在大哥的光環之下，本沒什麼心機的他像爹一樣，也沒想過要爭搶沈家的什麼，也許在祖父眼中，要爭才是他想看到的。

楚亦瑤以為他想起那段不受重視的日子覺得不開心，被子底下握住了他的手，輕輕地捏了捏，安慰道：「每個人對這些事情的見解都不一樣，你自己在外不是也做得有聲有色？祖父覺得成功的未必在你身上適用。」

沈世軒反握住她的手，另一隻手在帷帳一撥，床內暗下了幾分，沒等她回神，沈世軒翻身把她壓在身下，臉上的沮喪一掃而空，他的雙手狡猾地從楚亦瑤的腰部直接往褻衣裡伸了進去。

「娘子，春宵苦短，我們就不要說這些浪費時間了。」

轉眼一室旖旎……

第二天一早開祠祭拜祖先，楚亦瑤算是正式被沈家認可，成了沈家的二少奶奶，她在榮登書香院女主人的當下，首先有了幾個認知——

沈世軒比她想像中的，要黏人，標準的扮豬吃老虎。

沈家這兩兄弟之間，私底下並不和諧，且看沈世瑾有一句、沒一句若有所指的話。

公公婆婆都對她很和善，但只要一想到沈老爺子那兒，楚亦瑤總會不自覺地眼角犯抽，從沈世軒口中得知，傳言中的皇貴妃真的是出自沈家的時候，楚亦瑤隱隱覺得，自己才是一塊大肥肉，敢情沈老爺子早就知道桑田的地在自己手中了！

前世洛陽城裡的最高位者，為了哄生病的皇貴妃開心，也為了能找一處安靜的地養病，到處找好的地方，負責這事的正是錢正，他就出主意到自己的家鄉，既是為皇貴妃養病之需，彰顯誠意，這裡的人必須是要高高興興遷移出去，都安置好了，這裡才算是沒有半點怨氣，不破壞天地靈氣，適合養病。

前世沈田兩家還是鬧翻的，後來買了桑田這地的人家可是賺翻了，皇上的手筆之大可想而知，楚亦瑤也是知道這個事情才那麼早向田家買地，想必沈老爺子是透過宮中的那位才及早知道的。

楚亦瑤自然不會傻到主動去說這件事，反正還要幾年，她不說沈老爺子不問，她也當作什麼都不知道……

三日回門，起了大早，準備好東西出發回楚家，喬從安和衛初月早早地在門口迎接他們，看到沈世軒扶楚亦瑤下馬車，喬從安放心了些。

吃過了午飯，沈世軒被楚暮遠叫出去了，楚亦瑤和喬從安她們待在屋子裡，還是楚亦瑤問得多，離開家三日，她覺得好像離開了很久。

喬從安打斷她的話笑道：「妳啊，現在該操心自己的事了，家裡這一切都好！」

楚亦瑤呵呵地笑著，她只是習慣了過去那樣的日子，如今讓她完全不去理會，反而有些不適從。

商行裡的事漸漸好轉，下半年新船出航，家裡有兩個嫂子在，她還有什麼好擔心的？現在該是二嫂管著二哥，她是出嫁的人了，只要楚家好好的，她也不會再管什麼。

衛初月拉著楚亦瑤的手，在她耳邊輕輕說了一句。

「那太好了！」楚亦瑤滿臉喜色地看著她。

衛初月紅著臉有些不好意思。「還不確定呢，只是晚了一陣子。」她的小日子才晚了

五、六日，她也只是猜測，去年年底也有過這麼一回，所以她這次想等些日子再請大夫。

「我看準是，不過妳二嫂想過些日子再看也無妨，這些天仔細些。」楚家能多子多孫，喬從安自然高興，如今這重擔可都在弟妹一個人的肩上了。

「大嫂說得對，二嫂妳可得仔細些，再過了四、五日就可以請大夫了。」楚亦瑤想到楚家很快又添新生命，打心眼裡為二哥高興，有了自己的孩子，做爹的人應是更沈穩了。

衛初月臉上是遮掩不去的期盼，她家中也只有弟弟一個親人了，能多生幾個孩子也是她所希望的，成親大半年，希望這一次是真的懷上了。

喬從安看楚亦瑤跟著開心，打趣道：「那妳也可要趕緊，沈家如今一個嫡孫都沒有。」

楚亦瑤笑容淡了幾分，搖了搖頭。「這第一個，我看最好還是別從我肚子裡出。」楚亦瑤倒不是怕了大房，而是對一個孩子而言，何必要讓他去承受嫡長這個莫須有的壓力。

喬從安也知道他們在沈家的尷尬之處。「話也不是這麼說，若是將來長媳進門了，一直沒有身子，妳還等她不成？」

「那自然不會，不過如今等上一年還是要的。」到了十七、八歲再生孩子，風險都要小一些。

她才剛進門，大伯母就急著給她下馬威了，唯恐自己媳婦進門的時候不受重視，她若還爭這第一，日後還有清靜嗎？

下午，沈世軒帶著楚亦瑤回沈家，去過關氏那裡問安，小倆口回到書香院中，天色已經有些暗，吃過了晚飯，一天就這樣過去了……

到了第四天，楚亦瑤才見到書香院其餘的人，包括伺候沈世軒的兩個大丫鬟，書香院裡還有四個粗使丫鬟，兩個婆子，一個嬤嬤，楚亦瑤沒見到沈世軒的奶娘，晚上問起來的時候才知道，早些年前就讓沈世軒給打發走了。

加上她帶過來的幾個丫鬟，沈世軒一沒通房、二沒妾室的，這書香院內的人手也足夠了。

第二天一早去關氏那裡請安，關氏倒是提起了那兩個大丫鬟，年紀都不小了，說讓楚亦瑤找個人配了就是，楚亦瑤聽著心裡一樂，正愁不知道怎麼安置這兩個本來是準備給沈世軒做通房的丫鬟，如今婆婆開了這個口，她很順直地就應下來了。

「你們那裡兩個人住著，如今是不缺人，將來生孩子就不夠了，我這兒給妳挑了兩個丫鬟，你們先添著，書香院裡的李嬤嬤也是沈家的老人了，妳有什麼不懂的問她便是。」

關氏在兒子新婚第二天下午，收到媳婦送過來的女紅之後，就沒什麼想要教育的了，當初大嫂敬茶那一通搶先的話，說得她心裡是極不痛快，又不好發作，亦瑤當面駁了大嫂，她也沒覺得什麼不妥，她一個正經婆婆都沒話呢，大嫂她搶什麼先，倒對她的媳婦苛求起來了。

不過該提醒的關氏還是得告訴媳婦。「我們二房這兒素來低調，娘也看得出來，妳是個懂事的孩子，這沈家主事的一直都是大房，有什麼事，妳也別往心裡去。」

關氏主張息事寧人，楚亦瑤雖不能苟同，卻還是點頭應下了，心裡暗暗地補了一句——「人不犯我，我才不犯人；人若犯我，我必數倍奉還。」

回到書香院沒多久，關氏派人送了兩個丫鬟過來，讓錢嬤嬤帶下去之後，楚亦瑤請了那李嬤嬤進來。

這李嬤嬤能夠在沈世軒的審視下管理整個書香院，想必也還是有些本事的，楚亦瑤也不急著分她手中的權，先向她打聽起關於沈家的事。

沈家一直只有長媳持家的，家裡的男人只管生意上的事，所以這一大家子如今都是由嚴氏管著，從沈老夫人去世，嚴氏持家也有十幾年了，從二老爺娶妻開始，大房和二房這裡所有的花銷用度都是分開來算的，按月取，按年結，分房不分廚，除了銀子這塊，一些細碎的東西都要從嚴氏那兒經手。

「既然已經分房了，為何不是娘自己打理二房這裡所有的庶務？」若是多取個炭盆子的事，都要從嚴氏眼皮子底下經過，這房分得也太約束了。

「一直以來都是這麼來的。」李嬤嬤只打理這書香院，夫人持家的事她怎麼敢過問，就是心中有這樣的想法也不會說，這哪裡是她能管的。

楚亦瑤沈默了，二房這裡的形勢，比她當初想的要嚴峻得多，這二十年來，除了每月銀子的打理外，娘似乎對別的事情都沒什麼意見，這樣一來，二房這裡很多事都要經由大伯母，而看今日娘的話，似乎也沒有想過這個，只覺得缺了什麼，自己拿銀子補上就是了，也不缺這點。

什麼都不爭，什麼都不搶，不就會助長別人的氣勢？難怪大伯母能囂張成這樣，很大程度上，都是爹娘他們自己給慣的！

李嬤嬤看著陷入沈思的二少奶奶，心中也有些吃驚，前幾日敬茶的時候底下也傳開了，說是二少奶奶駁了大夫人的話，讓大夫人啞口無言，大夫人什麼作風，她們底下的人都是有見識的，二奶奶這樣，怕是要讓大夫人給記恨上了。

「李嬤嬤，對沈家的事我還有許多不懂之處，還須妳多提點。」

李嬤嬤正想著，耳邊響起二少奶奶清亮的聲音，李嬤嬤抬頭，瞧見二少奶奶臉上的笑意，忙應了下來。「那是應該的，二少奶奶有什麼儘管問。」

等李嬤嬤離開後，楚亦瑤大致瞭解了沈家的形勢，大夫人持家，今後這持家權如無意外就是給長媳的，田氏最初那幾年是跟著大夫人學過，後來身子不好一病不起，嚴氏才又全都收了回去，至於二房這裡，從娘嫁進來開始，她就是和爹一直這麼低調過著。

也許是性子使然，沈世軒為人處世上也很低調，不輕易讓人知道自己的底細，也難怪這些年來大房那兒一直瞧不起。

大夫人掌管了沈家的所有大小事務，換句話說，沈家的動靜都在她眼皮底下，這書香院裡的人不多，大部分是她陪嫁過來的，楚亦瑤尋思著再等些時候，看看有什麼動靜再說。

屋外傳來一陣哭聲，守在外頭的孔雀走進來通報，說是秋紋和秋露兩個大丫鬟不知為何，哭著來找自己，看起來像是受了莫大的委屈。

楚亦瑤眉宇一挑，前腳娘才剛剛提起說要把這兩個丫鬟配人，後腳就受欺負委屈來她這裡告狀了？

「帶進來吧。」楚亦瑤說。

孔雀出去領著那兩個丫鬟進來，十八、九歲的姑娘依然長熟，尚有幾分姿色，憑著這年歲上的成熟，都比一旁的孔雀和寶笙要多出些味道來，尤其是這梨花帶雨的樣子，煞是惹人心疼。

秋紋和秋露在楚亦瑤面前跪了下來，低聲啜泣著，也不哭得大聲了，只是那眼底的哀怨分明。

楚亦瑤也不問她們為什麼哭，拿起一旁的茶杯慢慢地喝著熱茶，她坐著總不會比她們跪著累，如今這天氣，青石板的地也滲人得慌。

低著頭的秋紋遲遲未見二少奶奶說話，抬了下頭，看到二少奶奶面帶從容地看著她們，心下一驚，緊咬了一下嘴唇，開口道：「請二少奶奶為我們作主。」

楚亦瑤不是男人，這種楚楚可憐的樣子對她沒有絲毫作用，她放下杯子緩道：「作什麼主？」

「我與秋露服侍二爺十年有餘，如今卻要將我們趕出去，若是秋紋哪裡做的不是，請二少奶奶明示。」從七、八歲的時候就開始跟著二少爺，做了十來年的大丫鬟，她們就等著二少爺將她們收房，可等到二少爺都成親了，如今卻要把她們配人。

「是誰告訴妳們，我要把妳們趕出去？」她們這消息來得可真是靈通，她才回來一個時辰不到的工夫，是娘那兒的消息太好外洩，還是她這裡的人個個都是順風耳？

秋露抬起頭，眼底帶著一抹倔強。「二少奶奶，是我們自己聽說的，沒人告訴我們。」

「哦？」楚亦瑤看著她笑了。「莫不是今天這風不大對，都往書香院吹了，所以妳們聽見的。沒人告訴妳們，妳們是從誰那裡聽說的？」楚亦瑤說著笑意漸漸淡了下去，轉而眼底冷漠。「孔雀，讓李嬤嬤去把這書香院的所有人帶上來，我倒要看看，到底是誰說了這話，讓秋紋她們聽到了，來我這兒請我作主的！」

孔雀很快去找李嬤嬤了，人還沒走遠，這一通說，李嬤嬤就急著召集書香院的所有人了，還包括關氏送過來的兩個丫鬟。

不多的人也跪了一屋子，楚亦瑤看這四個粗實丫鬟，四個人跪在那兒臉上皆帶著疑惑，繼而看向那兩個婆子，雖是怕，可都不明瞭發生什麼事了。

楚亦瑤看著她們笑道：「秋紋和秋露前來請我為她們作主，說是聽到有人說，我要將她們趕出書香院，我們這書香院裡也就這麼些人，所以我把大家都叫來問問，以免錯怪了誰。」

話音剛落，那兩個婆子首先開了口：「二少奶奶，我們是守後門的，一早上都沒碰到秋紋姑娘，王婆子昨晚守夜，現在還在屋子裡睡呢。」

「妳們呢？」

楚亦瑤看向那四個粗實丫鬟，四個人齊搖頭，其中一個囁嚅地開了口。「二少奶奶，我們平日裡做的都是打理園子的事，秋紋姊姊她們根本不與我們說話，我們……我們什麼都不知道。」

楚亦瑤的視線落在那四個丫鬟身上，這四個年紀比平兒還小一些的，平日裡就是負責打掃書香院的各個屋子，但四個丫鬟都說不知道這事。

李嬤嬤看著二少奶奶從容地一個一個問下來，臉上的神情波瀾不驚，再看跪著的秋紋她們，二少奶奶恐怕心裡頭明鏡似地清楚得很，一早來去就這麼些時間，除了二少奶奶身邊的丫鬟之外，就只有二夫人那兒送來的兩個新丫鬟了。

楚亦瑤就剩下那兩個新來的沒問，轉頭問秋紋：「秋紋，人都在這裡了，妳告訴二少奶奶，聽誰說的，二少奶奶給妳們作主。」

秋紋捏緊著雙手不說話。她不笨，二少奶奶叫來了所有人，這是要拿她們試刀子立威了。

還是一旁的秋露說：「二少奶奶，我們當時是隔著走廊花窗聽見的，並未看清楚誰，所以不敢亂認。」

楚亦瑤嘴角微不可見地揚起一抹笑，瞥了那兩個新丫鬟一眼。「沒看清楚就來請我作主，妳們這十年的規矩我看是白學了。」

楚亦瑤的聲音不輕不重，卻透著些冷意。「妳們服侍二少爺十來年，這沈府可有短妳們的缺？」

秋紋和秋露兩個人都不說話了，低著頭跪在那兒。

「有，還是沒有！」楚亦瑤加重了語氣凌厲道。

李嬤嬤看她們這一言不發的樣子心裡頭急了，在一旁催促道：「奶奶問妳們話呢！」她們還當這書香院是二少爺作主的不成。

「沒有。」秋露心不甘、情不願地說。

「那這沈府可短妳們月銀？」

「沒有。」

「書香院裡，二少爺和李嬤嬤他們可有錯待妳們？」

「沒有。」

連著三個沒有，楚亦瑤直接怒了。「妳們在沈府十來年，既沒有受人欺負，又不短妳們月銀吃食，妳們憑什麼要向我邀功作主，今日就算是把妳們賣出沈府，這沈家上下也不會有哪個主子來說一個不字！」

秋紋猛地抬起頭看著楚亦瑤，眼底滿滿的不置信，她們可是二夫人那兒分派下來服侍二少爺的，二少奶奶憑什麼可以把她們隨意處置。

「二少爺他——」秋露抬頭急著開口。

「二少爺他把這書香院的事都交給二少奶奶了。」側對著楚亦瑤的李嬤嬤瞪了秋露一眼，打斷了她的話，這兩個丫頭也是她看著長大的，怎麼到了這個分上就這麼沒眼色了！

楚亦瑤說：「妳們兩個年紀也不小了，不適合再服侍二少爺，二夫人那兒已經吩咐我把妳們配人，念在妳們服侍二少爺這麼多年，我會替二少爺多給妳們準備一份嫁妝。」

秋露整個身子是癱倒在地上，秋紋還隱忍一些，眼底蓄著淚水，咬著牙不說話。

楚亦瑤揮了揮手，李嬤嬤趕緊讓幾個小丫鬟把她們拉了出去，這般衝撞二少奶奶，沒挨板子已經算是大幸了。

楚亦瑤倒是想給她們每人來個十板，可這拖上養傷的日子，豈不是延誤了出嫁，畢竟是娘那兒吩咐的，她不能下了娘的面子。

等人都出去了，楚亦瑤這才懶懶地發話。「李嬤嬤，妳這是心疼她們呢。」

李嬤嬤悻悻地笑著，也不否認。「二少奶奶，我也是說老實話，這兩個丫鬟我是看著她們長大的，對二少爺確實盡心盡力，如今二少奶奶能給她們尋個好人家，那是她們的恩惠，該給您磕頭。」

這種阿諛奉承的話，楚亦瑤聽著膩，打斷她的話說：「李嬤嬤，錢嬤嬤這裡再給妳四個人手，都是我帶過來的小丫頭，妳知道該怎麼做吧。」

「我會找人看緊那兩個丫鬟的，二少奶奶您就放心吧。」問了所有人唯獨沒問那兩個，李嬤嬤這麼多年的老人了，怎麼會不明白二少奶奶的意思。

「不用看得太緊，畢竟是夫人那兒送來的。」看得太緊，怎麼有機會露馬腳？

李嬤嬤應聲離開了。

孔雀走了進來，看地上還有被秋紋她們哭的一攤濕，有些不屑，轉而對楚亦瑤說：「小姐，二夫人怎麼會派這樣的人過來？」這麼愛嚼舌根、搬弄是非的丫鬟，不是成心給書香院添堵嗎？

「興許娘也不知道呢。」楚亦瑤起身，走到了內屋。到底是誰的手更長……

第五十一章

時入二月，過完年都沒停歇的沈府又忙了起來，沈家大少爺要成親了，成親前兩日，水家送來了水若芊的嫁妝，不愧是金陵四大家之一，水若芊還是水家大小姐，頭一個出嫁，這嫁妝自然不菲，幾十臺的箱子進進出出也抬了有小半天，放在沈家的前院。

大紅的漆箱十分耀眼，上頭又綁了紅綢，送嫁妝的是水若芊的庶弟。

嚴氏看著這嫁妝單子嘴角樂開了花，一樣的聘禮換回來的嫁妝差這麼多，那水家豈是楚家這樣的小門小戶可以比的。

過了兩天，沈世瑾成親，楚亦瑤作為沈家的二少奶奶，也前往幫忙去了，不過嚴氏一手操辦下來，也不需要她搭什麼手，楚亦瑤就跟著關氏到門口那兒迎接客人。

沈家的客人很多，楚亦瑤感覺大半個金陵做生意的人都來了，但凡有點關係的，嚴氏都請了，一為了給兒子壯勢，二就是為了顯擺。

沈家生意涉及的多，其中不少人楚亦瑤認識，她還從宴客的帖子上看到了曹家。

嚴氏要把這婚禮給辦得比沈世軒成親更熱鬧，主要是因為沈世軒趕在沈世瑾前成親，為了這排場，嚴氏私下也拿出不少銀子去貼，非要讓來的人都見識一下，這沈家嫡長孫才是最受重視的。

傍晚的時候迎親的隊伍就回來了，楚亦瑤和沈世軒站得比較外面，遠遠看沈世瑾拉著紅綢進來，即便是這婚禮再熱鬧，也掩蓋不去娶的是繼室的事實，田氏的名字早就刻在沈家族譜上，水若芊的名字加上去，也是並排著，還是並排第二。

楚亦瑤不免有些唏噓，上輩子，水若芊嫁的可是自己身邊這一位，想著楚亦瑤轉過頭去看他，沈世軒的目光正好落在兩個新人身上。

「怎麼了？」見楚亦瑤盯著自己，沈世軒低下頭遂笑了。

楚亦瑤搖搖頭，轉過身去，新人已經進了喜堂，斂去眼底那一抹怪異，不由得覺得自己的想法可笑，她和前世的他較什麼勁。

垂著的手很快被身後的人給握住了，楚亦瑤撇過臉去，沈世軒還看著那喜堂，嘴角微微上揚。「我看大哥和水家大小姐倒是般配得很。」

只見新人笑，哪聞舊人哭。大伯母把這婚宴辦得這麼熱鬧，甚至比當初沈世瑾迎娶田家小姐的時候還要熱鬧，真不知道到現在都沒走出喪女之痛的田老爺作何感想。

楚亦瑤不免為死去的田氏覺得悲哀，娶了新婦，她還有個這麼小的女兒，今後的日子就算不難過，也不會好過到哪裡去。

新人送入洞房後，就像她成親的時候那樣，她跟著關氏去了沈世瑾的旭楓院，院子裡張燈結綵，丫鬟們進進出出也很忙碌，沈世瑾已經出去敬酒了，楚亦瑤她們進去的時候，水若芊安靜地坐在床上，屋子裡喜娘說著吉利話。

這是楚亦瑤第二次見到水若芊，不虧是金陵有名的水家大小姐，才貌雙全說的不僅是她那閉月羞花的容貌，還有她樣樣都精通的詩書禮儀，這不就是二嬸口中女兒家該有的樣子嗎？

前來看的人說的都是誇獎的話，裡面的這位可是未來的沈家主母，楚亦瑤往外退了幾步，讓前來的人進去，忽然一隻手拉住了自己，低頭一看，沈果寶睜大著眼睛看著自己，眼底還蓄積了些霧氣，好不委屈。

楚亦瑤把她拉到了屋外走廊，柔聲道：「怎麼了？」

沈果寶不說話，只是抱著楚亦瑤，她已經是七歲的孩子了，她很清楚裡面這位以後就是自己的娘，可她委屈，底下的人說以後等娘生了弟弟之後，就不會疼她了，爹也不會疼她。半晌，楚亦瑤懷裡的人囁囁地說了一句：「我想去找娘。」

楚亦瑤拿出帕子替她擦了眼淚。「寶兒，二嬸告訴妳，以後不能再說這樣的話了。」

楚亦瑤這麼一說，沈果寶那眼淚掉得更凶了。「為什麼？為什麼我不能去找娘，我不要這個娘。」後半句話直接是被楚亦瑤攬在懷裡悶著說出來的，楚亦瑤把她抱了起來，領去書香院中，這樣的話若是讓裡面的人聽見了，這以後還怎麼相處。

寶笙看到小姐領了沈大小姐過來，還哭哭啼啼的樣子，命人去取水。

楚亦瑤把沈果寶帶進屋子裡，抱著她坐到榻上，替她擦了眼淚洗了臉，沈果寶傷心的情緒還在，啜泣著掉淚。

楚亦瑤讓寶笙去外頭看著，自己坐了下來。人情冷暖，本該是尊貴的沈家大小姐，如今卻成了眾人要避開的話題，尤其是在今天，這不是時刻提醒水若芊自己是個繼室，更別提剛剛在新房外沈果寶說的話了，若是讓水若芊聽到了，還不知道會怎麼隔閡這孩子。

「寶兒，就是妳再不喜歡，她都要成為妳的娘，做妳爹的妻子，將來還會生下弟弟妹妹，妳知道嗎？」七歲的孩子，該懂的都應該懂了，哄騙對她來說如果有效果，她就不會出現在旭楓院。

「我想要自己的娘。」沈果寶啜泣著說。

楚亦瑤拿起帕子給她擦眼淚，直白道：「寶兒，妳娘已經死了，兩年前她就病死了。」

沈果寶抬起頭瞪大著眼睛看著她，服侍她的人，包括奶娘，沒人敢這麼和她說話，她們就只會騙她。

楚亦瑤知道她聽進去了。「寶兒不是小孩子了，不能再這麼哭鬧著說這些話，如今有個新的娘過來照顧寶兒，寶兒應該覺得高興，只要寶兒過得好了，妳娘才會安心，妳知道嗎？」

整段話沈果寶只聽進去了最後那句，儘管心裡一萬個不情願，她還是不想讓娘擔心她，沈果寶懵懂地看著楚亦瑤問道：「她會照顧好我嗎？」

楚亦瑤替她整理了一下衣服。「她當然會了。」一個女孩子，頂多出嫁的時候備些嫁妝，水若芊不會小氣到要針對一個沒有威脅的人。

「她們都要我乖乖的，可我明明不喜歡她，為什麼要去討好她？」沈果寶滿臉的不情願。

楚亦瑤心裡一酸，這周圍伺候的都是些什麼人，為了讓自己好過，讓一個大小姐去刻意討好。

「她們不是要妳去討好，妳是沈家的大小姐，是如今沈家最最尊貴的嫡長孫女，她們是要寶兒不要和她作對，因為這樣的話，妳爹和妳祖母就會為難，妳娘知道了也會擔心妳。」

「那我應該怎麼做？」沈果寶雖不能全理解楚亦瑤的話，隱隱還是懂她的意思，她現在不是那個可以隨心所欲的沈家大小姐，娘走了，她就要自己保護自己。

「寶兒覺得該怎麼做？」楚亦瑤把問題拋了回去，不希望自己的話誤導她。

沈果寶低頭想了想，慢慢地說：「我以後乖乖的，不和她作對，也不說她壞話，我會聽祖母的話和她好好相處，不讓娘擔心我。」

楚亦瑤摸了摸她的頭笑道：「寶兒覺得這麼做是對的，那就這麼做。」

稚嫩的臉上閃著一抹執著，在她心中，娘親的位置誰都無法替代，她拿起一旁寶笙倒的花茶，小口地喝著，見底了才放回桌子上，對著楚亦瑤說：「二嬸，我該回去了，奶娘找不到我該著急了。」

楚亦瑤陪著她到了書香院門口，沈果寶就堅持不讓她送了，朝著她揮了揮手，轉身往前院的路走去。

楚亦瑤不放心讓寶笙在後面跟著去，沒多久寶笙就回來了，說是大房那兒的人找到了大小姐帶回去了。

回去的路上，寶笙忍不住說了一句：「大小姐是個可憐人。」

楚亦瑤回看了她一眼，寶笙鮮少說這樣的話，怕是對寶兒也很喜歡，末了，楚亦瑤輕嘆了一口氣。「這世上可憐的人多了。」她也不是那個最可憐的……

沈世軒回來的有些晚，那些人放了沈世瑾這個新郎官回去之後，就拉著沈世軒補成親那日沒喝夠的，扶回來的時候一身的酒氣，這回是真醉了。

楚亦瑤讓孔雀去抬水來，本想幫他把外套給脫了，領口的扣子還沒解開，人就被沈世軒給抱到了床上，一手攬著她的腰就是不讓她起來。

楚亦瑤好不容易抬了他的手，看著他瞇著眼，輕斥了一聲。「喝醉了還這麼大力氣。」

沈世軒似乎是聽見了，嘴裡嘟囔了一句又要過來摟她。

楚亦瑤再一次被他壓倒在床上，耳邊飄來沈世軒的一句酒話——

「我不甘心。」

「你不甘心什麼？」楚亦瑤抬起他重重的手，氣笑了。

半晌，沈世軒躺在那兒嘴裡吐出這麼一句話，臉上泛著一抹痛苦。「我不甘心就這麼死了。」

楚亦瑤一怔，手輕輕地摸了摸他的臉，沈世軒的手很快抓住了她的手，放在自己的胸口處，竟然像小孩子一樣撒嬌地說了一聲：「疼。」

她還沒反應過來呢，沈世軒好像還不滿足於只拉楚亦瑤的手，另一隻手環抱過來就摟住了她的腰，頭直接抵在她的胸口上，似乎是找到了舒適的位子，就這麼靠著楚亦瑤的胸口，不動了。

楚亦瑤被他這一頓酒瘋給弄得哭笑不得，孔雀走進來倒好了洗澡水，又叫了寶笙進來，兩個丫鬟幫忙下，楚亦瑤才把他的衣服給脫了兩件，最後剩下的楚亦瑤乾脆也不脫了，直接把人浸在木桶裡，讓孔雀去準備醒酒茶。

泡了好一會兒，沈世軒才有些清醒，迷糊地睜開眼，頭還暈得不行，大哥一走，這些客人就只朝著他敬酒了，幾輪下來，再好的酒量也撐不住，最後喝的那些他自己都有些糊塗了，怎麼被送回來的都不知道。

抬了下手，發現貼在身上的衣服濕漉漉的都沒脫去，背後傳來楚亦瑤的聲音——

「醒了？」

回過頭去，楚亦瑤手裡端著一碗解酒茶似笑非笑地看著他。

沈世軒忽然心生不妙，從她手裡接過碗喝下之後，看著她試探地問道：「我剛剛喝多了，沒說什麼吧？」

楚亦瑤讓他自己把濕透的衣服和褲子都脫了，嘴角勾起一抹狡黠。「沒說什麼，你也就是在屋子裡蹦蹦跳跳著說要唱歌跳舞，兩個人都拉不住你，最後還是三個丫鬟拖著你才停下看著沈世軒一臉難以置信，楚亦瑤保持著「我絕不騙你」的神情，心情頓時好了很多。

次日敬茶，對楚亦瑤來說，也就是得了水若芊送的女紅，送了見面禮而已，但對一眾姊妹來說，這個大嫂送的東西，卻遠不如當初楚亦瑤送來的讓她們更喜歡，人就是如此，拿到了好的，再拿到普通的就沒什麼欣喜感。

嚴氏自然不會為難自己千方百計想娶進門來的兒媳婦，甚至捨不得她多跪一會兒，教誨的話說了兩句就讓她趕緊認識別的沈家人，好似經昨天一夜，就能懷上沈家嫡曾孫似的。

不過嚴氏心裡計劃的好，卻還是有人想著法子給沈家難堪，給水若芊心裡不痛快。

也就是新婚的第一天，田家大哥就帶著田家人上沈家鬧事來了，說鬧事也不確切，田家大爺為的是自己妹妹田氏的事。來的時候，前廳那裡剛剛敬茶完，人一個都沒走。

楚亦瑤也就免費看了這一場戲。

沈老爺子還沒到，嚴氏沈著臉看著田家大爺他們，沈世瑾的臉色也沒好到哪裡去，就是水若芊，這剛剛晉升為沈家嫡長媳的人，也難掩對攪亂自己新婚敬茶的不悅。

田家大爺生得魁梧，他看著沈世瑾，眼中除了厭惡就是不屑，他們家這輩子做的最錯的決定就是把妹妹嫁給了這麼一個男人，年紀輕輕就抑鬱而死，而他呢，還能這麼逍遙地娶了個水家的大小姐。

「田兄，今天這日子，你帶這麼多人來沈家，所謂何事？」好歹是親家，那些年兩家關係也很好，沈大爺對如今這樣很無奈，站起來走到門口，和氣道：「你我兩家人完全不必這般。」

田家大爺直接把一本冊子扔給了他。「熟不熟那也是以前的事情了，如今你們的親家可是水家，與我們何干，這是我妹妹當年嫁過來時候的嫁妝單子，她既已死了，你兒子也娶了親，我們今天就是來把這些嫁妝抬回去的。」

田氏死了之後，她所有的嫁妝都由嚴氏保管著，按理說田氏所有的東西今後是要留給沈果寶出嫁用的，但是沈果寶年紀尚小，今後真到了出嫁那天，田氏留下的到底有多少東西，誰知道呢。

嚴氏這會兒坐不住了，走出來對著田大爺說：「你們也是寶兒的外祖家，她娘留下的東西今後也都是給這孩子陪嫁的，你說的這話是什麼意思，抬回去？不認寶兒了不成？」

田家大爺看著前廳中一干眾人，粗著嗓子道：「認！怎麼不認，就是認！我們才要把這嫁妝抬回去，等寶兒出嫁了，我們田家自然會把這些東西再抬回來給寶兒做陪嫁，留在你們沈家，我們不放心。」

田家大爺的直言讓嚴氏氣得說不出話來，他這就是在說，怕自己私吞了他妹妹的嫁妝貼給自己的了。

「沈夫人，莫不是妳拿不出手了不成？」田家大爺看著嚴氏，擺弄著手中的擔子，意有所指地說。

「田大成，你不要血口噴人！」嚴氏是真的氣怒了，指著田家大爺罵道：「我沈家會私吞這嫁妝，真是笑話！如今寶兒還在，又不是無子，你們要抬回嫁妝，難不成是想要拿那些東西填你們的空缺。」

「你們不會私吞就好，單子在這兒，麻煩沈夫人好好清點清點，既然你們娶了新媳婦，我妹妹的這些東西就讓我們帶回去，也好給新的沈家少奶奶騰出地方放東西。」

田家大爺一點都不介意她的話，無賴地笑著，爹和娘還想把寶兒都帶回田家養，可那畢竟是外祖家，為了寶兒將來的婚事，田老爺和田夫人才沒有這麼做，但妹妹的嫁妝，一定是要拿回去保管。

楚亦瑤站在前廳中，從她的角度還能看到水若芊略微蒼白的臉，前世沈田兩家沒這麼鬧，因為在她死的時候沈世瑾還沒娶繼室，如今田家這番鬧騰，就是因為沈家這場大肆舉辦的婚宴。

這田家在金陵也算是個異數，真的是一夜暴富的人家，誰也不曉得田家過去是做什麼的，總之人家就一夜暴富了，擁有無數田地商鋪的田家，做生意沒一手，收租都手軟了，田家幾個兒子個個行事都很乖張，就像現在這樣，因為田氏去世，田家就見不得沈家大房這裡過得痛快。

嚴氏絕不同意，按照大梁的律法，田氏有女兒，這些東西田家就不能拿回去，就算是保管，嚴氏也不答應，這不就是在告訴別人，沈家有多不靠譜，還想要獨吞死去兒媳婦的嫁妝。

僵持不下，好好的新婚敬茶成了這樣，前廳中誰也不敢說話，這大少爺和大少奶奶的臉色都夠難堪的了。

忽然院子裡傳來洪亮的一聲——

「讓他們拿回去！」沈老爺子拄著枴杖走了過來，對嚴氏說：「把嫁妝給他們抬回去，拿好這冊子，將來寶兒出嫁了，他們抬來的時候清點清楚。」

「爹，這、這不合禮數啊！」就是讓官府來評理，田家也是沒道理，怎麼就可以讓他們抬回去。

沈老爺子瞪了嚴氏一眼，臉色鐵青地道：「怎麼？我說的話沒人聽了是不是，還不快去！」

在場的人聽見沈老爺子這麼一吼，都為之一震。

楚亦瑤終於見識到了沈世軒口中沈老爺子霸氣的一面，身子往沈世軒那兒靠了靠，低聲道：「老爺子為何幾次三番都忍讓田家？」過去就算是為了桑田的地，如今在她手中，也不需要如此啊。

沈世軒搖了搖頭，老爺子做事，他們沒人敢問緣由的。

嚴氏只能帶人去盤點田氏的嫁妝。

田大成笑著朝沈老爺子一拱手。「老爺子，您放心，我爹就是為了小妹的嫁妝將來能順順利利地交到寶兒手中，我們相信沈老爺子的為人，不過你們沈家的其他人……」說到最後，田大成的笑容淡了下去，哼了一聲沒有繼續。

「你們田家一而再、再而三如此，只扔給我一句那樣的話就算交代了不成？今天你既然要抬走這些東西，就把話給我說清楚了，否則我沈闊也不會善罷甘休。」沈老爺子冷冷地看著他，他雖閉門不出，卻也輪不到這些人來糊弄。

田大成愣了愣，朝著沈家大爺那兒看了一眼，見他領著眾人進前廳去了，想起之前爹的吩咐，低聲說：「是我妹妹命薄，見了不該見的東西，心裡的坎過不去，憋著鬧出了病，後來與年紀相近的六弟妹說了一下，六弟妹安慰之後，小妹身子就好了許多，本以為這事就過去了，可沒過幾個月，得到的竟是小妹一病不起的消息，六弟妹實在忍不住，就把這件事和娘說了，說了之後，娘也只能安慰小妹，我們沒想到的是，小妹竟然這樣走了。」

沈老爺子的神情從起初的不解到後來的震驚，直到田大成說完，沈老爺子臉上的神情還不能緩過來。良久，他長長地嘆了一口氣，孫媳婦病下那兩年，其中有一段日子人是好很多，能請安還能理事。

忽然病重之前，沈家是出了一件事，出了樁命案，兩個年紀很輕的小廝死了，是偷了世瑾書房裡的東西被打了板子活活打死的，屁股上皮開肉綻模糊一片，這兩個小廝都沒什麼家人，再說簽的是死契，所以這命就是沈家的。

沈老爺子心裡比誰都清楚，兩個小廝怎麼會想不開去偷孫子書房裡的東西，再經由田家大爺這麼一說，他臉上都不知是什麼樣子的神情了。

沈老爺子眼底閃過一抹疲倦，那是他悉心教導出來的孫子，不論是什麼樣的人有什麼樣的癖好，他心裡頭再失望，那也是他孫子，難不成他要為了這個斷了沈家的路不成……

嫁妝很快被收拾好了，田氏在沈家的這幾年，極少動用嫁妝，所以幾乎原封不動地被抬了回去，田大成朝沈老爺子一拱手。「老爺子，田家敬重您的為人，大成就此別過。」

抬嫁妝的隊伍浩浩蕩蕩地回田家去了，沈老爺子也知道，這件事是真的過去了，前廳中的人走的走，散的散，沈老爺子看著沈世瑾夫婦倆，擺了擺手。「回去吧，改天再去佛堂裡。」

沈世瑾站在那兒，看著沈老爺子離開的背影，眼神一瞇，一旁的水若芊臉色沒能好到哪裡去，她嫁入沈家第一天，竟然還要受這樣的難堪。

「既然不去祖父那裡了，回旭楓院去吧。」沈世瑾回頭看到她眼底一抹憤然，淡淡地一笑，牽起了她的手。

水若芊憤然化為委屈，眼底一下就蓄積了淚，見沈世瑾溫溫柔柔地看著她，再也抑制不住，在他懷裡嚶嚶地哭了起來……

第五十二章

熱熱鬧鬧的娶親，結果新婚第一天就遭遇這樣的事情，這就是喜事上當頭一棍，要打得人晦氣，大房那兒整整陰鬱了很多日子，嚴氏心情不好，底下的人做事也戰戰兢兢的。

而楚亦瑤這邊，沈老爺子允給沈世軒的「婚假」也結束了，沈世軒要回去商行裡，在商行和鼎悅樓之間兩邊跑。

二月底三月初，清明前後採茶忙，也就在這時候，沈家的茶莊裡推出了新茶，麥茶。

這茶一推出就遭到不少同行的質疑，可才過了一個半月的時間，那紛沓而來的訂單，讓沈老爺子樂得合不攏嘴，而後就在沈家每月的聚會上當眾誇了楚亦瑤。

沈老爺子當眾這麼一誇，即刻讓眾人的視線都落在楚亦瑤的身上，楚亦瑤挾著四喜丸子的筷子頓在半空中，抬頭看去，同桌的另外五個人也都看著自己。

趕緊放下了筷子，楚亦瑤站起來，看向沈老爺子那桌，沈老爺子像是沒有意識到自己的話給二小子家的媳婦帶來了多大的影響力，口中還誇著——

「這次要不是二小子的媳婦，咱們還賣不出這麥茶來。」

沈家大爺看過來眼底也是一抹讚賞，老爺子這些年來開口誇獎的人能有幾個，連著幾句說世軒媳婦的好，那就是真的不錯，起碼在麥茶這件事上，幫了大忙。

沈二爺心裡就是驕傲也知道吸引注意多了不好，給沈老爺子倒了酒，笑著說：「爹，您也別誇她，還是個孩子。」

「都已經嫁人了，趕緊讓他們把孩子生了，如今就寶兒一個，我啊，還能替你們多忙幾年。」沈老爺子是真高興，不僅僅是麥茶帶來的利潤，還有從麥茶這件事上對那些老對手的打擊，在茶莊開始賣之前，他就讓人把這茶先送去洛陽了，今年的皇貢，看誰還敢和他爭！

此話一出，連帶沈世瑾他們臉色都有了變化，沈老爺子十年前就把沈家生意上的事都交給兩個兒子了，如今說這話，是要再掌權的意思嗎？

沈大爺不確定沈老爺子這話的具體意思，笑著試探道：「爹，這是兩不誤的事。」

沈老爺子卻是看穿了他的心思，朝著沈世瑾和沈世軒看了一眼。「怎麼兩不誤了，我如今閒著也是閒著。」

沈老爺子的意思已經足夠明確了，他是要重新出山，別管沈世瑾怎麼想，沈世軒的心情是好不到哪裡去，老爺子出山管生意，那他豈不是更沒得躲？

嚴氏見幾桌子的人都愣在那兒，站起來陪笑著說：「爹啊，生意上的事交給振南他們就是了，您啊，就等著抱曾孫。」

沈老爺子看了她一眼。「那也得有曾孫抱。」

嚴氏被這一句話悶了回來，在場的人都不敢說了，尤其是楚亦瑤和水若芊，楚亦瑤坐下來後就低著頭，看著碗裡那一顆四喜丸子，對沈老爺子剛剛提到自己，真是一點都高興不起來啊。

沈老爺子要重返沙場，沒有阻攔的理由，嚴氏訕訕地坐下之後，心裡卻有幾分不樂意，這麼一大把年紀了，竟還想要把這些事抓在手中。

「我也是偶爾去你們那兒轉轉，多的事情還是你們去辦的。」良久，沈老爺子又開口道：「世瑾和世軒你們年紀也不小了，做了爹，這人才最是沈穩。」他希望在這有生之年還能教導曾孫一番，這家他現在怎麼看怎麼不放心。

沈老爺子的話直白了講就是——你們啥也別管了，先把孩子生了，沈家兩房如今就沈果寶一個獨苗苗，說得過去嗎……

吃完飯回去的路上，楚亦瑤的情緒還是高漲不起來，老爺子催著生孩子，若是大嫂那兒先懷了還好，若是她先懷呢？她怎麼說來著，老爺子這重視對她來說就是不祥。

回到了書香院，洗漱過來，楚亦瑤坐在梳妝檯前搽著手霜，回頭看靠在床邊看書的沈世軒，肯定道：「我覺得祖父就是故意的。」故意在這麼多人面前誇自己。

沈世軒放下書。「就算是故意的，妳能說什麼呢。」

「祖父把事情交給你們的時候，是不是大伯和大哥他們占的多，爹占的少？」總不能說沈老爺子是閒著沒事找事，今天這一番話，還有得推敲。

「是啊，爹一向如此，覺得這沈家以後就是交給大伯和大哥的。」沈世軒走過來把她拉到了床邊，她身上還散發著一陣沁人的香氣。

將她摟腰到自己懷裡，沈世軒抱著她靠到床上解釋道：「祖父那時候是獨子，但太爺爺那時候卻有好幾個兄弟，太爺爺是長子，後來也是他繼承沈家，所以到了大伯和爹這裡，爹自然也是這麼認為的。」

楚亦瑤癟了癟嘴，不以為然道：「那是因為太爺爺厲害，那幾個兄弟完全沒法比，不交給他還能交給誰，如今祖父遲遲不作決定，我看啊，就是在試你和大哥兩個人。」

沈世軒眉宇一動，不置可否地點了點頭。

「祖父說要出山，是想平衡你和大哥之間的勢力，你若再不作為，恐怕祖父還會想別的法子出來。」楚亦瑤特別不喜歡這種感覺，老爺子就是想逼著世軒有本事，有本事才能和大哥一爭高下，誰能讓沈家更上一層樓，誰就贏了，不論長次。

沈世軒在她耳朵上輕輕咬了一口，吐著氣說：「那就爭上一爭。」

楚亦瑤忍著顫慄哼了一聲，掙扎著轉過臉去看他，狐疑道：「你說真的？」

「這還有假的？」沈世軒失笑。

楚亦瑤又哼了一聲。「我哪知道，你那時候都要把那些私下置辦的藏起來了，要我說啊，就不該給他們這麼多的得意，爹和娘這麼讓，都把他們給慣的！」

沈世軒清楚自己媳婦不是個忍氣吞聲的主，若不是為了配合自己、配合這二房才如此吞忍，遂在她嘴上親了一口，一臉無奈地說：「現在不一樣了啊，一人吃飽、全家不餓的日子已經過去了，現在我要抓緊著賺些銀子，不然以後怎麼養活妳和一大家子！」

楚亦瑤瞪眼，一手推著他不斷湊上來的臉，嘴裡斥道：「沈世軒你不要臉，什麼一大家子，你當我是豬啊，這麼能生。」

沈世軒哪肯放她走，越是推就越是湊，最後還是把她給壓倒在床上，心滿意足地親了一口，無恥地建議道：「所以說我們要抓緊著生，一大家子不容易。」

話音剛落，沈世軒的臉就皺成一團了，痛苦地看著被壓在身下的楚亦瑤。「亦瑤，妳再不鬆手，可是謀殺親夫了啊。」

楚亦瑤鬆開掐在他腰間的手正要說什麼，雙手很快被沈世軒給抓了起來，放到了自己的頭頂。

楚亦瑤惱羞地道：「你快放開我。」

沈世軒偏不放，一手抓著她的雙手，另一隻手在自己的腰上揉了幾下，在她唇上懲罰性地咬了一口，沈世軒很快就揭開了她單薄的襯衣，微涼的手指慢慢地從她肌膚上滑過，看著她臉上浮現的一抹紅暈，壞笑了一聲。

「天色不早，我伺候娘子先。」

楚亦瑤咬著嘴唇不讓自己發出聲來，這一個多月以來，沈世軒熱衷於尋找自己的敏感處，每每都讓她不能自已。

很快沈世軒就往下進行，鬆開了束縛她的手，楚亦瑤一個閃躲坐起身來，直接把沈世軒給撲倒在被子上。

沈世軒一怔，但看著楚亦瑤敞開的衣襟裡那一番春色，眼底聚齊一抹深意，坐在他身上的楚亦瑤都感覺到了他的反應。

「娘子，妳這是何意？」沈世軒轉而無辜地看著她，雙手要往她的腰上放去。

楚亦瑤雙手一抓，直接把他的手架在他頭頂上，拿起一旁從帷帳上解下來的帶子，把他的雙手給綁住了。

沈世軒足足愣了好一會兒都沒反應過來，楚亦瑤忽然俯低身子，貼在他的身上，挺立的茱萸在他胸口劃過，激起了他另一番的感覺。

楚亦瑤貼著他的耳朵，斂去眼底一抹羞澀，學著他故意在他耳朵上吹了一口氣，輕輕說：「你猜我是什麼意思？」

沈世軒整個就懵了，懵了之後就是狂喜，自己剛剛對她用過的招數，如今媳婦要全數奉還給自己嗎，想到這裡，沈世軒可恥地興奮了。

楚亦瑤掩飾著緊張，嬌俏地哼了一聲，比他還要放緩幾倍的速度在他身上磨磨蹭蹭，生疏的手法讓沈世軒心癢不已，很想直接掙脫了撲倒她，可楚亦瑤綁得緊，他竟然沒辦法騰出手來。

一會兒過去，沈世軒的狂喜沒了，剩下的全是著急，楚亦瑤坐在他側邊，低頭看著他褲襠下那高高頂起的帳篷，眼底閃過一抹狡黠，繼而很是迷茫地轉頭看沈世軒，接下去要做什麼，她不知道啊。

沈世軒覺得他錯了，最錯誤的就是不該過分調戲媳婦，於是他看著楚亦瑤哀求道：「亦瑤，握住它。」

楚亦瑤整個臉發燙了，伸了下手，在沈世軒萬眾期待的眼神下，拿起一旁的被子，直接蓋在自己身上──嗯，不早了，睡覺！

沈世軒錯愕了，很快把綁著的手伸到自己嘴邊，好不容易咬開那布，直接從背後把楚亦瑤給摟過來壓在身下，撩起被子一蒙，看他怎麼收拾她……

縱慾過度的後果，就是第二天起不來了，楚亦瑤好不容易起來去給關氏請安，關氏看她眼底那一圈青，關切道：「昨夜沒睡好嗎，怎麼沒精打采的？」

「不知道誰養了貓，昨夜一直在外頭叫。」楚亦瑤忙找了個理由。貓叫春，昨晚就是某人叫春。

關氏笑了。「府裡養貓的人少，興許是外頭跑進來的，晚上讓值夜的丫鬟多注意些。」

「妳在家也待了這麼久了，在楚家的時候妳不是還自己管著鋪子，如今那些鋪子呢？」關氏有心多留她一會兒，提起了楚亦瑤那些鋪子的事。

楚亦瑤點點頭。「如今都交給別人打理著，不用時常去看。」

「書香院裡待悶了吧？」

楚亦瑤抬頭，看到關氏笑盈盈地看著她，有些不好意思，搖了搖頭。「沒呢，娘，挺好的。」

「沈家有妳大伯母打理，不用妳幫忙，書香院裡沒什麼事，妳待著悶也是常理，既然妳有這麼多鋪子要打理，該出去的妳也就出去，生意上的事，我雖不懂也不能攔著妳，妳自己注意分寸就好。」

娘怎麼會鬆口？楚亦瑤正奇怪呢。

關氏拿起杯子喝了一口茶，輕嘆著氣說：「昨日妳祖父這麼說，我們這二房恐怕是難脫身的，我和妳爹性子如此，也沒想過要爭什麼。娘知道妳是好孩子，往後的日子，還要妳陪著世軒兩個人好好過下去。」

從來都是想著息事寧人的沈二夫人能說出這番話，可見沈老爺子昨天講的那些對他們的觸動有多大。

楚亦瑤其實能理解沈老爺子的做法，兩個都是自己的兒子，兩個都是親孫子，一房讓了，另一房的人在沒有競爭對手的情況下，要麼懶惰不上進就這麼過下去了，要麼剛愎自用，覺得自己什麼都是對的。

這都不是沈老爺子想看到的，他想要的是兩房相爭的情況下沈家越來越好，這樣其實也可以解釋為，在沈老爺子心目中，沈世瑾還不是合格的繼承人，即便他是繼承人，如今也達不到沈老爺子的期望。

若世軒爭了，要麼激勵了大哥成為老爺子心中沈家合格的繼承者，要麼替代他……

從籬秋院出來，楚亦瑤想了很多，習慣性地把這些事會產生的後果通通預計了一遍，對沈老爺子來說，其實誰繼承並不是重點，誰能把這個沈家發揚光大，若是能獨霸金陵，那才是他心中最滿意的人。

正走著，迎面走來了水若芊，身後跟著兩個丫鬟，手裡還端著些東西。

「正要去找妳呢。」水若芊笑看著楚亦瑤，這種忽然來的熟稔，水若芊比楚亦瑤用得上手。

楚亦瑤只是微怔，很快笑著叫了聲大嫂，帶著她回了書香院。

成親以來，大房二房其實沒什麼交集，畢竟不是親兄弟，楚亦瑤也不需要去嚴氏那兒請安，所以這還是水若芊第一次來書香院。

帶她進了屋子，楚亦瑤命孔雀去沏茶，請她坐了下來。

水若芊環顧了一下四周，看著楚亦瑤說：「這書香院沒什麼變呢！」見楚亦瑤疑惑，捂了下嘴輕笑著解釋道：「因為沈老夫人是我姑婆，小的時候常來沈家，這書香院也來過幾回。」

楚亦瑤點點頭，孔雀很快把茶端上來了，楚亦瑤端起杯子笑著道：「我性子懶。」

「弟妹性子還懶啊，那我可是要羞死了，在家的時候就聽說過弟妹的事，一個女子能把家裡的生意打理的這麼好，我小妹可崇拜妳了。」水若芊毫不吝嗇地誇著。

楚亦瑤反倒是受寵若驚了，這上門一回，總不是來彰顯崇拜之意的吧。

「瞧我，都忘了，這是我家從域北進過來的皮毛，給妳拿來兩塊，雖說這冬天不冷，不過女人家的，禦寒些總是沒有錯。」水若芊讓丫鬟把帶過來的皮毛拿來，拿在手中讓楚亦瑤摸，比起金陵飼養的，域北那麼寒冷的地方，動物的皮毛自然是暖厚許多。

「這不是……」楚亦瑤看這皮毛，略微有些驚訝。

「弟妹真是識貨，就是這白狐皮。」水若芊臉上的笑意更甚，帶著一些得意。

楚家不沾皮毛生意，是因為這皮毛和私鹽一樣，朝廷都是有禁令的，雖說做生意的哪家人沒點不乾不淨的東西，但實力不足的，還真不敢去沾這些隨時可能會被抄家的東西。

「這可真是稀貨呢！」這些年域北那兒獵殺禦寒動物過度，這白狐皮的確是少見，水若芊一送就是兩塊，手筆可真大。

「稀罕什麼，好用就行。」水若芊見楚亦瑤喜歡，把這皮毛往楚亦瑤膝蓋上放。

「嫂子，妳等等。」楚亦瑤把皮毛交給了一旁的孔雀，走入了內屋，在擺放的架子前看了一遍，選了個盒子走了出來，見水若芊望著自己，把盒子放在桌子上，抱歉道：「應該是我先去拜訪大嫂的，這是我平日裡收集的一些東西，大嫂妳喜歡的話，就打些墜子戴著。」

盒子裡放著四方形的翡翠石，為了不浪費玉料只是簡單地打磨了邊緣，都是識貨的人，水若芊自然一看便知，也不推脫，收下了盒子交給身後的丫鬟，客氣道：「沒有誰先誰後的，按照老爺子的話來說，這都是沈家的孫媳婦，我空著些就先過來看看妳，往後啊，來的日子多了，弟妹可別嫌我煩。」

楚亦瑤這會兒才算是聽出她話中的意思，用老爺子的話來說，她們都是沈家的孫媳婦，可明面上楚亦瑤還是小，讓做大嫂的老是過來看她，豈不是她沒禮數？

「怎麼會呢。」楚亦瑤低頭喝了一口茶，抬頭的時候眼底多了一絲親近。「以後還是要多去叨煩大嫂，到那時候，大嫂可別嫌我。」

水若芊笑著，又說了些別的，聊過了半個時辰，水若芊才起身告別，楚亦瑤親自送了她出去，看著放在榻上的兩塊皮毛，漸漸斂去了笑意。禮尚往來，大嫂都親自過來了，難道下一次她楚亦瑤能不上門去嗎……

兩個丫鬟跟著水若芊回了旭楓院，身旁的丫鬟請示她二少奶奶送的東西如何處理。

水若芊瞥了一眼那翡翠石，嘴角揚起一抹若有似無的笑。「別浪費了弟妹的心意，拿去切割了，我那一套簪子正好缺這墜頭，剩下的這些，妳讓那師傅看著做便是了。」

丫鬟拿著盒子下去了，一個嬤嬤走了進來，在她跟前說：「小姐，大小姐給您來請安，一直等著您呢。」

水若芊拿著杯蓋的手一頓，眼底閃過不耐，說道：「請進來吧。」

這已經快是巳時，也就是說，沈果寶為了給她請安，等了近一個時辰，水若芊看著沈果寶走進屋子，她不討厭這個孩子，卻討厭這孩子背後所提醒她的東西，而這個事實卻是水若芊最厭惡的。

「女兒給娘請安。」沈果寶乖巧地給她行了禮。

水若芊回神，擺了擺手。「快坐吧，等了這麼久，下回我若不在，妳就別等了。」

沈果寶坐下，小手揪了下帕子，臉上始終保持著那聆聽的神情，她也不想多等一會兒，可那嬤嬤和她說，後娘很快就回來了，既然是很快回來，她若走了，到時候又是她的不是。

「今早去給妳祖母請安的時候也提起來了，妳不小了，也不能一直住在妳祖母那兒，該有自己的院子，如今空閒的這麼多，妳想住哪個，我派人去收拾出來，妳也好搬進去。」水若芊說了幾個院子的名字。

沈果寶輕咬著嘴唇，她想住的院子，祖母和爹都不會答應，遂她微紅著臉，羞澀笑著道：「娘安排便是。」

「那就芷清院吧，朝向也好，離妳祖母那兒也不遠，院子太大了也不合適，我看那裡正好。」水若芊見她讓自己拿主意，直接把心中想好的說出來。

沈果寶點頭說好，這事也就這麼定了。

等沈果寶離開後，水若芊身邊的奶娘王嬤嬤勸她道：「小姐，如今正是妳和大小姐培養感情的時候，芷清院是不是有些遠？等大小姐再大一些，這可就生疏了。」

「奶娘，妳說得容易，都七歲的孩子了，就算是住得近，每日請個安能培養出什麼的嗎，我不錯待她，她尊敬我，這樣也夠了，要我花心思去討好那孩子，我做不出來。」水若芊嘆了一口氣，她有她的驕傲，在她看來，芷清院不差，離她這兒遠，離娘那兒近，是最好不過的了。

「恐怕大小姐也是這心思。」王嬤嬤心疼地摸摸她的肩膀，越是這麼尊敬，實際上就越是疏遠。

屋外傳來丫鬟的請示聲，是嚴氏那兒的大丫鬟送了東西過來，說是四月底沈家的茶會，要讓水若芊幫著一塊兒看看。

嚴氏送過來的是一些茶會茶具的圖紙樣式，旁邊還有買這茶具的商行或鋪子，水若芊翻了幾頁，這幾年楚家的瓷器做得這麼好，這一大疊的圖紙中，竟然沒有楚家的。

沈家的茶會不是每年一次，今年的還是沈老爺子格外吩咐要辦的，很大意義上是為了慶祝麥茶的成功，所以這茶具上更是要注重，她做媳婦的自然不會多費口舌去提醒婆婆別忘了還有楚家，留下了那冊子說要看一看，便派人送走了那丫鬟……

第五十三章

轉眼三月底，離開金陵的商船都回來了，楚亦瑤看了二嫂寫過來的信，放心了不少，那五家分鋪收到的訂單並未減少，即便是這回金陵的同行都效仿起來，各地的單子楚家還是能牢牢抓住。

「小姐，馬車準備好了。」平兒進來通報。

楚亦瑤帶著寶笙又帶了一個丫鬟出門去香閨，這還是她出嫁以來第一次獨自出門，馬車是沈世軒替她安排下的，楚亦瑤掀開簾子看外面的街市，才隔了一個多月，南塘集市這裡開了不少新鋪子。

楚亦瑤今日出門時間排得緊湊，先到了香閨，見到許久不見的二舅，寒暄了一番，兩個人和掌櫃一起說起了這些日子以來香閨的生意。

隨著莊子裡那些學徒越來越熟練，缺貨的現象減少了很多，楚亦瑤又給了邢二爺幾張圖紙，讓他有空送去莊子裡給白師傅。

李掌櫃繼而說起了一件事，做生意的各種手段都有，只有你想不到的，沒有人家做不到的。這不，就在前一個月，香閨隔壁開了一家鋪子，賣的也是木雕，和南塘集市上其餘幾家不同的是，這家裡賣的，全是楚亦瑤這家鋪子裡的翻版。

李管事總結了隔壁鋪子有多無恥。「我們賣什麼，過幾天他們也就賣什麼，用的木料和我們不同，雕工有些比我們差，價格比我們的便宜將近一半。」讓李管事內心結鬱的是，生意還挺好！

因為香閨客人多，根本分不清誰是隔壁鋪子人派來的，本著寧缺勿濫的理念，香閨裡面的雕刻許多都是限量的，雕刻了一定數目賣光了就沒了，即便是賣得好也不會再進，物以稀為貴，所以價格才能高。

隔壁這麼一來，這東西都多得能掃大街了，人手一個，物美價廉，有些人買去了用得不好，還能找錯找到香閨來尋事，幾次下來李掌櫃去隔壁討說話，人家就一個意思，客人走錯了，他們也沒辦法。

「還有傳言說，隔壁的町荷館就是我們香閨的分鋪。」李掌櫃氣不打一處來，碰上這麼無賴的同行，算是一把辛酸淚了。

「我們賣出去的每一樣不是都有登記嗎？以後立個票，客人買走了什麼，把東西是什麼、什麼價格、什麼時候買走的都記下來，我們這裡登記一份，另外的給客人，出了問題，讓他憑那票過來，都對上了，要換要賠都可以，沒有那票，又說不出個所以然的，你們就不必理會。」楚亦瑤想了一下對李掌櫃說：「用專門的紙，好一些，裁剪大小都相同，識字的一個人負責登記就好，字跡得相同。」

李掌櫃一想這是個好主意，忙吩咐夥計去辦了。

楚亦瑤走出香閨，轉過身看去，隔壁那鋪子町荷館三個字，偌大地寫在布上，掛在鋪子的側邊，進出的客人挺多。

眼紅的人什麼法子不能想，但這能持續多久？若是品質一樣還能爭上一爭，捨不得花本錢的，到最後還不是得關門大吉。

楚亦瑤懶得理會，正欲上馬車去調味鋪，兩家鋪子中間的巷子裡頭走出兩個人，為首的那個，正是許久不見的二嬸，肖氏。

肖氏見到楚亦瑤的時候先是一怔，眼底閃過一抹慌亂，很快朝著楚亦瑤一笑。「亦瑤，妳怎麼會在這裡？」

「這裡可是我的鋪子啊，倒是二嬸您，在這巷子裡做什麼？」楚亦瑤臉上一抹了然，她沒記錯的話，這巷子裡可是條死路呢。

兩家鋪子之間的巷尾，早前香閨開起來的時候，楚亦瑤就讓夥計給封住了，那巷子裡只有兩扇門，一扇去香閨，一扇自然是通往如今這町荷館的。

肖氏一聽她打聽自己的來路，先前那點慌亂又掩飾不及。「我買點東西，前面人多，從後門出來方便。」

前世見識過二叔一家子的各種手段，這輩子楚亦瑤早就從容了許多，二叔都能從楚家商行裡帶走人並且做起了瓷器生意，二嬸自然也能眼紅她的鋪子照搬著開一家，對她們家來說，錢是搶著賺的才好。

「二嬸慢走。」楚亦瑤目送著倉皇離開的肖氏。

一旁的寶笙看了一眼那鋪子，說：「小姐，這不會是楚二夫人開的鋪子吧？」

「二嬸不是那種肯把銀子花在這種地方的人，這鋪子即便不是她開也占了股，找人去查查，二叔家最近發生了什麼事。」居然需要二嬸這個推舉女子應該三從四德的人也會想到要用這法子賺錢。

楚亦瑤轉身上了馬車，一下午轉悠下來，楚亦瑤看過了自己那幾家鋪子不說，沈世軒交給她的也巡視了一遍，平日裡都有在看帳目的，即便是不出門，大致的情況也都瞭解。

回到了沈家已是傍晚，孔雀交給她一封信，說是王家二少奶奶送過來的，打開信才看了一半，楚亦瑤便樂不可支地笑出了聲，信中秦滿秋說，王家三少爺王寄林，逃婚了。

王寄林比楚亦瑤還要大上一歲，如今已經十七歲了，早就到了說親的年紀，可一直都沒有說親，王寄林本人三推四阻地給拖到了現在，王夫人終於忍不住了，直接拍案要把他的婚事訂下來。

楚亦瑤前段日子還和秦滿秋書信往來猜測王夫人中意的人選，這回秦滿秋回信來說，王夫人替王寄林說了一門親事，對象是王夫人娘家兄弟的女兒，結果王寄林聽了之後，直接逃婚了。

當初楚妙菲投懷送抱要嫁給他的時候，他都沒這反應，楚亦瑤忍不住猜測，這娘家表妹到底是個什麼人物，至於把他嚇成這樣。

夜裡沈世軒回來，沒等楚亦瑤開口，沈世軒也和她提起了這個事，楚亦瑤替他拿了衣服掛在架子上。

「你怎麼知道這事？」

「外頭都在傳怎麼會不知道，說這王夫人的娘家表妹是如狼似虎，把王家三少爺直接給嚇得家都不敢回了。」

楚亦瑤笑著到桌子前，把筷子遞給他。「外面傳的多不屬實，不過這事也八九不離十了。」

「他能逃哪兒去？」沈世軒喝了幾口湯，這才開始吃飯。就他看王家三少爺，不是個能逃得很遠的人。「再說他這一鬧，人家指不定去打聽齊小姐的模樣了，到時候姑娘家的名聲一亂說，更不好收場。」

楚亦瑤搖了搖頭，以她對王夫人的瞭解，就是王寄林在外逃婚一輩子，王夫人都能用隻公雞和那齊小姐拜堂了，逼得王寄林現身不可。

認識的、不認識的都在這揣測王寄林到底是什麼心思，而離家出走的王寄林，此刻正從第二個好友家裡出來，看著好友一臉抱歉地看著他，王寄林心裡恨恨地決定，定要和他絕交！

可一連四、五個下來都是一臉抱歉地送他出門，這麼絕交下去，王寄林發現他無處可去了。

王夫人太瞭解兒子了，也做得夠絕，王寄林這離家出走的書信一寫，王夫人即刻就派人通知了王寄林平日裡要好的朋友，連許久不聯繫的程邵鵬都收到信了。

王寄林一路碰灰下來，到了楚家，他其實已經沒抱多大希望了，他來楚家，只是為了向楚暮遠取取經，畢竟楚二哥離家出走一年多，生存經驗總是有點吧。

第一次離家出走的王寄林顯然準備不夠充分，到了楚家之後，楚暮遠看著他大吃了一頓之後，才聽他說這兩天的境遇。

一頓批判這群好友不講義氣後，王寄林可憐兮兮地看著楚暮遠。「楚二哥，我娘一定給你也寫信了吧！我不讓你難做，不會在你這兒避難的，我也不知道要躲多久，不如楚二哥你告訴我，之前你離家出走是去哪裡了？」

王寄林說得一把辛酸淚，這話正巧被進來的衛初月聽到了，楚暮遠給了他一個眼神，示意他不要說以前的事情了。

王寄林果斷看走眼，看到衛初月進來，更是悲泣地道：「想當年楚二哥你離家一年多，回來的時候還好好的，在外頭一定也過得不差，如今我與你當時一樣，也是為情所困，楚二哥你一定要幫我。」

楚暮遠看到懷著身孕的妻子在自己旁邊坐下，一臉溫柔地看著自己，踹飛王寄林的心都有了，這傢伙身上就該掛一塊牌子，哪壺不開提哪壺，他這最後半點想幫他的同情心都沒了，再不送走這瘟神，他覺得自己也要離家出走了。

「楚二哥！」王寄林訴苦了一番，看到楚暮遠走神了，可憐兮兮地又喊了一聲。

楚暮遠抬起頭看著他，嘆了一口氣，把妻子拿來的東西推給他。「這裡有些銀兩，還有地契，這是我之前住過的地方，離金陵也不遠，你娘不會發現的，躲過一陣子，你娘應該會打消這個念頭。」

王寄林一臉感激地看著他。太好了，終於不用流離失所，有了住處和銀子，他就不信贏不了。

衛初月看他一臉開心，忍不住問道：「你為什麼不願意娶你娘安排的人，她又不會給你找錯了人。」若是對方姑娘家知道他這樣，該多傷心。

一提起表妹，王寄林的神色就十分精彩。「她……她，我才不要娶一頭豬。」王寄林說得一臉負氣。小時候見面時的形象一直留在他的腦海裡，如今十幾年過去了，他再想像一下，表妹那碩大無比的身材就有了雛形，這還能娶啊？被壓死還差不多。

「小的時候胖乎乎的都很正常，你這麼久沒見過她，也不能這麼武斷地就否決了，她知道你這反應，心裡該多難受。」衛初月說話也直，在她看來，和王家三少爺這樣性子的人說話，繞彎子他估計也聽不懂。

「二嫂，妳不要和我說這個，我先走了，若是我娘再問起來，別說見過我。」王寄林才不敢多想這個，抱起那個匣子就往外頭跑。

此時天色已經黑了，王寄林這是要連夜出城去。

衛初月看著急著溜的人，這王家三少爺若是知道他是被一大群人坑了，不知道又會是什麼表情，末了回頭看楚暮遠問道：「他會去你給的那宅子嗎？」

楚暮遠扶起她到床邊，見她並無異色，肯定道：「他會去的。」王寄林天生少根筋，王夫人說得一點都沒錯。

眾人矚目的王寄林躲到了楚暮遠說的地方。他還是學乖的，先在那屋子附近待了兩日，確定沒有奇怪的人在這附近出沒，才拿著鑰匙住進那屋子裡，這是一個不大的小鎮，人也不多，小院落的屋子出門左拐就是小集市，吃不成問題了，王寄林就躲著等，偶爾打聽金陵那兒的消息。

躲了整整有半個月，一天清晨，睡夢中的王寄林被院子外一聲嬌斥給吵醒了，迷迷糊糊地打開門，看到一個穿著一身火紅色衣裳的姑娘站在大門口，身後跟著一幫子的隨從，那姑娘一看他開門了，臉上閃過一抹怒意，瞪著他喊道：「王寄林，你敢逃婚！」

等楚亦瑤這裡再收到秦滿秋信的時候，王夫人已經樂呵呵地把提親的流程給走完，王寄林是被人五花大綁地架回來，綁他回來的那人，據說就是他千躲萬藏的娘家表妹齊小姐。

那個給王寄林留下童年陰影的胖女娃，如今早已亭亭玉立，見過的人都說長得十分有靈氣。當年那一面對王寄林來說是不小的打擊，對當時才三歲的齊靜舒來說，何嘗不是打擊，本來歡歡喜喜地叫了聲表哥，滿懷期待地去拉他的手，卻被王寄林嫌棄著胖嘟嘟的身子一把推開了，齊靜舒幼小的心靈大受創傷，她回家之後就決定要減肥。

那時可愁壞了齊夫人，三歲的孩子減什麼肥，正是長身體的時候，她吃得多動得少，到八歲的時候沒有瘦下去不說，還越發胖了，可一顆要瘦下去的心卻從未泯滅，後來還是齊夫人心疼女兒，給她專門請來了調配營養的師傅，齊靜舒的體重才慢慢掉下去。

可以說，能有如今這亭亭玉立的身材，她背後付出了太多，十幾年來她喜歡的東西不敢吃，太甜太膩不能吃，就是填飽肚子的都不能多吃，就是因為當年王寄林的一句話。

對此，楚亦瑤給秦滿秋的回信中評價了兩個字——緣分。

不是冤家不聚頭，王夫人這一招才是神來一筆，深知兒子品性的王夫人就讓兒子去逃婚，早就和楚暮遠打過了招呼，下了套讓他乖乖待在那裡等著齊靜舒上門去逮人。

當年留下陰影的胖表妹也見到了，王寄林此刻又窩在自己院子裡不肯出來了。廢話，被一個女人五花大綁著帶回家，面子都丟盡了。關鍵是，王寄林看那第一眼的時候還挺喜歡的，知道她就是表妹的時候，王寄林覺得「丟面子」這三個字已經不足以形容他那一刻想立即消失的心情了……

王家三少爺的事情還是被人津津樂道了一陣子，也不是惡意的，大家只是覺得有趣得很，莫說別人沒什麼同情心，當日王寄林被五花大綁回來的時候，可是被不少人看到了。再看看那齊家小姐的容貌，這逃婚可一點都不值得。

轉眼四月，春意正濃，沈家上下忙著準備再有兩日就要進行的茶會，收拾妥當的大花園裡，數個暖閣內早已經擺放好了精緻的茶具，這裡是供給請來的夫人、小姐休息的地方，而前院的大廳中，按照沈老爺子吩咐的，早就立好了屏風，放置了數種名茶，一旁設有專門的沏茶工具，屏風側是設立好的位子，供給沈老爺子列出的名單上的客人就座。

水若芊跟著嚴氏巡看過了一周，確認沒什麼問題，去了沈老爺子院子裡向他報備一切準備妥當。

沈老爺子站在鳥籠前逗著鳥，拿起一旁的碎米粒，扔了幾顆在籠子裡，看那雀鳥從上面下來啄食，拄著枴杖走到了書桌前，接過嚴氏手中的冊子，大致地看了一下，抬眼看著嚴氏，面無表情道：「這茶會的事妳倒是安排得好，由妳們婆媳兩個都能完成了。」

冊子中寫著茶會當天所要負責的事情，都是由嚴氏一手派人負責的，其中並沒有沈二夫人和楚亦瑤的名字。

嚴氏沒想到老爺子會提到這個，過去這麼多年，府中所有的事也都是自己一手安排的，到他這裡只不過是尊重他走個形式，怎麼如今會忽然有意見？

嚴氏正欲發問，沈老爺子替她解了惑——

「老二家的媳婦一直都不管事，所以過去要妳一個人操心，如今二小子媳婦進門了，這些事妳也可以讓這兩個媳婦一起替妳分擔一些，茶會這麼大的事，妳們兩個人怎麼忙得過來，難不成二小子媳婦都沒有這管事讓妳覺得信任？」

嚴氏一聽，臉上沒什麼，心裡早就不舒坦了，今天是茶會分些事情，改日是不是這家裡的事都得分著些給二房？

「爹，這次的事已經都安排妥當了，再讓管事的去交接，怕世軒媳婦一時半會兒也上不了手，下次再有這樣的事，我會記得帶著她和若芊一塊兒教的。」嚴氏笑著應下了沈老爺子的話，把茶會的事給撇了過去。

可沈老爺子哪這麼容易就讓她糊弄過去，拿著冊子仔細翻了，直接吩咐道：「內宅的事就交給妳和世瑾媳婦，她過去在商行裡打的交道也多，這前廳的事就交給她吧。」

前廳那都是些什麼客人，讓世軒媳婦去那兒也太便宜她了，嚴氏斷然不同意，於是她臉上露出一抹恍然，如夢初醒一般驚訝了一聲，很不好意思地看著他們說：「瞧我這腦子，這麼重要的事給忘了，幸虧爹您提醒，亦瑤可以替我去顧著些大花園裡，我一個人忙前忙後的恐怕是顧不過來，她一個女人家的去前廳也不合適。」

楚亦瑤就這樣接到了關氏那兒來的吩咐，讓她在茶會這日去大花園裡幫忙，說是大伯母那裡派人過來說的，楚亦瑤聽完李嬤嬤的解說，神情就有些微妙了，她這是要去大花園裡做各位夫人的陪聊了？

嚴氏自然不會把什麼要緊的事交給楚亦瑤去做，為了搪塞沈老爺子，直接讓楚亦瑤在大花園裡陪著各位夫人，有什麼需要也可以及時關照得到。

「李嬤嬤，大夫人不是講所有的事情都安排妥當了嗎？」按理說，這樣的日子不是應該讓大嫂多出去陪陪那些夫人增進關係，為什麼要她去？

「大夫人是安排妥當了，不過一早去了老爺子院子之後，下午才派人通知了二夫人的。」李嬤嬤把自己打聽到的都說了出來。

楚亦瑤眉頭一蹙，又是老爺子說了什麼。

李嬤嬤看她神情不太對，在一旁建議道：「其實大夫人這麼做也不無道理，如今府裡多了兩位奶奶，自然是要一起幫忙。」

楚亦瑤忽然笑看著李嬤嬤。「李嬤嬤，妳覺得大夫人是那種會假手於人的性子嗎，尤其是二夫人和我。」李嬤嬤一怔，被她這話問得頓時背後起了一陣冷汗。

府裡誰不知大夫人對二房是不喜的，可又有誰敢說？這些都是明瞭的事情，等老爺子過世了，這家肯定是大老爺作主的，如今二少奶奶這麼一提，李嬤嬤也不知道該怎麼說。

「既然她不是那性子，這件事也不會是她想做的，又何來有沒有道理，李嬤嬤，妳說是不是？」

李嬤嬤連連點頭，總覺得二少奶奶笑比不笑還要讓人害怕。

楚亦瑤收起了笑容，淡淡地吩咐道：「李嬤嬤是府裡的老人了，茶會的事想必也不是頭一回經歷，有什麼地方該注意的，還需要嬤嬤妳到時候提點了。」

李嬤嬤趕緊應了下來。「二少奶奶您放心，不會讓您出了岔子。」

第五十四章

李嬤嬤離開了屋子後，寶笙走了進來，手裡拿著兩封信，一封是大嫂寫來的，另一封是打聽到的消息。

大嫂在信中細述楚家的事，每個人都提到了，二嫂如今有了三個月的身孕，全家人最緊張的就數二哥了，喬從安在信中戲稱，不愧是兄弟，當年她有身子的時候，面上沈穩無比的大哥也會流露出那樣的驚慌。

應竹開始跟著忠叔學商行裡的事情，三天兩頭嚷嚷著想來沈家看她。信的最後才提到了淮山，幾筆帶過，言詞並不多，但楚亦瑤也看得出，她當初和大嫂說的那番話，多少是有用的。

第二封信是楚亦瑤前段時間出去讓寶笙找人打聽二叔家的消息，已經隔了不少時間，信紙厚厚一遝，寫得也詳盡。

香閨旁邊的鋪子從一月開始到現在已經開了有三個多月，是二叔出銀子，二嬸自己開的，生意還不錯，就算都是仿照的，價格便宜了一半，買的人一直不少。而刺激二嬸出面開鋪子的原因是二叔娶平妻了。

本來楚妙珞嫁去程家，有了一個強力的姻親，楚翰勤在生意上應該是有了一大助力，可楚妙珞生了女兒之後一直沒再有身子，加上程夫人對兒子的提醒，姻親這肥肉，楚翰勤居然一口都沒咬到。

隨著楚翰勤離開楚家商行自立門戶，開始確實不錯，但漸漸地，錢也不好賺了，應該說是楚翰勤不滿足於現狀，他來金陵的時候立志要像大哥一樣闖出一番大事業，怎麼可能屈就幾家鋪子。

所以楚翰勤又娶了一個平妻，給肖氏的理由就是，肖氏沒能替他生下兒子傳宗接代。都做了二十來年的夫妻，到現在才說沒能傳宗接代，這個理由肖氏不信，可也沒辦法，她沒有一個娘家來幫丈夫。

關鍵是楚翰勤娶的平妻還是個寡婦，獨生女，年紀才二十幾，早年跟著丈夫做生意一直沒生孩子，後來丈夫病死了，又沒公婆，一個人守著幾家鋪子過日子，娘家也是金陵做點小本生意的。

楚翰勤這一娶，獲得的不止是這寡婦過去夫家的所有財產，還有未來她繼承娘家的東西。

楚亦瑤看完了大半部分的信，已經不知道如何表達對二叔的感想，深居簡出的一個寡婦，二叔是如何勾搭上的，還讓人家心甘情願帶著夫家、娘家的東西嫁給他，二叔還真是寶刀未老啊！

難怪二嬸會狗急了跳牆，什麼都不懂也去開鋪子了，平妻和子嗣都不是重點，重點是誰能幫二叔更多，二嬸只有會賺銀子了，才能在二叔面前站穩腳，就算她房事再有能耐，那寡婦可是比她小了十來歲，一個年老色衰，一個還風華正茂。

楚亦瑤繼續往下看，在信紙的最後兩張看到了有關楚妙珞和楚妙藍的消息。

在這其中，楚亦瑤看到了一個久違的名字——寶蟾，從楚妙珞故意毀李若晴臉一事之後，這個開臉做了通房的丫鬟，被楚妙珞責罰後趕去做了雜役，做了半年雜役後不知用了什麼法子，讓李若晴向楚妙珞把人要走了，之後就一直待在李若晴的院子裡，如今居然有了身孕。

楚妙珞後悔莫及，因為如今程府上下就這個一個懷了程邵鵬孩子的人，寶蟾畢竟是個通房，提了名分也是個妾室，若生的是兒子，這孩子即便是庶子，那也是程家如今唯一的孫子，養在誰名下都有莫大的好處，如今這麼好的一張牌，卻不在自己手上。

楚亦瑤直接把有關寶蟾的信紙給了寶笙看，目光落在屋外長得正好的楊桃枝。她為什麼當初會這麼在意寶蟾，上一世寶蟾下手的人可不是程邵鵬，而是二哥。楚亦瑤知道自己不是什麼善類，留著她，只為了讓她去程家而已。

前世寶蟾能在二哥這般衷情鴛鴦的情況下，順利爬上二哥的床，做了他的妾室並生下一子，這樣的能力如今放到了程家，果真是沒讓她失望。

程家的兩位夫人都在想把這孩子養到自己名下，不知她們有沒有想過那個做娘的人，肯是不肯……

過了兩日，沈家茶會。

大清早門就開了，到了巳時，客人陸陸續續地多了起來，楚亦瑤和水若芊兩個人在大花園裡接待前來的夫人，暖閣中有丫鬟在旁侍奉、煮茶、端吃食。

這些都是來自茶商的家眷，凡事家裡有沾茶葉生意的，嚴氏都發了帖子，其中不少茶商是為沈家馬首是瞻，所以沒等楚亦瑤她們上前打招呼，那些夫人就先迎了上來要和她們相談。

沈家兩位新少奶奶第一次見客，任誰都會有好奇心，大多的夫人都是朝著水若芊示好，她是沈家的嫡長媳，就是未來的沈家主母，得了她的眼緣總是有好處的。

楚亦瑤也不爭這名頭，默默地往後退了幾步，還是有人注意到她。

一個和喬從安一般年紀的婦人笑盈盈地看著她，見她回頭，喊了一聲楚小姐。

「我們家老爺和楚家也有生意上的往來，所以常聽老爺提起妳。」那夫人沒有和眾人一起圍著水若芊，反而是熱情地和楚亦瑤說起了話。「我們家老爺提起妳的時候，總是誇說，要是有這麼一個女兒，他啊，也值了！」

「都是伯伯們的厚愛，亦瑤慚愧。」聽了之後，楚亦瑤知道這楊老爺和楚家有生意往來，也是這兩年的事情，難怪她沒見過這楊夫人。

楊夫人十分健談，邊笑邊說：「妳還謙虛，你們今年三月出的那茶具，我們老爺去的時候都沒剩下多少了，乾脆啊，他就不賣了，直接自己收了兩套，其餘的送人了。」

「那茶具我知道一些，本來只是試試水，所以做得也少。」楊夫人提起的茶具，是出嫁前她讓忠叔去辦的，做得不多也沒提前讓人下單子，上月商船回來，擺上架子沒多少日子就賣光了，那楊老爺還能買好幾套回去，也算趕得及時。

楊夫人說著就在暖閣裡看了一下，目光落在茶會準備的茶具上，抬頭再看楚亦瑤，眼底多了一抹疑惑，沈家有了這樣一個親家，怎麼不用楚家的瓷器，那可比這兒擺的要雅緻多了。

這種自家人之間的事，楊夫人自然不會傻到去問，呵呵地又和楚亦瑤說起別的事，很快就到了午宴的時間。

眾人到了宴客廳，差人把楊夫人帶去安排好的位子後，楚亦瑤走到屋外想去找關氏，旁邊兩個夫人走過，幾句話飄入了楚亦瑤的耳中——

「這老爺子竟然不安排長孫去洛陽，他到底是怎麼想的？」

「誰知道啊，那二少爺不知道得了這老爺子什麼眼了，我聽我們家老爺說，那大少爺的臉色整個就變了。」

「本來就是，這種皇貢的事當然是交給嫡長孫了，這不是一團亂了嘛！」

楚亦瑤生生停住了腳步，那兩個夫人其中一個看到楚亦瑤便不再說了，拉著另外一個很快走進了宴客廳中。楚亦瑤看著她們的背影，心中湧起一股不太好的預感，對身後的孔雀低聲吩咐了幾句，轉而往書香院走去。

回到書香院沒多久，差孔雀去叫的沈世軒回來了。

看到楚亦瑤好好地坐在臥榻上，沈世軒鬆了一口氣，到她旁邊坐下，看著她臉上難掩一抹凝重，關切道：「是不是哪裡不舒服？」

楚亦瑤側過身看他，反握住他的手，問道：「我剛剛聽到別的夫人提洛陽皇貢的事，是不是和你有關？」

沈世軒沒想到她這麼快就知道了，安撫地摸了摸她的臉，笑道：「妳可知道得真快，這一次皇貢，祖父讓我去，十天後就出發。」

話音剛落，楚亦瑤抓著沈世軒的手一緊，眼底閃過一抹焦急，脫口道：「不能去！」

沈世軒怔了怔，眼底閃過一抹疑惑。

楚亦瑤意識到自己情緒過於激動，抽回了自己的手，低下頭斂去了眼底的失措，解釋道：「我是說，這一去就是好幾個月，我捨不得你。」

「傻瓜。」沈世軒拉回了她微顫的手，失笑道：「妳可以跟著我一塊兒去洛陽。」

楚亦瑤剛想說不行，話到嘴邊卻沒說出口，她不可能攔著世軒不去洛陽，可前世這一年去往洛陽的皇貢商隊，遇上的那一場山塌，死的死，傷的傷，損了不少人。

她不知道前世沈家派去的人是如何避過這災難，這一世她怎麼都不會讓世軒去冒這個險，於是，楚亦瑤抬起頭看著他，臉頰上還泛著一抹紅，眼帶羞澀地答應道：「好，我和你一起去洛陽。」

沈世軒抱著靠在自己懷裡的楚亦瑤，輕輕地摸著她的頭髮，眼底卻帶著一絲迷惑，她剛剛的反應，怎麼像是知道有什麼時候要發生，急著阻攔自己。

心中這個想法已經不是第一次生出了，若不是知道有事情要發生，只不過去洛陽而已，不至於這麼驚慌吧？

「我們不能提前幾天出發嗎？我想先去洛陽看看走走。」窩在沈世軒懷裡的楚亦瑤，不斷地想著如何拖延。

沈世軒心內一頓，抱緊了她幾分，搖頭道：「不行，要和其餘的商隊一塊兒去，每年都是如此，我們不能例外，妳若是喜歡，我們可以在洛陽多停留幾日。」

楚亦瑤見此法行不通，便不再糾結這個，對於沈老爺子任命丈夫去洛陽，在場的這麼多人聽了又是什麼感覺？

「祖父為什麼會讓你去，之前不都是大哥負責的？」

說到這個，沈世軒也無奈得很，他這段日子在商行的所作所為，已經讓底下的人有了不少話，祖父還是不滿足。「他說大哥才剛剛成親，不合適去洛陽。」

楚亦瑤從他懷裡出來，對沈老爺子這不是理由的理由也覺得無語。「我們成親也就比大哥多了二十幾日。」純粹是搪塞的話。

祖父這麼吩咐的時候，沈世軒看大哥，那臉上的笑意是真的撐不住了，當著眾人的面，祖父說要自己去洛陽，今年又是沈家茶葉賣的這麼好的一年，過不了幾天，這些人就會開始揣測祖父的心思了，這沈家，恐怕也不是想當然地交給大房。

這樣的事實和傳言對大伯和大哥來說肯定是不小的衝擊，你擁有了一樣東西很多年，忽然有人告訴你，這只是暫時擁有，現在要拿出來，並且有可能給別人，任誰都覺得自己的東西被搶了，即便這東西最開始不是你的。

半晌，沈世軒開口道：「祖父這一回是鐵了心了。」只是祖父能左右這些，卻不能左右兩房人的心思。

楚亦瑤輕哼了一聲，眼底閃過一抹傲氣。「我看這樣最好，咱們又不是什麼名門世家，靠的是手段做生意發家，難道嫡長是個一事無成的，也要順應嫡長繼承？」

沈世軒看著她微翹著嘴，失笑地捏了捏她的臉頰。「妳知不知道，妳現在說話的語氣和一個人很像。」

「誰？」楚亦瑤不滿地拍開了他的手。

沈世軒反抓住她的手道：「祖父。」繼而給她學了一遍當初祖父要大哥和自己共同打理沈家時說過的話，和楚亦瑤如今說得沒差多少。

楚亦瑤一怔，當初是和那個陳老相談甚歡，轉換成了沈老爺子，她心裡多少覺得不自在，沈老爺子隱瞞在先，這種被動的感覺著實不招人喜歡。

屋外孔雀敲了下門，說是二夫人得知她身子不適派了人過來看看，楚亦瑤脫了外套躺到床上，關氏的一個貼身丫鬟進來看了一下，問候幾句，很快回去覆命了。

楚亦瑤看了窗外，這個時候宴席早就開始了，便催促著沈世軒回去。

即便是裝病，楚亦瑤也得裝得像，下午的時候她就沒有去戲樓聽戲，其間嚴氏和水若芊都派人來探視過，楚亦瑤就在床上躺了一下午。

傍晚，客人都走得差不多了，關氏親自來了一趟書香院，還請了個大夫說是給楚亦瑤請脈，這種新婚後幾個月身子不適的情況都像是在告訴別人，有可能是有喜了，所以關氏直接請了大夫。

把脈過後大夫開了幾貼藥，說是氣虛引起的頭暈，多休息就好了，關氏留下在屋子裡陪了她一會兒，看她臉色都好，也就放心了許多。「妳好好休息，茶會的事都結束了。」

「娘，祖父讓世軒去洛陽的事，您知道了嗎？」

「下午就知道了。」中午吃飯的時候還沒怎麼呢，下午聽戲的時候，大嫂的臉色就很不對勁，後來丫鬟過來告訴她前廳的事，她才知道老爺子這一次不按常理出牌，讓世軒去洛陽。

「這一去少則三個多月，多則半年。」關氏說著，視線往楚亦瑤的腹部瞥了一眼，新婚的小倆口分開這麼久，短時間內這是不會有孩子了。

楚亦瑤沒和關氏提起自己要跟著一塊兒去，算了那時間，十天後出發，出金陵到那個山塌的地方也還有十幾天的路要趕，只要她拖上一拖，中間多能拖出個半日的時間，也就能避過了……

沈老爺子這個忽然的決定確實產生了不小的影響，之後那幾天沈世軒回商行裡，本來是跟著大哥的幾個管事，居然向他示好起來。

沈世軒覺得好笑的是，那幾個管事示好還不敢太過明顯。對他們來說，本來無須這樣站隊，一直跟在大少爺身邊，現在老爺子這麼一說，他們就得兩頭都討好，萬一老爺子最後中意二少爺的話，他們也不至於混得太差。

「二弟，今天來得可真早。」正當沈世軒笑著和幾個管事打了招呼，背後傳來沈世瑾的聲音，回過頭去，沈世瑾手裡拿著一本帳簿似笑非笑地看著他。

沈世軒視線掃過他手中的帳簿，坦然地道：「大哥比我來得早多了。」

沈世瑾眸子微縮，看那幾個管事離開，若有所指地道：「來得早也不如二弟來得巧。」

「不是有句話說得好，趕早不如趕巧。」沈世軒這一次沒有避讓沈世瑾的話，笑著接下了他的話，兩兄弟站在那兒對看著。

半晌，沈世瑾笑了。「那我倒要看看，二弟你來得有多巧。」

沈世軒身後的隨從聽著他們說啞謎一般，說了多個「巧」字還是沒聽明白，看著沈世瑾離開，良久才低聲嘟囔道：「二少爺，大少爺瞧人的眼神，真奇怪。」

那不是奇怪，那是警告啊！沈世軒回頭看這個隨從，臉上一抹溫和。

打從他記事開始，大哥就一直很受祖父重視，不僅僅因為他是嫡長孫，還因為大哥的性子比較像祖父，而他的性子算起來應該像祖母多一些。

可畢竟不是一樣的人，只是像而已，沈世軒嘴角揚起一抹笑，吩咐他出去。「你去南塘集市，把東西替少奶奶送過去。」

商隊出發去洛陽前，沈家和商行的氣氛都有些怪異，本是一件再普通不過的事情，在那日參加茶會的人言傳之後，已經演變成了沈家繼承的爭奪，但沈老爺子卻一點動靜都沒有，似乎是樂見這樣的事情發生。

商隊出發的前一天，沈世瑾去了沈老爺子那裡，進書房的時候沈老爺子正和江管事下著棋，見他進來，江管事走了出去，沈老爺子朝著他招招手。「來陪我下一盤。」

爺孫兩個就這麼不多說一句話下了半個時辰的棋，直到天色微暗，沈老爺子喊了一聲將軍，雙炮頂在了沈世瑾的棋子前，他無路可退。

連番兩回被將軍，沈世瑾擺好棋子笑道：「爺爺的棋藝真是越來越好了。」

沈老爺子收回了手，哼了一聲。「是你心不在焉，再來一局！」

沈世瑾耐著性子又陪沈老爺子下了一盤，再抬頭的時候，天已經黑了，沈老爺子直起身子靠在椅子上，眼底泛著精明，看著沈世瑾。「二小子的性子就是太過於溫和了，你這做哥哥的，要多提點提點他。」

「二弟對這些如今都熟悉了，也不需要我提點什麼，性子溫和，處事比我圓融多了，這一回二弟去洛陽，路上一定能和那些人打好關係。」沈世瑾不吝嗇地誇著沈世軒，商隊來去也有不少日子，這期間關係融洽的，回來之後還能多有合作。

沈老爺子站起來，在書房裡走動了一下，停在了窗邊，屋外的走廊早已經點起了燈，他回看跟著站起來的沈世瑾。「你有什麼事說？」

「孫兒有個大膽的想法，如今商行也就金陵一家，為何我們不將這商行開去別的地方？」沈世瑾說出了內心的想法，而給他這個靈感的還是楚家在外開的分鋪。「若是沈家商行在外有分行，這樣一來能集中我們在當地的鋪子，還能增加不少商戶。」

大梁國除了金陵這邊大肆的生意人外，其餘的地方各有風俗，但都沒有像金陵這裡這麼誇張，即便就這開鋪子而言，沈家一直是在金陵做生意，在外置辦田產。

沈家所涉及的東西很多，從茶葉到木材，但凡是賺錢的，沈老爺子當初都有沾邊，這在金陵很普遍，誰家不是手握幾個行當一起來的。

「你想開去哪裡？」沈老爺子聽出了一點意思。

「我們可以先去徽州試試。」沈世瑾見沈老爺子有興趣，繼續說：「近年從徽州來金陵的人不少，若是能在那兒開一家沈家商行的分行，那麼徽州那地方的一些鋪子，也就不用大老遠來金陵我們商行裡訂單，同時還能吸收那些原來在別的商行訂貨的人去我們商行裡，沈家名聲在外，他們自然也清楚得很。」

徽州是後來向金陵看齊的，過了朝廷頒布的那些嘉賞指令，這些年來即便是努力靠攏，卻還是心力不足，沈世瑾打算靠著沈家的名聲入駐徽州，帶動那裡，讓沈家也能在那裡紮根。

沈老爺子聽著，半晌才看著他說：「世瑾，強龍壓不過地頭蛇，這個道理你不會不懂，否則徽州怎麼會輪得到你現在過去占地方。」早在徽州有這潛力的時候就有人想去那裡，可哪裡敵得過徽州本來就存在的一些大家，後來最多也是開些鋪子過去，沒有誰吃力不討好地直接把分行開過去。

沈世瑾自然知道這個道理，他臉上滿是自信。「若是沈家和水家一起，那這強龍一定是壓得過地頭蛇。」

沈老爺子眸子裡閃過一抹不明，女兒才嫁進來多久，水老爺就急著要和沈家一起合作了，徽州那地方，看來水老爺早就看中了。

良久，沈老爺子才開口問道：「兩家一起自然是好，不過這分行裡的事情，你和你岳父是不是有商量過了？」

沈世瑾說得頭頭是道，早就把這事給想好了，就等到他這兒要個應承。

沈老爺子聽著不語，畢竟還是年紀太輕，初聽之下沈家占了大頭，可沈世瑾不肯抽身去徽州，在徽州負責的必定是水老爺的庶子，這樣一來很多事情就懸了。

水老爺不是田老爺，田家沾生意上的事情不多，田家的人性子也直爽，當初說要幫女婿就不計回報地幫了孫子很多。可水家就不一樣了，水老爺是從幾個弟兄裡面爭出來，又摸爬滾打了這麼多年，就是想幫，那也是互惠互利的，絕不可能損了水家的來貼補沈家。

「祖父您看這樣如何？」沈世瑾說了很多，最後徵求起沈老爺子的建議。

沈老爺子看著沈世瑾，這個自己一手帶大的孫子，傾注了自己不少的心血，更不惜抬高另外一個孫子來刺激他。

長孫身上有很多他年輕時候的影子，自負，驕傲，對任何事情都勝券在握的信心，如今他開口要自己去努力，沈老爺子還有什麼理由不答應。

「你和你爹商量一下，這件事就由你自己作主吧。」得了祖父的首肯，沈世瑾離開了書房。

沈老爺子長嘆了口氣，江管事帶著嬤嬤進來布菜。

沈老爺子坐在榻前，看著準備好的菜，又嘆了一口氣，像是說給江管事聽，又像是說給自己聽——

「同樣的情況，二小子肯定會陪著我吃過了飯再回去。」

江管事遞上了筷子。「二少爺像老夫人，貼心。」

沈老爺子看了江管事一眼，是啊，貼心。自己的兩個兒子都是性子平和的人，都像妻子，唯有長孫像自己多一點，所以他才會這麼疼愛，而對二小子，沈老爺子心生出一些愧疚來。「如今這些，卻也不算補償他。」

為了沈家，他也得推著這兩兄弟爭上一爭，即便是這結果他都不能預計。否則再這麼下去，等宮裡那位走了，沈家也沒什麼優勢了。

「老爺的苦衷，二少爺會理解的。」江管事在一旁安慰道。

沈老爺子擺了擺手。「他這哪算理解，他和他爹一樣是根本不在意，就知道鼓弄那些有的沒的，如今娶了那丫頭才算好一點。」

說了一半，沈老爺子頓了頓，眼底閃過一抹趣味。「我怎麼把那丫頭給忘了?!」

「二少爺這回帶二少奶奶一塊兒去洛陽。」江管事對這已經見怪不怪了，每次老爺提到二少奶奶，總是一副笑咪咪的樣子，若不是跟了老爺子這麼多年，他會以為二少奶奶是沈家流落在外多年的嫡孫女。

「那丫頭心思可不小。」沈老爺子心生感慨，這輩子都快過完了，讓他覺得志趣相投的人，竟然是個小丫頭片子。

「得，就隨他們去！」沈老爺子想了一半，扔出這麼一句話，低頭吃飯……

第五十五章

第二天一早，楚亦瑤跟著沈世軒一起，帶著沈家的商隊，去金陵城門口和所有的商隊大集合。

楚亦瑤待在馬車內，這次去洛陽，她只帶了孔雀和平兒兩個丫鬟。這些商隊中也有攜帶女眷的，不過多是妾室，說白了就是帶個暖床的人。

時辰一到出發了，數輛馬車離開城門口，兩旁都有各家的護院看著。

這次所有商隊的總領隊是白家的大少爺，走在最前面，女眷的馬車都是集中在中前部，每年這樣商隊去洛陽，每日的行程都是計算好的，儘量保證少在野外留宿，所以白天的時候一般鮮少休息，天黑之後趕到驛站，或者在小鎮自行歇息。

到了第六天晚上，由於距離下一個小鎮的路途太遠，入夜之後，商隊駐紮休息，隔天一早再出發。

連續趕了幾天路，就算晚上有床睡，部分女眷就有些受不住了，白家大少爺也就一句話，為了妳中途停下來，不可能。身子吃不消的，到下一個小鎮直接留下，等著從洛陽返回來了再接回去，沒第二種選擇，他更不會另外派出人手送她們回去。

沒人反駁他這個話，在商隊行程中，總領隊說的話大家都是要聽的，楚亦瑤看著那幾個臉色不好卻不敢說出來的女眷，心裡默默地把裝病這個辦法給剔除掉了。

「想什麼呢？」沈世軒拉開簾子走進來看到她出神著，拿過水袋遞給她。「這麼出神。」

楚亦瑤接過水袋，轉開來喝了一口，目光看著沈世軒，試探地問：「若是我生病了該怎麼辦？」

沈世軒聽她這麼說，即刻伸手摸了摸她的額頭，關切道：「妳哪裡不舒服？」

楚亦瑤把他的手從額頭上拿下來。「我是說假如，又不是真生病。」

沈世軒不放心地拿起一旁的披風給她披上，這才說：「若是妳生病了，要麼請個大夫一路跟著去洛陽，不然的話，我就陪妳留在鎮上，等沈家的人來接妳回去，我再跟去商隊。」

楚亦瑤不死心地問：「那在什麼情況下商隊是會中途停滯下來的？」

沈世軒摟著她想了想說：「大暴雨、颳大風沒辦法前行，還有一個，遇上山匪打劫。」

楚亦瑤頓時無語了。

沈世軒看著小臉凝在一塊兒的楚亦瑤，眼底閃過一抹不明意味，輕輕地順著她額前的一絡髮。「瞎想什麼呢，快點到洛陽不是更好嗎？怎麼老是問中途停滯。」

楚亦瑤乾笑了一聲，他說的那幾個停滯條件都沒辦法，難道讓她去找一夥人打劫不成？一路走來那白家大少爺帶領有方，都沒浪費過一點時間，除了坦誠相告之外，她還有別的辦法嗎？

關鍵是，世軒他會信嗎？

簾子外傳來孔雀的聲音——

「二少爺，白少爺來找您。」

沈世軒走下馬車，拉開簾子的時候，楚亦瑤看到了白家大少爺——白璟銘，對方也朝著她這裡看了一眼，面色肅然地朝著她點頭示意。

沈世軒跟著白璟銘走到一旁，白璟銘回看了一眼馬車，對沈世軒說：「你夫人的臉色看上去不是很好。」

「剛剛說起了山匪的事，內人膽子小，嚇到了。」

白璟銘看著他，嘴角揚起一抹笑。「你說別人，我信，你家夫人，我卻不信。」

沈世軒也不否認，笑呵呵地看了一眼那馬車，兩個侍奉的丫鬟領來了食盒，正伺候楚亦瑤吃飯。

「你說的那個可當真？」說到正事上，白璟銘斂起了笑，正色道：「再有十來日就到西捷谷了。」

沈世軒收起了笑容，回頭看著白璟銘。「人命關天的大事，我怎麼會和白大哥開玩笑。」

白璟銘也不是不信。「多年來都未有事，這理由眾人恐難以信服。」出發前幾日，他收到沈世軒的私信，提起西捷谷山塌的事情，他走這商隊已經有好幾年了，從谷口到出谷路不少，若真遇山塌，傷亡很大。

「金陵少雨，但去年年底西捷那兒的天氣就異常許多，連番大雨沖刷，發生過幾起小的山滑，如今正值春茂，雨水多時，大隊人馬從西捷谷入，這動靜很容易引起山塌。白大哥，這種事都是不怕一萬，只怕萬一。」在沈世軒看來，不論進去的早或者晚，只要是過了那峽谷，大隊人馬的動靜肯定會影響雨水浸潤下的山體。

白璟銘思索了一下。「這麼說，這條路是走不通了。」

沈世軒點點頭。「為今之計，只有另闢新路，繞過西捷。」

白璟銘帶著他回了一趟自己車上，拿出地圖給沈世軒看。「若是在西捷谷這裡繞過去，倒是有兩條路，不過其中一條是水路，我們這麼多人走水路不行，那這邊的話就要多趕兩、三日，中途沒有什麼驛站可以休息，最快也要在野外留宿兩日。」

沈世軒見他思考起另外的路，知道他信了，放心了一些。

雨水多也不過是編造的理由，但這是最容易讓白璟銘考慮的了，西捷谷兩側山谷高聳，呈現包圍狀，真出了什麼事，逃都沒地方逃，多兩日的行程和人命之間根本沒得比較。

前世，大哥帶隊的時候僥倖躲過是他們進去得晚，前面的被埋了好些人，那一趟損人不說，東西也埋了不少，這一趟他既然在，總不能只顧自己的性命，眼睜睜看著別人送死……

回到馬車旁，楚亦瑤已經吃了飯，晚飯很簡單，商隊帶的伙夫燒的都是大鍋飯，對這些趕路的人來說，有口熱飯已經是很幸福的事情了，也沒人抱怨什麼。

「白家就這麼一個嫡孫，怎麼捨得讓他來帶隊？」這金陵白家都是一脈單傳，其餘依附白家的都是延伸出來的，不存在什麼爭家產的事情。

「將來他要繼承白家，這點事情怎麼還會不捨得。」沈世軒見她關注白璟銘，不免有些吃味，硬是扳著她的臉對看著自己。「妳打聽他做什麼？」

「我們這來去都得聽他的，怎麼也得知道人家是什麼樣的人吧！」楚亦瑤好笑地看著他。

沈世軒一把抱她進了馬車內，孔雀早就鋪好被子，兩個人合衣躺下。

沈世軒抱著她在懷裡硬邦邦地吐出兩個字：「睡覺。」半晌，沈世軒微瞇著眼聽著自己懷裡妻子的吃吃笑聲，臉上閃過一抹笑意，轉而睜開眼瞪著她。「笑什麼？」

楚亦瑤瞥過臉去，半邊臉埋在被子中，悶哼道：「沒什麼，車裡一股子酸梅味，也不知道誰吃了。」

沈世軒把她摟得更緊了，抬起頭在她耳邊輕輕地吹了一下，笑聲戛然而止，伴隨來的是楚亦瑤敏感的嬌哼聲。

楚亦瑤怒了，轉手掐他的手臂一下，臉頰還發燙著。「沈世軒，你知道這是哪裡不？」外頭可停的都是馬車，讓人聽去了怎麼辦！

「為夫可沒醉，自然知道這是哪裡。」耳畔，沈世軒語帶笑意地說，一隻手慢慢地伸到楚亦瑤的後背，指尖帶著一抹涼意，在她後脊背上輕輕一滑。

楚亦瑤當即倒抽了一口氣，目瞪口呆地看著他，本是怒意的一聲「你」，說出口的時候卻嬌媚得不像話。

「我怎麼了，嗯？」沈世軒一腳勾在了她的雙腿間。

楚亦瑤頓時警鈴大作，他真的敢。一手很快抵住了他在被子下的手，她深吸了一口氣，語帶羞澀地道：「別鬧了。」

沈世軒懲罰地在她腰上按了一下，張口咬了她的耳垂，淡淡地警告。「以後不許在我面前提起別的男人了。」

什麼時候他的獨占慾這麼強了！

楚亦瑤回頭看他，默默地把那句話吞了回去，好漢不吃眼前虧，女子報仇，十年不晚！於是楚亦瑤點頭。「不提了。」

沈世軒這才滿意地摟著驚顫過後的楚亦瑤。「好了，很晚了，明早還要趕路。」

楚亦瑤哪裡能這麼快睡著，被他逗得有了些感覺，她只想找條地縫鑽下去，腦海裡還塞滿了如何拖延商隊……

翌日一早，楚亦瑤昏昏沈沈地醒過來，車隊出發之後，她又迷迷糊糊地睡過去了，被沈世軒抱了一個晚上，她後半夜才睡著，直到車隊行路到下午，楚亦瑤補足了覺，這才有些精神。

一般中午的路上都是吃乾糧的，不影響行程，孔雀給她遞了洗好的蘋果，楚亦瑤拿著一本書，靠在車內打發時間。

到了晚上，終於在一處驛站落腳。

這樣連續又趕了五、六天的路，楚亦瑤越發焦躁不安，聽沈世軒說還有三、四天就到西捷谷了，這幾天她想著法子是一點辦法都沒，周圍的都是一些女眷，這些天下來快快地也沒什麼精神，楚亦瑤作為婦孺，又不能老是出來，只能待在馬車內。

她不是沒想過去找白家大少爺，可用什麼理由，就連壞天氣的理由都用不上，這些天一路來都是大晴天。除非是說出了山塌這件事，但她要怎麼解釋自己知道這個？

這一日晚上，楚亦瑤在沈世軒的懷裡不能入睡，耳邊傳來沈世軒的聲音——

「是不是客棧的床不舒服？我讓人再送一床被褥來給妳墊著。」

楚亦瑤拉住了他，搖了搖頭。「哪有這麼嬌貴，沒有不舒服。」

透過窗外的一抹月光，沈世軒摸了摸她的臉，看著她眼底那一抹擔憂，抬頭在她額頭上親了一下，柔聲道：「這幾天妳都沒睡好，是不是有什麼事？」

楚亦瑤抿了下嘴唇，抬眼看著他，她慶幸重生回來改變了上輩子的命定，卻也害怕被人知曉之後被當成一個異類，這種事情若非發生在她自己身上，有誰會信？

「我們是夫妻，妳有什麼心事不要憋在心裡，說出來我聽著。」沈世軒拉住她被窩下的手，竟是冷的。

「如果你的妻子不同尋常，那你也不介意嗎？」
「哪裡不同尋常了？」沈世軒暖著她的手，眸子裡盡是溫和，笑看著她。
「世軒，我們不要走西捷谷的路了，好不好？」良久，楚亦瑤直直地看著他，被他握住的手心都出了一抹汗。
沈世軒已經不需要再多問什麼，心中能夠確定自己的妻子，是和自己一樣，有幸再回到過去，重活一次。所以她才會有那些記憶，才能夠改變楚家被傾覆，才能夠和自己相遇。
「我作了個噩夢。」
楚亦瑤的聲音再度響起。
「我夢見商隊經過西捷谷的時候，山忽然塌了，許許多多的石塊從山壁上掉落下來，壓死了很多人。世軒，這就是老天給的徵兆，我們不要走西捷谷那條路，萬一，萬一夢中的是真的，會傷亡很多人。」楚亦瑤掙脫他的手又拉住了他的衣服，試圖讓他相信自己這個不斷困擾的噩夢。
沈世軒心疼地抱緊了她，要隱瞞真相又要阻攔自己，這段日子還真是難為她了。
半晌，靜謐的空氣裡傳來沈世軒的聲音——
「好。」
「你相信了？」楚亦瑤以為他還要向自己求證為什麼，沒想到這麼容易他就答應了，她抬起頭看他，還有些不信。

「如果妳這個夢，我也作到過了，妳信嗎？」沈世軒最後賭一把，看到楚亦瑤眼底那越來越濃的驚訝。「本來我也不信，但是我們夫妻二人一同作到了這個夢，那就不得不重視了。」

楚亦瑤還沒從他的前半句話中反應過來，如果他也作到過那個夢，到底是什麼意思，難道他和自己一樣？

當一個懷疑產生的時候，很多因這個懷疑有關聯的事情都會一件一件浮現，黑暗中楚亦瑤看著他那笑意，想起了那日大哥成親，他喝醉了被抬回來所說的話，想起了前世沈家默默無名的二少爺，如今卻這麼有能耐。

「你……」楚亦瑤看著他，不知道怎麼開口問他是不是也是重生的？

「我怎麼了？」沈世軒眼底一抹深意，低頭在她伸出來的手上親了一下。

很多的事情擠在腦海中，楚亦瑤忽然不知道拿哪一件出來說。

萬一他也只是作了個噩夢而已，她一個人在這裡想這麼多豈不可笑？

楚亦瑤想到了試探。「世軒，你知道我上輩子嫁給了誰嗎？」

話音剛落，耳邊一陣風，楚亦瑤就被他壓倒在床上，正對上沈世軒的眼睛，那眼中帶著一抹濃濃的醋意。

沈世軒不滿地看著她。「妳不是答應了我不想別的男人的！」說罷，低頭就堵住了她的嘴。

楚亦瑤瞪大著眼睛看著他。這個無賴，敢情早就知道這些事了，那他還在這裡試探自己！

「我不是警告過妳了，不要想別人了，妳怎麼還想到他，嗯？」沈世軒舔了一下她的嘴唇，湊到她的耳邊，一口含住了她的耳垂，舌尖在她戴著的耳墜上來回挑動。

楚亦瑤悶哼了一聲，沈世軒那手不老實地解開了她的衣服。

「沈世軒，你故意的！」楚亦瑤越想越覺得自己被他蒙了，且不說成親以前的事情，就說這西捷谷的事，他既然和自己一樣，怎麼會不知道，還眼看自己著急，不是故意的是什麼！

「我故意什麼了？」沈世軒抬起頭，嘴角一抹濕潤，很快又低下頭堵住了她的嘴。

楚亦瑤空閒了雙手在他腰上狠狠地掐了一把，這還不是故意的，都不讓她說話……

翌日一早出發的時候楚亦瑤還在置氣，要知道沒睡飽又要生氣是一件很費力氣的事情，楚亦瑤一面氣鼓鼓地坐在馬車內不肯吃包子，一面克制不住地打了哈欠。

「小姐，這是姑爺讓人送過來的，說是剛剛鎮上買的豆漿，您喝一些。」

「不准提他！」楚亦瑤不接那裝著豆漿的水袋，警告平兒。「把東西還回去，我不吃！」

平兒退到馬車外，看了一眼孔雀，小姐一早從客棧下來就是這樣子，到現在只要提起一句姑爺，就暴跳如雷。

「給我吧。」孔雀接過袋子，車隊出發了，她讓平兒去後頭的馬車，自己則坐在車夫旁邊。小姐的性子她很清楚，這會兒是真生氣了，誰勸都沒有用。

楚亦瑤看著小桌子上放著還熱呼呼的包子，胃裡傳來一陣咕嚕聲，一想起昨晚的事，她就是餓著都不想吃沈世軒買回來的東西。

好一個沈世軒，從她說起這事就懷疑自己了，虧她還惴惴不安說多了讓他覺得怪異，他倒好，挖了坑就等著自己往裡跳。

「什麼同一個夢，騙子！」楚亦瑤恨恨地想著，他還好意思說吃醋，前世嚴城志的醋他都能拿出來說，難道他前世就沒娶親了？她都沒說什麼呢！

直到中午，孔雀遞了乾糧進來，那小桌子上的包子還沒動呢，雖然不知道昨夜小姐和姑爺鬧什麼彆扭了，可也不能不吃飯啊。「小姐，您就是再生氣，也不能折騰了自己的胃，餓壞了您哪來的力氣和姑爺吵。」

輸人不輸陣，怎麼也得精神十足的嘔氣。

「誰說我不吃了，把這端出去，我不要吃他買的，還有，等會兒他若是問起來了，就說我什麼都沒吃，氣飽了！」楚亦瑤接過孔雀手中的吃的，把裝著包子的盤子遞給她。

車隊暫停了一會兒，沒多久，沈世軒就過來了。

馬車上的簾子和窗上的簾子都放下著，沈世軒問孔雀：「妳們家小姐呢？」

孔雀看了一眼馬車。「小姐在裡面呢，說沒胃口，不想吃，早上姑爺送來的包子小姐也都沒吃。」

「我看看她。」沈世軒拉開簾子。

楚亦瑤靠在車內微瞇著眼睛，感覺到有亮光，冷冷地說：「出去！」

「還沒消氣？」沈世軒笑了，昨夜要不是她真的沒力氣了，自己一定會被她給趕下床，這不，今天一早就開始賭氣。

楚亦瑤懶得睜眼，不搭理他。

半晌，沈世軒略帶擔憂地道：「怎麼辦呢，白大哥不同意改道，他說一路來天氣都這麼好，無需多浪費幾日的時間改道。」

楚亦瑤霍然睜開眼睛，持著懷疑的態度看著他，哼了一聲。「你不是經歷那一輩子了，直接告訴他，這裡要發生山塌不就好了？」

沈世軒看她這絲毫未見的脾氣，忍住笑意，繼而憂心忡忡地說：「即便是這麼說，除了娘子，沒人會信什麼上輩子的戲言。」

楚亦瑤閉上眼冷冷地說：「沒辦法就跟著商隊一塊兒活埋了，等會兒我就帶著孔雀和平兒自己回金陵。」

「娘子，妳捨得一個人回去，讓我活埋於此？」

「有什麼捨不得的。」楚亦瑤即刻回道：「等你活埋在這裡了，反正我們也沒孩子，我就帶著你留給我的，帶著我的嫁妝，找個人改嫁了，我……」

話沒說完，楚亦瑤的嘴就讓他給捂住了，她睜開眼瞪著他，眼底一抹惱怒。

「我不許妳說這個！」沈世軒眸子裡也一抹威脅。

楚亦瑤張口就咬了他的手指，惡狠狠地補充道：「我就照樣過我的日子！」

這回是真把這小老虎給惹怒了，沈世軒面帶無奈地看著她。「我沒有刻意隱瞞妳的意思。」

楚亦瑤不作聲。

沈世軒知道這回扮可憐不奏效了，坐下來看著手上的牙印。「我總是要確定妳和我一樣，才能告訴妳，否則妳一定會覺得我瘋了，在說什麼胡言亂語的話。」

「我承認這件事上是我做得不對，明知道會發生這件事卻看著妳擔心也不說出來，但倘若沒有這件事，我不會確定妳和我一樣，也不敢告訴妳關於我的事情，我們兩個人也許一輩子都沒有機會知道這個事實了。」

沈世軒看到她臉上一抹動容，換上可憐的神情，摸著被她狠咬了一口的手指。「娘子，我知道錯了。」

第五十六章

商隊接近西捷谷前的時候，白璟銘示意原地駐紮，楚亦瑤拉開簾子，映入眼簾的就是西捷谷那高聳的兩邊，中間是狹長的過道。

日積月累下形成的山谷形狀多年來都沒聽說出什麼事，所以當白璟銘說考慮到多雨時節要另外擇路的時候，部分人有了些微詞。

畢竟，多趕幾天的路到了洛陽，就意味著比別的地區商隊要晚到，有些東西是進貢宮中的沒大礙，而這些就是普通做生意的，多少都是有影響。

白璟銘的原話是，不怕死的大可以直接從這裡過去，脫離商隊，先去洛陽。

但沒人這麼做，獨自去洛陽的風險大多了，再說性命攸關的事情，誰會頭一個過山谷去，萬一真塌了怎麼辦。

楚亦瑤只是奇怪，既然不打算走西捷谷了，為何白璟銘還要在這裡停留。

金陵商隊停的位子恰好能全覽西捷谷，正值中午，白璟銘也沒解釋什麼，讓大家駐紮吃飯，自己則前來找了沈世軒。

挑了個視野好的山坡，沈世軒跟著他爬上去，距離金陵商隊遠遠的地方，有另外的一隊人快速朝著這邊走來，西捷谷是通道，每天經過這裡的馬車都不少，白璟銘在等，等著別人過去，或者說，等著西捷谷坍塌。

他有他的顧慮，這百人的商隊看他一個年紀輕的，未必都服氣，唯一的辦法那就是讓他們看著這山塌了，對他、對白家才會更加敬重。

那隊人大約四、五十個人，運的貨不少，看旗幟倒像是特別跑商的人，未見女眷馬車。看金陵大隊人停在那兒，沒作停留就直接從他們身邊經過，沈世軒站在那裡，還能感覺到馬車奔過的震盪聲。

這麼大的動靜，比起慢途經過山谷，更容易出事。

商隊的人看他們直接衝過去了，都抬起了頭，目不轉睛地看著那西捷谷入口。

那隊人馬很快跑進山谷裡了，商隊人有人唏噓了一聲，也就那一剎那的時間，那隊人的尾巴剛剛進入山谷，西捷谷山壁上的泥石，忽然像脫了韁一般，眨眼間就掉落了下來，瘋了似地往山谷裡堆積。

轟隆的泥石滾落聲蓋過了那隊人的尖叫聲，商隊中有女眷看著都尖叫了起來，就連楚亦瑤都覺得心中懼然。

腳下的路為之一震，動靜聲持續了很久，楚亦瑤看那本來向中間靠攏的山頂已經塌了大半，狹長的谷道被堵住了。

白璟銘很快從山坡上下來，對著眾人正色道：「如今坍塌減弱，有誰願意的，跟著白某一起去救那些被埋的人。」

他這麼一喊，站出來的人很多，若說最初還有不滿的，此刻早就沒了，白家大少爺力排眾議下的決定可是救了大夥一命，否則，埋在那下頭的就會是自己。

儘管還在鬥氣，楚亦瑤還是囑咐沈世軒小心為上，幾十個人在白璟銘的帶領下去往谷口，那隊人大部分都被埋在泥石中。

能救出的實在有限，那些走在前面的人，被厚如山的泥石埋著，就算十天半月挖出來了，人也早就沒氣了，白璟銘帶著人幫他們挖出了一些貨物，這隊人剩下的不過寥寥十幾個了。

謝過了白璟銘他們，這十幾個人要留下來繼續挖那些貨物和埋著的人，就算是死了也得把屍體帶回去。

白璟銘他們能幫的只有這些，留下了些乾糧，沈世軒又拿出了些銀子給他們，回到了商隊裡，稍作休息，他們繞道出發前往洛陽。

本來興致高昂的商隊如今氣氛都有些低迷，就算不是自己親人死了，眼看著這麼多人被活埋，各自的心中都有些不舒服。

等他們再次駐紮的時候已經過去了兩個時辰，天已黑，另外找的路並不好走，大隊的人馬尤其慢，四周點起了火把，除了眾人來去的腳步聲、說話聲，周遭的林子裡時不時還有怪異的嗚叫。

沈世軒走過來看到孔雀端著幾乎沒動的餐盤子出來，拉開簾子，楚亦瑤靠在窗邊，看著深處的黑暗，出神地想著事。

「沒胃口，後天晚上應該可以到西捷的小鎮了。」沈世軒拉過她的手，很冰冷。

「我沒事。」楚亦瑤回神，抽回了自己的手，她只是親眼看著那山塌，心中有些感慨。

「那次是大哥去洛陽的，也許是運氣好，和白家大少爺一起在後面看著商隊進去，所以才避過了那坍塌。」沈世軒知道她心中不好受，說起了前世大哥去洛陽的那一次。

坍塌的程度肯定是不同的，在沈世軒看來，這一回比上一次要嚴重得多，商隊進去都是慢車行，即便是造成影響，也沒有下午那車隊大動靜經過來得大。

「世軒，你是怎麼死的？」楚亦瑤雙手藏在懷裡，抬起頭看著他。

沈世軒微怔，和她並坐在一塊兒，語氣淡然道：「病死的。」

楚亦瑤輕笑了一聲。「那應該在我之後吧？否則沈家二少爺去世的消息，我也應該知道。」

「比妳多活了幾年。」對他來說，那幾年不如沒活過。

良久，楚亦瑤嘆了一口氣說：「看來那姻緣廟的籤，還真沒有失算過。」一開始她不懂，如今她懂了大師寫的「同是有緣人」是什麼意思。

說的就是他們倆的遭遇吧！有幸重生，相互扶持，各自是各自的有緣人。

「怎麼不問水若芊的事了？」楚亦瑤問了他很多，就是沒有提起他那一世的妻子。

楚亦瑤瞥了他一眼，哼了聲。「我才沒你這麼小氣！」

換來的是沈世軒的笑聲，從馬車內傳出，尤為突兀。

外面的孔雀和平兒都鬆了一口氣，總算是和好了。

在外留宿了兩日，商隊終於到了西捷的小鎮，兩天過去，小鎮上的人也都知道西捷谷坍塌的事，官府已經派人去清理道路了，大街小巷許多人都在說這個事。

他們到的時候已是傍晚，過了這個小鎮就可以按照原來的路繼續去洛陽，楚亦瑤泡了個熱水澡，換好衣服，夜幕低垂，從窗子看出去，不遠處有小街市燈火通明，看起來很熱鬧。

「要不要出去走走？」沈世軒的聲音從背後響起，從她手中拿過了布，替她擦著沾濕的髮梢。

「明天一早就要出發，還是算了。」

沈世軒放下布拉起她到門口。「就走個集市，能有多累，西捷這個小鎮，雖說地方不大，但很繁榮，經過西捷谷的人都喜歡在這裡停留。」

沈世軒帶著楚亦瑤走出客棧，很快就到了那集市，街市不長，路也很狹窄，馬車之類的不允許經過，兩邊的攤位很多，有些簡單的都只在地上鋪了一張布，賣的東西也隨意地擺在上面，倒挺齊全，各地的東西都有，還有穿著奇裝異服的人。

東西的價格都很便宜，街市尾那兒還有人賣藝，楚亦瑤看著小猴子在主人的示意下做各種動作，最後還手捧個小籃子到圍觀的人面前要賞錢樣子，不由得笑了，從沈世軒的錢袋子裡掏出一小塊碎銀子扔在那籃子裡，穿著小戲服的猴子似乎還認得這個比銅錢值錢多了，從籃子裡挑揀著拿出來，竟放在側牙咬了一下，繼而朝著楚亦瑤鞠了個躬。

沈世軒帶著她離開，走了幾步說：「牠回去應該是有頓好的吃了。」

楚亦瑤意識過來他的話，臉上的笑意斂下了幾分。

猴子的主人就靠牠賣藝賺錢，賺得多了，那猴子就吃的好，若是賺得少，回去肯定免不了一頓皮肉。

沈世軒瞧見她眼底一抹不忍，隨意道：「要不把牠買下來？」

楚亦瑤在一家攤子前站定，搖頭。「買什麼，救得了這一隻，還能救得了千萬隻不成？」

沈世軒微眯了眼，這就是她啊，不會濫用好心，也不會主動傷害人。

楚亦瑤瞧見了一個好玩的，拿起來看了一下，問那攤主。「這些是不是來自南疆？」

那攤主見她好奇，指了指左邊放著的那一些。「這些都是南疆的。」

「好看嗎？」

聽見她的問話，沈世軒回過神來。

楚亦瑤拿著一支鬢釵給他看，寶藍色為主的釵上雕刻著一隻青雀圖案，底子是銀製的，還墜著些小珠子。

看著妻子眼底那一抹期待，沈世軒的心頓時柔軟了幾分，笑道：「好看。」

「老闆，這些我全要了！」楚亦瑤指著這些南疆的東西，讓那攤主全包起來，那攤主一下就來勁了，樂呵呵地把她指的那些都包好了，等著她付錢。

楚亦瑤回看了沈世軒一眼，後者失笑地替她付了銀子，周圍那本來懶懶擺攤的人都朝著楚亦瑤揮手，介紹自己攤子上的新奇東西，試圖讓楚亦瑤豪手一揮，把東西都買走。

楚亦瑤買得高興，沈世軒付得開心，第一次看到她如此小兒女姿態的樣子，沈世軒自然要多欣賞一下，她要什麼就買什麼，楚亦瑤也不還價，沈世軒也付得乾脆，走過這條街，兩個丫鬟手上已經滿滿當當的了。

東西本來就都不貴，這麼多東西也沒花多少銀子，即便是知道買虧了，楚亦瑤也沒還價。這些擺攤的人，若真是有錢人，早開鋪子舒坦了，何必在這裡？她可以和別的商戶爭那十兩銀子的差價，也不會在這裡和這些人討還這個價格。

回到客棧裡，楚亦瑤讓孔雀把這些都收拾好，沈世軒給她倒了杯水。「今天也逛得累了，早點休息。」

楚亦瑤點了點頭，漱口後上了床，很快睡著了。

這是這些日子來第一個安穩覺，楚亦瑤醒來的時候天大亮，白璟銘有意延遲了半個時辰出發，沈世軒也沒叫她，讓她多睡這半個時辰，等她下去的時候，眾人都已經收拾好東西了。

接下來的二十幾天，十分順利。

六月中旬，商隊到了洛陽城。

幾朝古都，洛陽城比起金陵有著一股濃厚的政治氣息，就是巷子裡的小攤販，他都能頭頭是道地跟你說出這幾日朝廷中的一些事情，撇開那一身樸素的衣服，給一身朝服還真能糊弄出幾分味道來。

白璟銘帶著眾人到了專門的落腳處，那是一個很大的宅院，把所有的貨物都放在後院，每一個商戶帶著自己人住一個小院子，大宅院裡大大小小的院子有三十來間，按照院子的大小，要上繳一定的費用。

安排給沈世軒的那個院子，能住下不少人，沈家這次來的人也多，大的房間裡床鋪都是並排的，一間能睡五、六個。

「我出去一趟，晚點回來，妳在這裡待一會兒，若是想出去的話，等我回來，我陪妳去。」沈世軒找出祖父出發前給的信，又把一個盒子放入包裹中，和白璟銘說了一聲，離開了大宅子。

在巷子口租了一輛車，報了位址，那馬車很快帶著他去了一家叫天香樓的胭脂鋪。

看了一眼門口那不起眼的吊牌，沈世軒鬆了一口氣，走進胭脂鋪和那掌櫃報了名字，那掌櫃很快把他帶到了後院的一座獨棟小閣樓內，讓他往閣樓上走。

到了二樓，沈世軒剛走進去，那屋子裡就傳來了一聲嬌斥——

「你遲到了。」

一個唇紅齒白、面頰粉色的宦人坐在那兒，穿著普通的管事服，手裡還捏著一方帕子。

待看清楚進來的人，那宦人也只是訝異了一下，隨即指甲點著那桌子道：「等了你兩天，還愣著做什麼？」

「實在是對不起，公公，西捷谷那兒坍塌了，所以只能繞遠路，讓公公久等，實在是對不住。」說著沈世軒拿了一個好看的錦袋放在那宦人的面前。祖父吩咐過，銀票要放在錦袋子裡，不能直接拿出來，那些公公會不喜歡。

「好了，哪有對不住、對得住的，東西拿出來吧！」那宦人拿起錦袋放入懷裡，臉色好了一些，沈世軒這才把帶來的盒子拿出來。

「這裡是孝敬皇貴妃娘娘的，這個是今年沈家的皇貢單子。」沈世軒微低著頭，即便是低品的宦人，對沈家這樣的商戶來說，那也是官，就必須得卑躬屈膝著。

那宦人看了一眼盒子，慢慢地翻著手上的單子。

「你們那麥茶，咱家也嚐了，不錯，在宮中也是新奇，娘娘讓我傳話告訴你們，皇上和太后娘娘都挺喜歡，至於其他的，娘娘說了，按照往年慣例來就是了。」禮也收了，架子也擺足了，這宦人說起皇貴妃的吩咐，這算是給沈家吃的定心丸，有她一天的日子，沈家皇商的稱號是跑不掉的。

沈世軒最後才拿出一封信，上頭又附了一個錦袋子，語帶誠懇地道：「這是家中祖父思念皇貴妃寫的家書，請公公務必親手交給娘娘。」

沈世軒辦完事後，與楚亦瑤說起。

到楚亦瑤聽他說完那兩個錦袋的事，不免有些咋舌。「這做宦人的，還真夠賺的。」兩個錦袋裡放的可都是二百兩的銀票，這出來一趟入手就是四百兩，一年一趟他豈不是賺翻了？

「這回是遲了兩天，所以我把一百兩的換成兩百兩，多給了總不會錯，再者，皇宮裡頭的人，什麼大場面沒見過，這銀子恐怕在他看來也不算多的。」沈世軒倒沒覺得多，相較之下，沈家給的算少了，像曹家這樣，即便也有路子，中間繞彎的可不少，這其中扔下去的銀子，何止四百兩，四千兩都不足為奇。

沈世軒見她微張著嘴巴，伸手捏了捏她的鼻子。

「洛陽不比金陵，這裡的官員拿的都是俸祿，就算私底下有進項的，那也不敢拿到檯面上來說，要知道官商勾結罪很大的，所以啊，他們缺錢！」

沈世軒就給她比了個嫁妝的例子，在洛陽這裡，女子出嫁，幾千兩的嫁妝已經是很豐厚了，而在金陵，水若芊出嫁的時候，那嫁妝可值幾萬兩，也許還不止。

做生意的沒權但是有錢，要不然各地的人怎麼都這麼不屑金陵的人，說是一骨子銅臭味，在沈世軒看來，那妒忌的成分也不少。

「那我們給皇貴妃準備了多少？」楚亦瑤想到送進宮給皇貴妃的，沈世軒報了個數字，楚亦瑤默然了，這皇貴妃在宮中的消耗可不是一般的大。

沈世軒似乎是看出了她的想法，和她提到了在大同發現沉香木的事情。

「那段日子皇貴妃身子不好，沈家更是盡全力找藥，那沉香木就是其中一味，洛陽不是沒有這種，但藥的品質決定了藥性的好壞，所以才會多方打聽，在大同找到了為數不多的一些。」沈世軒說的時候嘴角不禁揚起一抹得意，這是他第一次截了大哥的功勞，那沉香木本該是大哥發現的，而他憑藉這沉香木，第一次讓祖父對他上了心。

「那這些年，皇貴妃的身體好了嗎？」楚亦瑤問道。

沈世軒搖了搖頭。「時好時壞，宮中不缺珍貴藥材，而我們也是盡力搜集些不常見的送進宮去。」

楚亦瑤見他這麼憂心，猶豫了一下。「每次去大同我都讓忠叔找了，我那兒還有一些沉香木。」

沈世軒眼前一亮，隨即又搖頭，嘆氣道：「吊得住一時，吊不住一世。」

皇貴妃一走，沈家會受影響是必然的，這幾年祖父也在嘗試讓這影響降到最低，皇宮這條路，能走的，自然還是要走下去。

這位沈家不怎麼談起的皇貴妃，楚亦瑤好奇得很，皇上從未到過金陵，沈家也沒有送秀，又是如何見到呢？

沈世軒見她飯也不吃，纏著自己問，笑著摟過她，在她耳邊輕輕說了一句。

楚亦瑤瞪眼，沈世軒只無辜地看著她，良久，楚亦瑤紅著臉惱怒道：「你還不快說！」

沈世軒見她答應了，臉上笑意更甚，抓住她的手在手心裡，給她說起了這位傳奇皇貴妃的故事。

皇貴妃本名沈傾苑，是沈老爺子的獨女，十五年前沈老爺子帶著十五歲的沈傾苑來洛陽玩，不料被微服出巡的皇上給看中了，也就那一面之緣，說一見鍾情也不為過，當時的沈傾苑在金陵也算是有名，不僅是外貌，還有她那永遠充滿活力的笑容，豁達開朗的性子。

即便當時沈傾苑已然訂親，皇上還是要她進宮服侍，一上位就是四妃之一，沈老爺子一點辦法都沒有，更別說沈傾苑的未婚夫婿，誰敢和皇帝搶女人！

皇帝對這老丈人很厚道，該給的都給了，娘家跟著女兒一塊兒享福嘛！

沈老爺子回到金陵，對外卻稱女兒去洛陽途中病死，帶回來的時候，是沈傾苑衣服燒掉的一罈子灰，這是沈傾苑懇求沈老爺子的，她不想讓她的未婚夫一輩子活在這個陰影中，未婚妻被人所奪，那個人還是他一輩子都不能抬頭看的人，她也不想金陵的人指著沈家說不是，賣女求榮。

但這忽然來的晉升帶給沈家的危害大於榮耀，宮中這麼多妃子，憑什麼一個商家之女一來就是四妃之一，皇帝的真愛又如何？群臣不滿啊！

為了避免給沈家帶來災禍，入宮半年後，沈傾苑給了沈老爺子寫了一封信，之後在太后和皇后面前，喝下了絕子湯，一生不孕，以求安穩。

太后這麼大的歲數，即便是不滿皇上，也瞭解兒子的性子，若是強硬做些什麼，指不定這癡情兒子會做出什麼，沈傾苑不能誕下皇嗣，一個沒有孩子傍身的女人，能掀起多大風浪？

於是太后和皇后應承了下來，等皇上趕過去，早就來不及了，沈傾苑的病根子也就是那個時候落下的。

「半年後祖父那裡收到信時，姑姑已經是皇貴妃了。」榮寵十五年，沈傾苑幾乎是盛寵不衰，只要她身子不好，皇上的情緒也跟著不好了，最嚴重的時候，皇上還威脅沈傾苑她若敢死，他就跟著去，還讓沈家一干眾小都陪葬。

看楚亦瑤那目瞪口呆的樣子，沈世軒笑了。

「皇宮是什麼地方，吃人不吐骨頭，姑姑當初可是祖父最疼愛的孩子，經常帶著她出海做生意，那一群女人的手段，在姑姑眼中，都還不夠看。」

沈傾苑是一個很有遠見的女子，女人總是難避免年老色衰，三十來歲的女人比起十六、七歲剛進宮的女人，不論哪方面都差了很多，唯一拿得出手的，就是歲月沈澱下來的成熟魅力，但這種魅力，宮中這麼多的人，哪一個宮妃沒有。

因為她瞭解皇上，沈傾苑依舊能得到皇上的寵愛，即便是她身子一日不如一日。這幾年和太后、皇后的關係都好了不少，尤其是皇后，劍拔弩張的時候早就過去了，對皇后來說，整個後宮的女人都是她的敵人，她們都分去了皇上，那些剛入宮不懂事的和沈傾苑比起來，她寧願皇上寵愛這個識時務的女人多一點。

說到底一宮之中，皇貴妃無子，身子又不好，就是再大的仇恨，一天一天過去也被這麻木的日子給磨滅了。

聽到最後，楚亦瑤長嘆了一口氣，看著沈世軒，眼底一抹了然。「恐怕對皇貴妃來說，絕子湯的傷害還是小的。」

對於那樣一個心高氣傲的女子，用這樣手段把她逼進宮，又以家人做威脅，她如何心服。

但她就是演戲，也演了十幾年，演得都騙了自己。

沈世軒對這個姑姑的印象僅僅止於小時候她抱著自己逗笑。「後來祖父就禁止我們在家裡提起姑姑。」

「這些年沈家就沒有求助過皇貴妃？」放著這麼一大尊靠山不用，沈家就是不走仕途，以皇帝的寵愛也可以獨霸金陵了。

「大哥十歲那年，大伯母想讓他去洛陽唸書，走仕途做官，去了祖父那裡說，讓祖父寫信給姑姑幫忙，那一次，祖父發火，大伯母險些被休。」若不是大伯和大哥攔著，大伯母那一次肯定是要被休出沈家的。「自此之後，沒人敢再提起有關於姑姑的任何事。」

楚亦瑤曾聽娘說起過，一家有蔭澤。沈老爺子的做法沒有錯，沈家歷來經商，從未走仕途，經常也是順順利利，如今又能得皇貴妃幫助，那就是沈家蔭澤，妄圖打破這個，另闢蹊徑，損了蔭澤就得不償失了。

楚亦瑤忽然想起什麼，抬起頭，沈世軒也正看著她，緩緩道：「還有六年。」

如果沒有奇蹟發生，前世，楚亦瑤走之前幾個月，皇貴妃歿，洛陽城大喪。

「半年之後祖父也走了，之後的沈家，和如今的根本不能比。」祖父去世後，他重病在床，更是助長了那一對人來往，也許是覺得他這個病秧子礙眼，死了更清淨，不知道是誰的主意，兩年後，水若芊一碗摻了毒的藥結束了他的生命。

若是要爭這沈家，怎麼能眼見著它因為皇貴妃的離世衰弱，楚亦瑤想著，腦海中忽然閃過一個人，脫口而出——

「張子陵！」

這個人，會在明年就高中，繼而任官，一路順風順水，楚亦瑤死的時候，張子陵已經是翰林院士，升遷之快令人咋舌。

「妳是說讓他幫忙？」沈世軒和她想到一塊兒去了。

楚亦瑤點點頭，眼底閃過一抹計量。「如今他還在唸書，誰都料不準他會這麼快升遷，他得到皇上器重的原因，除了他的才能外，還有一點很重要，那就是他背後並無勢力，不像洛陽城這些人，背後都有著繞東繞西的關係。」這當皇帝久了，疑心病自然是更重，對於那些各分勢力、各劃派的人，他還是喜歡乾乾淨淨的，一如他所愛的女人，從未在他身上打過什麼主意。

「如今正是交好的時候，關係越好，那未來的勝算就越大。」沈世軒接了她的話，嘴角揚起一抹笑。張子陵重情，從他娶了亦瑤的表姊就能看出來，如今在他沒可圖的時候交好，未來再請他幫忙，可就好開口多了。

夫妻倆不謀而合，沈世軒一看天已經暗了，湊到楚亦瑤耳邊重複了一遍剛剛說的。

楚亦瑤的臉騰然脹紅，一雙漂亮的眸子瞪著他。

沈世軒露出一個無辜的神情。「我可把姑姑的事都告訴妳了，娘子，妳不會耍賴吧？」

楚亦瑤繼續瞪著他，腦海裡是他說起皇貴妃的事之前向自己提的那條件。

「娘子，那觀音坐蓮的姿勢，我們試試如何？」

第五十七章

第二天，天香樓那兒就來了人，沈世軒出去和他們仔細核對了貨，把帶來的都運去了天香樓，那裡有專門的人負責檢查這些東西，辦完這些事已經下午了。

楚亦瑤懶懶地睡過一覺，派人去邢紫姝住的地方送了信，傍晚的時候邢紫姝就派人來接他們去家裡敘舊。

張夫人給兒子在洛陽置辦的宅院很好，地方雖不大，但一應俱全。下了馬車後，邢紫姝親自在門口等著他們，一看到楚亦瑤，高興得眼眶都濕潤了。

「可想死我了！」邢紫姝不好意思地擦了眼淚，帶著他們去了偏廳，拉住楚亦瑤的手就不鬆開了。「兩年沒回去了，過年的時候也都是爹和娘過來，怕影響相公讀書，我都快忘了老家是什麼樣子。」

背井離鄉的滋味總是不好受的，楚亦瑤看她臉色不錯，想來張子陵對表姊應該是不差。

「一轉眼，妳也嫁人了，那個時候我和紫語就說起過沈家二少爺，沒想到妳真嫁給他了。」邢紫姝好不容易見到一回，話匣子開了就停不下來。

楚亦瑤看她一臉笑意，打趣道：「這妳們也知道？」

邢紫姝捏了一下她的臉頰。「若不是對妳上心的，怎麼會這麼急著去找妳。」

楚亦瑤笑咪咪地看向坐在對面的沈世軒，對邢紫姝說：「表姊，你們在這裡過得可好？」

邢紫姝微嘆了口氣。「剛來的時候不太習慣，洛陽這兒不論是吃的還是用的，都和那裡不一樣，後來懷了暖兒，吃什麼吐什麼，妳姊夫他從書院回來，還滿大街的去給我找家鄉菜。」說著，邢紫姝有些不好意思，本來就水土不服著，懷了孩子後更是沒胃口，平時好伺候的身子，嘴巴一下刁鑽得很，饞得老想吃徽州的小吃，相公為了給她找正宗的蘿蔔糕，跑了好幾條巷子。

正說著，門口那兒響起了一聲糯糯的「娘」，一個一身粉紅的小姑娘出現在那兒，一手被一個奶娘牽著，正努力地提腿要邁過門檻。

一走進屋子，她就掙脫了牽著她的人，朝著邢紫姝跑了過來，雙手抱住邢紫姝的腿格格地笑著。

邢紫姝把她抱了起來，指著坐在旁邊的楚亦瑤道：「暖兒，這個是姨母。」

一歲多的孩子也不認生，聽到娘親的介紹，撇過臉去看楚亦瑤，維持那笑呵呵的臉，奶聲奶氣地喊了一聲：「姨！」

「她現在還說不全。」邢紫姝寵愛地摸摸她的手，抬頭對楚亦瑤說：「這孩子開口得晚，卻很聰明，尤愛讀書，最喜歡的事就是坐在相公腿上聽他唸書。」

楚亦瑤看到這胖嘟嘟的孩子十分喜歡，從邢紫姝手中抱起了暖兒，小傢伙不吝嗇地在她臉頰上親了幾口，繼而看到了沈世軒，對邢紫姝啊了一聲，意思是問這個新的叔叔又是從哪兒來的。

楚亦瑤乾脆把她交給了沈世軒，過去抱沈果寶習慣了，暖兒一到手上，沈世軒熟練地抱牢了她，小傢伙對長相英俊的人尤其喜歡，這不，賴在沈世軒懷裡就不下來了。

直到張子陵回來，她才離開沈世軒的懷抱，奔向自己爹爹，看著父女兩個人親暱，邢紫姝滿臉的溫情。

一起吃過了晚飯，邢紫姝又拉著楚亦瑤說了會兒話，沈世軒則和張子陵去後院的小亭子喝杯小酒聊天。

屋子裡暖兒在臥榻上挪來挪去，一會兒看娘和姨母聊天，一會兒看著窗外，似乎在想什麼，等邢紫姝轉過頭去看的時候，小傢伙已經趴在小抱枕上，瞇著眼睡著了。

「表姊，這一回要在洛陽停留的日子不短，改天我再過來，現在也不早了。」楚亦瑤站起來，和她道別。

「我每天在家裡也沒什麼事，妳有空就多來坐坐，回去之後也不知道什麼時候才能見面。」邢紫姝語氣裡滿是對金陵、徽州的想念。她也知道，陪著相公來洛陽，今後回去的機會不大，可能一輩子要留在洛陽，或者隨任職至別的地方。

楚亦瑤點點頭。「忙完了我就過來。」

出了張家，沈世軒讓車夫去了洛陽最繁華的街市，這裡猶如白晝一般熱鬧，燈火通明，寬闊的道路兩旁那些店面都開著門，進進出出的客人很多，沈世軒帶楚亦瑤進了一家酒樓，上了包廂坐下，讓小二上了數道廚子的拿手菜。

從包廂的窗外看景色盡收，偶爾還有維持治安的巡邏隊走過，遠遠望去還能看到高高的城牆，在那城牆之內，就住著大梁國最為尊貴的人。

那夥計很快就把菜上齊了，沈世軒拿起勺子先給她舀了湯。「怎麼樣，是不是比鼎悅樓的還要好喝？」

楚亦瑤喝了一口，調味充分的魚羹吃不出一點魚腥味，微稠的湯汁裡還散發著一股淡淡的奶香味，魚羹是用鮮魚和碎豆腐熬製成的，其中添加了一些增色的芹菜碎末，就是這簡單的幾樣東西，做出來的味道卻美味極了。

「好喝。」楚亦瑤滿足地喝了一碗，就是這薑末都添得恰到好處。

沈世軒見她喜歡，又給她盛了一碗，不忘介紹其餘幾樣菜。「這酒樓裡的廚子，是從宮中的御膳房出來的。」每個菜量都不多，就這魚羹，兩個人小碗盛著四碗下來就沒了，但每個菜都很精緻，不論是名字還是擺盤色澤。

皇宮規矩多，吃的也都是精益求精的，從那裡出來的廚子，沿襲下來的習慣卻讓更多的人來酒樓裡吃飯。

「你想另外開？」這麼晚了帶自己過來，總不只是為了吃東西，楚亦瑤嚐了幾道菜，心中也籌謀起了這酒樓的事，這麼久以來收集到的菜譜也有不少。

「剛才我和姊夫商量了一下，我們決定一起開酒樓。」

沈世軒看到楚亦瑤臉上的驚訝，給自己倒了杯茶悠然說：「在金陵開一家像這樣的酒樓，廚子由姊夫去找，我們各占一半，酒樓交由我來打理。」

說要交好，沈世軒立馬就有了行動，回去之後不聯繫肯定是沒法交好，有什麼辦法把這關係維持住，唯有兩個人一塊兒賺錢。在洛陽書院裡讀書，張子陵的花銷都來自張家，如今都是孩子的爹了，沈世軒這麼一提，張子陵很快就被勾起了想法。

如今張子陵還未參加考試，一切都是未知，這個時候的合作最是單純。

楚亦瑤看他眼底那一抹得意，哼了一聲。「祖父都不讓你在外面做這些事。」還不都得她去？

果然，沈世軒討好地看著她。「好娘子，今後就是妳在外賺錢養家，我在家負責帶孩子，怎麼樣？」

楚亦瑤一口山藥堵在了口中咳了起來，半晌吐出了那山藥，脹紅著臉接過臉帕擦了嘴，她以前怎麼會覺得他淳厚，那都是幻覺啊……

過了十來天，商隊要準備回金陵了，十來天的時間在張家就留宿了兩個晚上，沈世軒和張子陵兩個人把該商量的也都商量了，回去金陵就要籌備酒樓的事情。

又過了兩天，在白璟銘的帶領下，商隊啟程回金陵。

夜幕降臨，宮闈之中早早地掌了燈，鳳陽宮內，走廊間更是通明。

偌大的內殿之中，一個女子一襲白色宮裝，懶懶地靠在椅榻上，側頭看著窗外。

門口那兒傳來一陣腳步聲，女子身後的宮人在她耳邊輕輕道：「娘娘，小喜子回來了。」

女子揮了揮手，一個宦人匆匆走了進來，站在她的面前，恭順地喊了聲。「娘娘。」

女子起身，兩個宮人趕緊扶住了她，略微蒼白的臉上閃過一抹念想，望著窗外屋簷上半輪明月。「走了？」

那宦人趕緊回答：「今早離開了洛陽，這些天沈家二少爺除了帶著他娘子到處走之外，還經常去張家，也是來自金陵，張家大少爺帶著他妻女在洛陽書院裡讀書。」

「叫什麼名字？」女子轉過身，一張傾城的臉上絲毫沒有停留歲月的痕跡，微凌的神色裡充斥著一股桀驁，和這宮闈格格不入。

「叫張子陵。」宦人低著頭不敢看她。

女子臉上閃過一抹疲倦，身旁的宮人帶著這宦人離開了，半晌，內殿中傳來一聲輕嘆……

回金陵的商隊再次經過西捷谷的時候，那裡已經被清理乾淨了，道路清寬了不少，眾人對這裡似乎還有些陰影，走過去的時候都沒什麼人說話。

二十來天，楚亦瑤總覺得哪裡不太對，直到出了西捷谷，問沈世軒確定的日子，楚亦瑤這才反應過來，她的小日子遲了，遲了不止一、兩天。

她的小日子一向很準，前後從來不會超過兩日，這一算日子，竟整整遲了七日，楚亦瑤眉頭突突地跳著。

入夜野外駐紮，入睡前沈世軒也發現不對勁了，就這成親的半年時間裡，沈世軒算她的小日子比什麼時辰吃飯都來得清楚，他撐起身子看著臉色不太對的楚亦瑤。「這個月是不是遲了？」

楚亦瑤點點頭，現在前不著村、後不著店的，也請不到大夫來看，她也沒覺得身子不適。「興許是來回顛簸，所以才遲了。」

這話說得沒什麼說服力，到洛陽的時候她小日子才剛來過，並沒有什麼不準。

沈世軒閃過一抹欣喜，看她這愁眉苦臉的樣子，笑道：「有了不正好，妳不是抱著妳表姊的孩子說喜歡，如今自己生一個。」

楚亦瑤自然是喜歡孩子的，可真懷了，也不是時候啊，前三月日子最是不穩，回金陵也還需半個月，萬一身子有什麼不舒服的，一路顛簸下去，怎麼能不擔心？

沈世軒看出了她的擔憂，重新躺下把她抱在懷裡。「怕什麼，我們的孩子，來了就不會有錯的時候，明天就到鎮上了，找個大夫先看看。」

他的話讓楚亦瑤安心了不少，一手下意識地覆在肚子上，她的孩子啊……

第二天傍晚到了小鎮上，安頓好了時候，沈世軒出去請了個大夫過來，仔細把脈之後，大夫給了準信，有喜了！

一旁的孔雀和平兒可高興壞了，成親半年，小姐終於有身子了。

給那大夫塞了紅包，沈世軒臉上是掩飾不住的喜悅，目光落在楚亦瑤的肚子上，口中叨唸著：「我要當爹了。」

儘管現在是一點反應都沒有，可知道有了身子，楚亦瑤心中總有些似有似無的牽連感，看沈世軒樂的樣子，嘴角揚起一抹笑，口中斥道：「傻站著做什麼，還不快去大夫那兒取藥！」

本來是叫孔雀去的，楚亦瑤這麼一喊，沈世軒也跟著出去了，兩輩子加起來頭一回當爹，沈世軒情緒很激動。

沒有和任何人透露楚亦瑤懷孕的事情，隔天一大早，孔雀就在馬車內加了厚厚幾褥，這七月的天熱得很，又在褥子上墊了薄薄的軟席子，兩個丫鬟輪流著在馬車內給她搧扇子祛熱，偶爾沈世軒還會過來搭把手，沒搧幾下就看著楚亦瑤的肚子傻樂。

煎的安胎藥，別人來問了，就說楚亦瑤身子不適特地配來的，這和她這幾天都不出馬車倒也相符合，商隊回去的時候東西裝得也不少，行程和去洛陽的時候差不多速度，楚亦瑤並不覺得有什麼異樣。

八月初商隊終於到金陵了，在城門口，各家帶好自家的馬車和人，分散回家去了，沈世軒最後和白璟銘道了別，兩個人約著下回見面聊，沈世軒上了馬車吩咐幾個管事把帶回來的東西載去商行，自己則帶著楚亦瑤直接回了沈家。

也沒有提前打招呼，沈世軒先送楚亦瑤回書香院，自己則去了沈老爺子那兒報訊。

楚亦瑤是被孔雀她們兩個扶著進屋子的，錢嬤嬤在門口一看，還以為她這是受了什麼傷走不得，擔心地從平兒那兒接手。「小姐，是不是哪裡不舒服？派人去請個大夫過來。」

楚亦瑤回到內屋子坐下，點點頭。「是該請個大夫過來。奶娘，我走了三個月，院子裡都還好吧？」

知情的孔雀出去請大夫了。

錢嬤嬤差人去喊了李嬤嬤過來，和她說起了這書香院的事。「一切都好，您和姑爺不在的這三個月裡，院子裡的人都安心待著呢！」小姐和姑爺都不在，就算是有心人想打聽什麼，也沒主讓她打聽的。

楚亦瑤對自己帶來的人都還放心，抬起頭看錢嬤嬤似乎有什麼要說的，笑了笑。「是不是府裡頭有什麼大事？」

「大少奶奶有喜了，就在五、六日前診出來的。」兩個人嫁入的時間還是自家小姐早呢，也不是錢嬤嬤芥蒂大少奶奶有身子，她只是擔心自家小姐。

楚亦瑤摸了摸肚子，難怪她當時眉宇突突地跳個不停，像是有什麼預兆，原來是大嫂有身子了。她漫不經心地靠在墊子上。「知不知道有多少日子了？」

「說是小日子遲了五天，請脈請出來的。」

楚亦瑤微眯著眼，這麼說來，這日子還是她早一些。若是差個半年、一年的倒也罷，就差這十幾天的日子，楚亦瑤實在是覺得微妙啊。

李嬤嬤很快來了，進門看到楚亦瑤，倒是露出幾分真心來。「二少奶奶您可算是回來了！」

楚亦瑤見她這慈眉的臉上掛著笑容，不由一笑。「李嬤嬤這麼惦記著，可不能太遲著回來。」

李嬤嬤笑著，先把這三個月的帳本給遞了上來，繼而開始說入門後，大房那兒跟他們莊子裡的情況。

離開三個月，沈家除了大少奶奶有身子之外，就是沈家在徽州的分行，在半月前開張了，說是水家和沈家一起合作開的，開張那日去道賀的人都不少，水若芊懷孕也是時候，開張沒幾天就診出喜脈，所以這沈府最近說的都是雙喜臨門的事。

李嬤嬤離開之後，楚亦瑤留下了錢嬤嬤和寶笙兩個人。「那幾家最近有什麼事？」

寶笙會意，說起了程家的事，一個月前寶蟾生了，為程家生了個兒子，程夫人很高興，就連楚亦瑤這裡都收到程家送的紅雞蛋。「再有幾日，那程家小少爺該滿月了。」

「孩子呢，養在誰那裡？」楚亦瑤送一個寶蟾去程家，就絕不懷疑她的能力，一個妾是沒什麼了不起，不過她可是生了程家長孫的妾，程邵鵬娶的那兩個平妻，這麼久了都沒動靜。

「如今還養在寶蟾那兒。小姐，半個月前寶蟾還給我寫信了。」寶笙和寶蟾的姊妹情誼，在寶蟾有外心的時候就止了，勸的、警告的都試過，道不同不相為謀。

楚亦瑤露出一抹興趣。「是不是讓妳在我跟前求情，好歹是從我這兒出去的丫鬟，讓我照拂一下她？」

寶笙點點頭。

楚亦瑤哼笑了一聲。「她當我是天王老子呢！程家的事我還管得著？」轉而楚亦瑤眼底閃過一抹算計。「不過在程府中她一個沒娘家的人過得也不容易，沒有銀子寸步難行，妳去支兩百兩銀子給她送過去，就說是我照拂她，恭喜她生了個兒子。」

「這是不是太多了？」寶笙有些詫異，小姐怎麼還能這麼客氣，給她這麼多銀子。

楚亦瑤搖搖頭。「多什麼，兩百兩銀子夠她打點些東西了，要想把這個兒子留在她自己身邊，將來使錢的地方多著呢。」若是生下孩子就被李若晴抱走了，那這齣戲可不就得謝幕……

半個時辰之後，孔雀請來了大夫，這時錢嬤嬤她們幾個才知道楚亦瑤有喜了，高興之餘，錢嬤嬤忙著問大夫身子如何。

「李大夫，您去楚家也走了幾回診，我們也不是什麼生客，這喜脈的事，還請您瞞著先，就說我從洛陽回來，一路顛簸，身子不適。」楚亦瑤讓寶笙封了大紅包給大夫。

那大夫開了藥方子之後，整理好藥箱子，允諾著出去了。

「小姐，這是大喜事啊，您怎麼要瞞著？」錢嬤嬤不解楚亦瑤的意思，二夫人那兒知道一定很高興。

「小姐的日子可比大少奶奶還多呢。」孔雀在一旁嘟囔了一聲。

錢嬤嬤聽罷，臉色微變。

楚亦瑤摸了摸肚子，嘆了一口氣。「日子差得太近，有心人知道了，還不得說我處處壓著他們一籌，即便是我無所謂，但也不能讓他們拿我這沒出生的孩子作文章。」

錢嬤嬤連連點頭。「頭三月不說，瞞著也好，胎神啊胎神，您可千萬要保佑小少爺。」錢嬤嬤朝著內屋東方位子拜了拜，又朝著門口那兒拜了拜……

稍作休息之後，楚亦瑤就去關氏那裡請安。

關氏拉著她坐了下來，關切道：「聽說妳請了大夫，身子不舒服改日過來也成，不必這麼急。」

「娘，這來去這麼久，回來請個大夫把脈瞧下身子也是應該的，沒什麼不舒服，這是在洛陽買的，這個是我挑的，那個是世軒挑的，這個給您，那個啊是給爹的。」楚亦瑤從小沒了爹娘，對這公公婆婆是真心誠意的好，關氏也是個難得的好婆婆，兩個人相處起來，倒有幾分親母女的樣子。

關氏看這數樣東西，再看她獻寶一樣的眼神，笑了。「洛陽好玩嗎？」

楚亦瑤點點頭。「好玩。娘，您知道嗎，洛陽城裡，就是個擺攤的，看起來都比金陵開鋪子的人有文化，開口就是朝堂的事，活似他們就在那大殿上聽來的。」文化氣息薰染人，和洛陽完全不同的那就是金陵了，大街小巷裡，聽到最多的就是賺了多少銀子，什麼行當掙錢。

關氏被她這口氣一下給逗樂了。

楚亦瑤拿著柔軟的綾羅放在她手中。「將來讓世軒帶著爹和娘，咱們全家一塊兒再去洛陽，帶您們好好玩玩。」

女兒就是貼心的小棉襖，都不是什麼壞心眼的人，楚亦瑤這麼說，關氏越發喜歡這個媳婦。「好了，我這兒也來過了，趕緊回去休息休息，明早也別起了，明天晚上等妳爹回來了，妳和世軒再過來。」

楚亦瑤應下之後回了書香院，派人把其餘東西送去了各房、各院子。快吃晚飯的時候，沈世軒回來了，回到沈家沒做休息又去沈老爺子那兒彙報了一下午，沈世軒都有些疲倦，看到丫鬟布好了菜，也不管人走沒走，抱起楚亦瑤在她臉上蹭了蹭。

「癢。」楚亦瑤被那鬍子扎得癢，輕推了他一下。

見她要給自己盛湯，沈世軒趕緊阻止她。

「妳別動，我來。」

楚亦瑤噗哧一聲笑了。「至於這麼緊張嗎？」

「妳坐，先喝完湯。」沈世軒笑著給她盛了湯，而後才給自己盛。

楚亦瑤看著碗中那滿滿當當的，揶揄道：「無事獻殷勤，我這是託了他的福，才有這麼好的享受啊。」

沈世軒給她挾了菜，裝著朝她這兒動了動鼻子。「我怎麼聞到一股酸味？」

楚亦瑤聽罷，一筷子戳在自己跟前的紅燒獅子頭上，微瞇起眼睛看著沈世軒，一字一句地問道：「你說什麼酸味？」

沈世軒看著那裂半開的紅燒獅子頭，趕緊否認。「哪有酸味，哪裡來的酸味，誰說有酸味！」繼而看著楚亦瑤討好道：「娘子，孕婦可不能動怒。」

楚亦瑤慢條斯理地挾開了那紅燒獅子頭，挾起一半放到沈世軒的碗裡，臉上綻放出一抹如花一樣的笑容，聲音又甜又膩地道：「我怎麼會動怒了，相公您多吃一點，累壞了吧？」

沈世軒從頭到腳一個冷顫，抖得他筷子都拿不穩了，看著楚亦瑤臉上那一抹甜不死人的笑，在心裡默默地又加了一句，孕婦的脾氣還是喜怒無常的……

楚亦瑤這一趟出去這麼久，一家人總是要聚在一塊兒吃一頓飯的，沈老爺子心情也不錯，長媳有了身孕，這二小子從洛陽帶回來的也是好消息，一高興，就多喝了幾杯，說起話來嗓門又粗了幾分。

大圓桌坐著，沈老爺子看著對面的楚亦瑤，笑著道：「如今若芊有了身子，亦瑤妳要多幫幫妳大伯母，回來了這家裡的事也學著點。」

嚴氏也是第一回沒反駁，她這高興的餘勁可還沒過呢，娶進門半年有了身子，她這是妥妥坐著等抱孫子，所以她也笑咪咪地看著楚亦瑤。「是啊，如今妳大嫂有了身子，得要妳多擔待一些。」

楚亦瑤不能說不，她更不能現在就暈倒來個「我也有了」，隨笑著道：「大伯母把這家打理得井井有條，我就替大伯母打打下手。」

「亦瑤妳身子還好吧？回來請了大夫，是不是洛陽那兒水土不服了？」水若芊如今滿是即將為人母的光輝，一手摸著毫不顯懷的肚子，溫和地看著楚亦瑤。

「好多了，不礙事，多謝大嫂關心。」

多麼融洽的一幕，這一頓飯是吃得眾人皆高興，再者徽州分行開張之初就生意興隆，沈世瑾臉上更是意氣風發，對沈世軒去洛陽這件事都看淡了許多。

沈老爺子在最後還加了一句，讓沈世軒和楚亦瑤趕緊也懷上。

等沈老爺子走了，嚴氏得意之餘不忘記揶揄二房幾句，看著沈世軒扶楚亦瑤起來，對關氏道：「弟妹啊，不是我說，這世軒媳婦的身子妳也得多看看，老是請大夫也不是回事啊，成親可比我們世瑾都早，這會兒還沒訊呢，我那裡有幾個好方子，明兒個讓人給妳送來。」早也不過二十幾日，嚴氏這尾巴可翹上天了。

「這才半年，他們也都年輕，等明年再生也不遲。」關氏倒是不急。

在嚴氏看來，這純粹是生不出，所以找理由的，哼笑了一聲，帶著水若芊離開了。

「娘。」楚亦瑤和沈世軒對看了一眼，沈世軒開口喊了一聲。

關氏轉過身看著他們，倒先安慰起他們來。「妳大伯母的話別往心裡去，我和妳爹都不急。」

早早懷上自然是好，但是如今沒有，關氏也不會去強求什麼，生孩子也是一種緣分，好好的夫妻倆處著，她做什麼去給他們出主意。

關氏這麼一說，楚亦瑤反倒是有些內疚，只有身邊幾個人知道，連爹和娘都瞞住了。

沈世軒拉了拉她的手，對關氏道：「娘，您別擔心，該是有您做祖母的時候，到時候孩子多了，您和爹才有得忙了。」

這八字都還沒一撇呢！沈世軒先預定下了幾個孩子，楚亦瑤放在身後的手在他後背掐了一把，臉上帶著笑意……

第五十八章

回到了書香院，洗漱過後兩個人上床睡覺，黑暗中楚亦瑤窩在他懷裡，忽然一個起身，手壓在枕頭上，居高臨下地看著他。「你先答應我個事。」

「怎麼了？」

「你先答應我，我才說。」楚亦瑤不肯躺下，盯著他非要他先答應。

沈世軒大約猜到她想說的，點了點頭。「我答應妳，妳先躺下。」

楚亦瑤這才睡了下來，枕著他的手臂說：「你不許攔我去鋪子裡，酒樓的事，你也不許攔我！」

「那怎麼成？妳如今有身子，不能到處亂走。」

楚亦瑤當下支起身子，氣呼呼地看著他。「你剛剛還說答應我的。」

沈世軒見她忽然來的小孩子氣，哭笑不得地把她摟著躺下。「我是答應妳不攔著妳管這些事，但去那裡可不行，妳別忘了，半個月後妳得告訴爹娘有身子的事，屆時出不出去，可不是我說了算的。」

楚亦瑤想想也對，於是她心情不好了，離開洛陽的時候她心裡可是有大計劃的，收集多時的菜譜都能派上用場了，就等選好地方、裝修好，張子陵找的廚子來了之後就能開張，如今她卻被拖住了。

沈世軒捏了捏她的鼻子笑道：「妳下令，我辦事，有什麼不好的。」

雖然沈世軒是這麼說，可楚亦瑤心裡多少還是覺得不太滿意，開酒樓這回事，如果自己不能到現場看個幾回，到時候哪裡不滿意了，再重新來過就會很麻煩。

半晌，楚亦瑤開口道：「要不，開酒樓的店定下來之後，這裝修的事，讓二舅幫忙去看一下，你若是老去，讓祖父知道了也不太好。」

沈世軒點點頭。「妳作主吧！姊夫那兒過些日子廚子也快到了，店面的事我會去辦。」

知道她是個閒不住的，若真困個十月什麼都不做，沈世軒還擔心把她悶出病來。

楚亦瑤瞇著眼有些犯睏，窩在沈世軒懷裡便不再說，很快就睡著了。

第二天，楚亦瑤讓寶笙送信去給二舅，到了下午的時候，人開始犯睏了。

要說她有什麼特別的孕期反應，楚亦瑤都沒，唯獨最明顯的就是她開始嗜睡了，一到下午便架不住睏意，書香院裡知道她有身子的人就身邊幾個，因為不顯懷又不出門，倒也沒人注意，二房這裡有單設的小廚房，就是煎藥也不會往懷孕那兒去想。

偶爾收到秦滿秋那裡送來的信，從洛陽回來後，楚亦瑤覺得這日子又回歸到初嫁過來時候的平靜。

七、八天後，沈世軒把店面的事給辦妥了，南塘集市沒有這麼大的地方用來做酒樓，沈世軒挑了月牙河街市前邊些的一家店面，上下三層，後面還有一個兩層的獨棟小閣樓，和春滿樓有些距離。

楚亦瑤這會兒正看著桌子上攤開的許多菜譜，分門別類地整理開來。

沈世軒粗略地一看，樂了。「小吃甜品都有，妳這是打算開齊活了。」

楚亦瑤不置可否地哼了一聲，她當初就是這麼想的，有這計劃的時候，成親還不在她所想範圍之內，她本來想著過個幾年，手頭上銀子寬裕了，再把這酒樓開起來，畢竟其中投入的人力、物力也不少。

「這些可以用在酒樓裡。」楚亦瑤終於整理好了，指著那一疊菜譜道：「大部分都是各地名菜，還有些飯後甜品，金陵這裡專做洛陽菜的也不是沒有，我們就在洛陽菜的名頭上再掛這些各地名菜，就算是嚐個鮮，一趟也吃不下來。」

沈世軒一看她說到這個就來了精神，坐在她身旁。「妳打算什麼時候和娘說？」

楚亦瑤把這些放進兩個盒子裡，算了下時間。「這一次的小日子過了五、六日，我就去和娘說，往常請的那大夫，先請人去說一聲。」否則一把脈，就知道這不是剛懷孕。

「明天我去說，娘一直都是請那個大夫的。」沈世軒應下了這件事，看到桌子上的一張帖子，翻開來隨意地看了一眼，竟然是程家的帖子。

「滿月酒？」沈世軒重複了一遍。

楚亦瑤拿過那帖子，扔在桌子上。「可不是，程家終於後繼有人了，帖子都送到我這裡了。」按理說，她是已經出嫁的人了，除非是程家和沈家關係比較好，否則這帖子也不該送過來的。

「那就送些東西過去，人何必去？」沈世軒說。

沈世軒是不知道裡面的門道，楚亦瑤怎麼會不清楚，這帖子肯定不會是程夫人的主意，很大可能上，是寶蟾請程邵鵬出面請的，她如今是沈家二少奶奶，這身分去程家，好歹也是個助力。

「我把東西帶去給大嫂了，讓她替我送去。」親自上門，楚亦瑤沒這工夫，不過送點東西表示恭喜一下，楚亦瑤覺得也是應該的，畢竟努力了這麼些年，才得來的一個兒子……

從洛陽回來半個月後，楚亦瑤預計中的小日子也遲了五、六日了，一早去關氏那兒請安，楚亦瑤有些不好意思，又有些期盼地和關氏說：「娘，我這小日子，遲了好幾天了。」

兩個人起初還在聊別的事情，關氏一聽，先是一怔，繼而臉上一抹欣喜。「遲了幾天了？」

楚亦瑤期期艾艾地算著說：「有五、六日了，也有可能是從洛陽回來，一路顛簸著才遲的，我還沒和世軒說過。」

關氏一聽遲了五、六日，嗔怪地瞪了她一眼。「好好的身子哪能說遲就遲的，都晚了這麼多天了，趕緊請大夫過來瞧瞧。」

大夫很快過來了，把脈後按照沈世軒當初吩咐的，那大夫說楚亦瑤如今已經有了一個月的身孕，這可把關氏高興壞了，趕緊讓人給大夫封了個大紅包，拉著楚亦瑤的手開始囑咐起她一些該注意的事，末了又加了句：「妳大嫂如今也是在自己院子裡吃食，我讓大嫂把書香院的小廚房開起來，妳喜歡吃什麼、不喜歡吃什麼就自己拿主意，不必跟著我們一塊兒在大廚房。」

關氏的這話正合了楚亦瑤的心意，能在自己院子裡解決吃食是再好不過的事了，心裡有數，也能防著不少事。

「妳那些鋪子可不能再去了，外出多有衝撞。」關氏不放心地勸道。

楚亦瑤點頭。「娘，您放心，這些事我回去就交給別人去辦，不會出去的。」

「好了，妳回去歇息吧，如今月分淺，要多注意休息，晚上世軒回來了，讓他來我這兒一趟，妳就不必過來了。」關氏讓嬤嬤送了楚亦瑤回去，起身準備去大嫂那裡。

第二天沈家上下就都知道了這個事，二少奶奶有喜了，距離大少奶奶有喜不過隔了一個月的時間，這才是雙喜臨門啊，沈老爺子知道之後很高興，在他看來，相距時間長短都不是問題。

而對嚴氏而言，她不想答應小廚房的事也得答應，當初水若芊診出有身子的時候，為了給她最好的照顧，嚴氏二話不說直接把旭楓院的小廚房給開了，專門伺候水若芊一個人吃食，專挑好的、貴的給她補身子，如今楚亦瑤有身孕了，她若不答應，這厚此薄彼的也太嚴重了。

於是嚴氏開始拖，能拖一天是一天，這伎倆無聊極了，可她就是心中不樂意楚亦瑤這會兒有身孕。

但關氏不肯啊，過去遇到什麼事，嚴氏再刁難，關氏都肯退一步，如今事關楚亦瑤肚子裡的孩子，關氏不願讓步了，這不過是口訊一聲，派幾個人前去打掃一下的事，能忙到沒時間吩咐嗎？再者又不要大嫂指派人去小廚房，二房這裡有的是人。

拖不過三天，嚴氏只能派人去把書香院的小廚房收拾出來，二房那兒也是有廚房的，但這廚房只是平日裡用來燉藥、做些宵夜，並沒有專配的廚娘，書香院的也一樣，只是用來燒水，所以這小廚房還得另外砌爐灶，最重要的是，嚴氏吩咐這所有採買的東西能從公中出，本來懷的就是沈家的子孫，這銀子做什麼要自己去貼。

二房這裡正高興著呢，大房那兒的水若芊卻不太好受，她正吐得天昏地暗，從診出有喜的半個月後，水若芊的孕吐就開始了，到如今已經吐了半個多月，吃進去再好的東西也都吐出來了，整個人消瘦了許多。

一旁的丫鬟將盆子撤去，王嬤嬤給她遞上溫水漱口，扶著她坐了起來。「小姐，廚房裡燉著燕窩粥，您吃一點吧？」

「現在不吃。」水若芊擺了擺手，胃裡又是一陣翻湧，可也沒什麼好吐的了，趴在床沿一會兒，接過濕布擦了嘴。

王嬤嬤從身後丫鬟手中拿過杯子。「喝點薑茶吧，暖胃也能止吐，有了身子都是如此，過了這時候就好了。」

水若芊抿了兩口，嫌那味道太衝了，道：「不喝了。」

王嬤嬤沒法子，把薑茶放在了一旁，吩咐丫鬟去端燕窩粥來，開了些窗戶透氣。

休息了一會兒，水若芊有了些力氣。「二房那兒怎麼樣了？」

一旁的丫鬟回道：「書香院裡小廚房已經收拾好了，不過要過兩日才能用。」

水若芊摸了摸肚子，都說這是小少爺，到最後是男是女也說不準，如今兩個人都有了身孕，自己怎麼說也比她早了一個月，還是多一些勝算的。

「奶娘，妳去準備些東西回送過去，就按她送來的分例。」水若芊剛說完，胃裡又一陣難過，一旁的丫鬟趕緊遞上盆子。

九月初，楚亦瑤實際有身孕兩個多月，一天早上醒來，那鋪天蓋地的熟悉感從胃裡湧出，當著沈世軒的面，楚亦瑤吐了。

沒吃過早飯胃裡空得很，楚亦瑤吐出了一骨子酸水，抽得難受，寶笙端了溫水給她漱口，楚亦瑤趴在沈世軒懷裡蒼白著臉，難受地靠著。

錢嬤嬤將早早準備下的薑茶送進來給她喝，楚亦瑤喝了小半杯，胃裡舒服了一些，才準備起身穿衣服。

沈世軒不放心她，知道女人懷孕辛苦，可從不知道還要受這樣的罪，一聽要吐個一、兩月才會好，沈世軒出了門就命人去找止吐的法子，他看著都心疼極了。

吃過了早飯，楚亦瑤在院子裡走了一圈，呼吸了下新鮮空氣，壓著胃裡那一股不斷要往上竄的，楚亦瑤愣是喝了一大杯的薑湯，最終還是沒挨過，連帶著早飯都吐出來了。

這是懷孕的必經過程，楚亦瑤反倒覺得這次來得好多了，前世懷第一個孩子的時候，她是從頭吐到尾的，就沒停過，那種感覺才不好受。

去了關氏那兒請安，得知她一早吐了，關氏命人把準備好的盒子拿上來，是滿滿一盒子上好的竹茹。「把這竹茹煮著留汁，放了粳米煮粥吃，能養胃又能止吐，懷世軒的時候我吐得比妳還厲害，喝這米粥能有些成效。」

楚亦瑤點點頭。「多謝娘關心，我已經好多了。」

「前些日子和世軒說了你們分房睡的事，如今你們還沒分吧？」關氏看她的神情就知道自己兒子肯定沒提這個事，於是勸道：「妳這肚子只會一天天大起來，如今反應大，還是分開睡的好。」

關氏沒有提通房的事，只是說有了身子應當分房睡，楚亦瑤也沒好意思說別的，只是應承道：「我回去會和世軒提的。」

於是，從關氏那兒出來的當晚，楚亦瑤便不讓沈世軒睡同床了，理由就是關氏說的那套話，偏生某人無賴得很，衣服一換直接就上床了，理直氣壯道：「我又不做什麼，怎麼不能一塊兒睡了，再者我這睡相，怎麼都不會有影響。」

「萬一我半夜不舒服起來，不是擾著你睡覺了嗎？」如今她都有些頻尿，往後起來的次數肯定還多，他要是擾得睡不好，白天怎麼有精神去忙。

「那就更不能分開睡了。」沈世軒輕輕抱過她，理由很充分。「如今天漸漸冷了，就算屋子裡放著暖盆都不如被窩裡的暖，妳身子重起來想如廁還是喝水，我在一旁更容易幫妳。」沈世軒心裡算計著，嘴上大義凜然。

楚亦瑤看穿了他那點想法，不客氣地戳穿道：「寶笙她們就睡在屏風外。」

沈世軒決意賴在這裡，直接反駁道：「丫鬟哪有相公來得親，捨我其誰！」

楚亦瑤就知道他難勸，認定了的事怎麼都不會改，要不然娘叫他去說這事，他怎麼會和自己隻字未提，於是她只能動之以情。「這又不是鬧著玩，你若硬要同床睡，確實拿你沒辦法，可娘那兒不好交代，若是讓大伯母知道了，不知道又要怎麼說，咱們做什麼要讓她拿捏著說不是呢？」

他們成親以來一直都未有通房，如今她有了身孕，其實這通房的事，怎麼說也得安排一、兩個，不管世軒去不去。但楚亦瑤邁不過心裡這道坎，也就直接把這扔在腦後不去想，反正也沒人提。

若是他一直要同床睡，保不准娘那兒就會直接安排通房過來，她的性子她自己最清楚，屆時多兩個人，不是成心給自己添堵嗎？

沈世軒這會兒心裡主意打得飛快，看了一臉誠懇的楚亦瑤一眼，繼而嗡嗡道：「那就在這屋裡再安置一張床，反正分房就是為了分床，這樣也算分。」說完，沈世軒閉上眼直接睡了。

楚亦瑤啼笑皆非，這換湯不換藥的法子，只給外人看的吧！不同床，她就不信入了夜、關了門他就肯一個人睡了？

第二天，沈世軒就找人以最快的速度新打了一張床，選了個好日子直接把床安置在內屋，就在楚亦瑤床的側邊，在這之前，沈世軒很老實地睡了四、五天的偏房。

在關氏那裡，沈世軒直接說分房睡不放心楚亦瑤，分床睡也礙不著孩子，關氏拿他沒辦法，也就睜一隻眼、閉一隻眼過去了。

這入夜一吹燈，沈世軒就直接從那床上到楚亦瑤這裡，要摟到她才心滿意足，嘴裡嘟囔著睡偏房的這幾天有多清冷，惹得楚亦瑤哭笑不得。

可這世上哪有不透風的牆，兩個月後，嚴氏那兒就知道書香院這藏藏掖掖的瞞騙手段，就是要故意觸二房的霉頭，在每月的全家團圓飯後，人都還沒散呢，尖著嗓門直接和關氏道破了這件事。

關氏就是心裡頭清楚到底是怎麼一回事，嘴上卻護著兒媳婦。「大嫂，世軒心疼亦瑤，這些日子反應大，就住一個屋裡也好照應，不知道是誰把這話傳成這樣，我回去一定好好敲打敲打那些人。」

「敲打她們矇騙呢！我說弟妹，妳也不怕衝撞了，如今都是什麼天日了，睡一個屋子裡妳都不管。」嚴氏就這點愛好，喜歡挑二房的刺，越是打壓人家，她心裡越舒坦。

「大伯母這話可說得不對，我和亦瑤住一個屋子，是有原因的。」沈世軒微凝著臉，語氣有些沈重。「我這是必須和亦瑤住一個屋子。」

嚴氏狐疑著呢！

沈世軒似乎有難言之隱似的，眼神又像是下定了決定，對嚴氏道：「大伯母，亦瑤有孕的時候我去廟裡算卦求平安，那師父告訴我，亦瑤八字偏輕，如今懷有身孕，陰體更重，尤其是到了晚上日照不到，需要有陽盛之人陪伴左右才能保亦瑤和孩子平安，我生於正午日盛之時，陽氣正足，又是她的丈夫，陪伴在左再合適不過了。」

楚亦瑤微低著頭，掩飾自己眼角的抽搐。

嚴氏卻聽半信半疑，這可從未聽說過。

可關氏卻信了，自己兒子從小去廟裡算命，大師都說是陽盛之人，女子本陰，懷孕的時候更是氣重，這麼一聽，兒子的話也不無道理。

「多大點事，一個屋子就一個屋子，只要不影響孩子，睡不睡偏房能有什麼事！」要離開的沈老爺子聽了這話，斥責了嚴氏一句。「老二家的事他們自己會作主，妳瞎摻和什麼！」

嚴氏一聽沈老爺子批評，委屈了。「爹，這本就不合禮數。」就算是尋常人家，妻子有了身子，做丈夫也會避著一些，除非是窮得分床的被子都置辦不起。

沈老爺子眸子一瞪，來了脾氣，對嚴氏喝斥道：「那妳和我說說什麼才是禮數！」

沈老爺子這一聲吼，把還未散去的人都給震住了，被他吼了的嚴氏更是一愣。

沈老爺子繼而看了眾人一眼。「二小子就算是和他媳婦睡一個屋裡，不是照樣把他媳婦照顧得妥當，妳倒是有閒工夫管二房這裡的事，怎麼不先把自己房裡頭的照顧好了？」

沈老爺子此話一出，連帶著一旁的水若芊臉色都變了，比起消瘦了一些的水若芊，明顯是增胖趨勢、並且臉色紅潤的楚亦瑤，頓時就被當作比較了。

沈老爺子說的就是這個，自己的兒媳婦都沒二房的養得好，還在這裡多管閒事，這不是吃飽了撐著，就是存心給人家找不痛快的。

被隱晦點名了的楚亦瑤往沈世軒旁邊挪了一步，焦點太集中了。

沈世軒直接護住了她，大家都沒說話，沈老爺子這麼一責備，嚴氏的臉都通紅了，在照顧方面，這待遇是不可能比二房差的，但自己媳婦沒楚亦瑤有氣色也是直接看得出來的，自己的事都沒做好，反而去管別人。

「把身子養好了，孩子生了才是頭等大事，妳要有那麼多的精神，就把振南的幾個孩子好好管管，世仁和世同年紀都不小了，妳這做嫡母的，是不是打算讓他們自己去大街上找媳婦？」沈老爺子趁此機會好好地說了一頓，有些事情他心裡也有數，這多年相處下來，兒媳婦是個什麼樣的人他會不清楚？這些年是越做越過了，自己兒子的那點糟心事她都不管，二房那兒倒是盯得緊，一家弟兄活似欠了她。

嚴氏此刻壓根兒沒什麼回駁的餘地，她既然容不下二房，自然也容不下兩個庶子，就算是這兩個庶子不會參與任何沈家生意上的事，以後成親了，即使給些薄產分家出去的，她也覺得是佔了她兒子的東西。

沈世仁都十八歲了，沈世同也有十五了，這親事讓她拖得還沒影，沈老爺子不說，自然不會有人去提醒，可沈老爺子今日當眾一說，很多人就會把這事往心裡頭去記，尤其是大老爺沈振南。

本著看戲的心情，這情景也算得上是峰迴路轉，嚴氏發難讓沈老爺子給斥責回去後，還被數落了一頓，偏偏說得都是有理的，就是她自己做得不到位。

嚴氏再厚的臉皮也禁不住沈老爺子這麼不給面子的說教，頓時紅了眼，低著頭咬牙，恨極了這個老不死，連帶著楚亦瑤都一塊兒恨上了。

所以沈老爺子一走，嚴氏很快也離開了，都沒交代什麼。

沈世瑾難得扶著水若芊回去，經過楚亦瑤身邊的時候，水若芊含笑看著她道：「不知弟妹是如何調理的，這身子卻是比我好太多。」

楚亦瑤的月分實際上算起來比水若芊早了半個月，再加上她這養得好的體態，顯懷的肚子比水若芊還要大一些，她有意地縮了縮，呵呵地笑著。「大嫂說笑了，都是一樣吃著的，我聽說大嫂如今還要胃嘔，我那兒有兩個止吐的方子，大嫂若是不嫌棄，我就讓人給妳送過去。」

楚亦瑤吐過一個月之後就再沒不適，除了要歸功於那兩年大嫂和奶娘強制地補身子，還要歸功於她前幾年一直在外頭為生意的事奔走，身子自然是要比養在閨中的好。

「好啊，我也愁這事呢，就先謝過弟妹了。」水若芊說話柔柔的，瞥了一眼沈世軒放在楚亦瑤腰上的手，眼神微閃。

倒是沈世瑾，想的卻是沈世軒同房這件事，在他看來，這樣的男人是最沒用的，那藉口也就迷信的人聽聽過，他是不信。虧他之前還想這麼多，現在看來，二弟也是個難成氣候的。

「弟妹這肚子倒是比我還大一些呢。」正要離開，水若芊忽然盯著楚亦瑤的肚子說了一句。

楚亦瑤身子微僵，沈世軒自然地挽著她的腰側了個身，對水若芊笑道：「大嫂，別說這肚子了，亦瑤整個人都胖了許多，她也愛吃。」沈世軒的語氣裡滿是寵溺，兩個人對比之下，一個纖弱、一個結實，肚子大不足為奇。

水若芊也只是隨意一提，聽沈世軒這麼護著，心中卻有一股難言的感覺湧了上來，十分不舒坦。

沈世軒也沒給機會多交流，直接和沈世瑾道了別。「大哥，天色已晚，我們就先回去了。」

半晌，水若芊身後的沈世瑾淡淡地說了一句。「人都走了，還看什麼？」

水若芊似乎對此見怪不怪，同是淡淡地看了他一眼，也沒說什麼，讓丫鬟過來扶自己回去。

沈世瑾眼神微眯，半含諷刺地道：「是不是很可惜？」

水若芊身子顫抖了一下，背對著他的臉上閃過一抹不悅，反駁道：「你豈不是比我更可惜？」

沈世瑾看著她走遠，沒有要跟著扶一把或者送回去的想法，若說他之前看不上楚亦瑤，如今卻覺得是自己小看人家，祖父的話是句句在理，可其中袒護弟妹的成分也是有的，這樣一個女人，能讓二弟和祖父都看重，看來也不簡單……

第二天一大早，楚亦瑤就讓李嬤嬤把當初關氏送過來的兩個丫鬟中的一個給貶到了外院做雜役，在書香院裡做一等丫鬟和到外院做雜役，這兩者之間有很大的差距，外院做的都是粗實活。

荷葉這麼一個在內院裡享受慣了的丫鬟，忽然毫無徵兆地被人架著收拾包裹離開，荷葉還雲裡霧裡，等她反應過來，人已經在外院了。

一旁還有兩個長相凶狠的婆子看著她，而帶她過來的兩個人，往那兩個婆子手裡塞了些東西，繼而她就被兩個婆子給拖著去了一側的屋子內。

「都來這裡了，還穿這麼好的衣服，趕緊換了這身出來幹活，嬌滴滴的，以為自己是大小姐呢。」一個婆子將一套散發著怪味的衣服扔在荷葉身上。

荷葉忍不住嘔了一聲。

那婆子啪一聲把門一關，提醒道：「趕緊換，不然我就進來幫妳換。」

雖然荷葉出生於不好的家庭，從小受過苦，可從賣入沈家之後，憑藉清秀的外貌、機靈的頭腦，混得也不錯，這七、八年也沒吃過什麼苦，身子早養嬌了，被那兩個婆子大力一扯，她的手上都起了紅印子。

半晌回神過來，荷葉還不太明白為什麼好好地一早起來，自己就從書香院裡被人拖到這裡，只說她犯了錯，二少奶奶大人有大量，沒有把她趕出沈家，只是讓她來前院做雜役。

她趕緊站了起來，往扔在身旁的包裹裡摸了摸，臉上露出一抹輕鬆，小心地拿出一個小盒子，裡面放著的是自己攢下來的體己。

荷葉心疼地拿了銀子，其餘的都倒在一個錦袋裡藏入懷中，怯怯地打開了門。

那婆子一看她衣服還沒換，正要發怒，荷葉趕緊把銀子塞給她，笑咪咪地看著她們。「兩位嬤嬤，我出來得急，很多東西都沒帶呢，能不能容許我回去一趟，這是孝敬兩位嬤嬤的，我很快回來，東西都還放在這裡呢，麻煩通融一下。」

也不知道那兩個婆子真的是見錢眼開，還是容易收買，咬了一下那銀子，瞄了一眼她放在屋子裡的包裹，不耐煩地揮了揮手。「半個時辰還沒回來，就別怪老婆子我直接去書香院那裡報了。」

「一定，一定。」荷葉趕緊應下，繼而朝著內院的方向匆匆走去……

等到楚亦瑤去關氏那兒請安的時候，沒有意外地，看到跪在地上一臉可憐相的荷葉。

從一早趕出門到現在，留了足夠的時間給她告狀，如今看娘的神情，看來是把她的委屈都給說盡了吧。

「亦瑤啊，妳來得正好，這荷葉怎麼一早被人架去前院了？」關氏自然不會開口指責媳婦的不對，丫鬟來求，總是先把事情弄清楚。

楚亦瑤瞥了一眼荷葉。「娘，荷葉沒對您說，為什麼會被人架去前院嗎？」

關氏搖搖頭，倒是跪在地上的荷葉開了口。「二少奶奶，帶走荷葉的婆子說荷葉犯了錯，可荷葉自問並沒有做什麼錯事，還望二少奶奶明示。」

楚亦瑤也是故意挑了這個時機讓娘看看，於是她直接派人去叫了李嬤嬤過來，她來說還嫌浪費口舌。

李嬤嬤來了之後，說得也利索，從荷葉當初挑撥秋紋、秋露去楚亦瑤那兒尋事，經常在書香院裡向丫鬟們打聽主屋裡頭的事，到荷葉經常偷偷一個人溜出去花園裡和別人交談，那交談的人皆是大房那裡的人。

關氏一聽就明白了這其中的原委，本來兒子和媳婦睡一個屋子分床睡也沒關係，書香院裡瞞得死，她屋子裡就這幾個人，知道的也不會往外頭說，大嫂會知道，肯定是書香院裡有人傳出去了。

想到這裡，關氏看荷葉的眼神裡多了一抹冷意。

「二夫人，荷葉從進沈家開始一直都是跟在您身邊的，怎麼可能像李嬤嬤說的那樣和大夫人有所聯繫，李嬤嬤妳血口噴人！」荷葉不敢說楚亦瑤的不是，直接朝著李嬤嬤說：「我怎麼會去和她們的人私下說話。」

「李嬤嬤可有說那是大夫人那兒的？」楚亦瑤的聲音涼涼地飄過來。「李嬤嬤只說是大房，那裡住著沈家大老爺和大夫人，還住著大少爺和大少奶奶，以及幾位少爺和小姐，妳怎麼就確定李嬤嬤說的是大夫人？」

「我……大房那兒不就是大夫人作主的。」荷葉狡辯。

「我也不是什麼不講理的，也不會隨意誣衊了妳，妳若覺得自己無辜，我就去把見過妳的那些證人都找來，這麼多年在二房這裡，收了那兒不少好處吧！一個丫鬟的月銀哪裡能讓妳攢下這麼多。」負隅頑抗，楚亦瑤不是為了向她證明，而是為了做給關氏看的，這二房早就有人被嚴氏給收買了，所有的事都在人家眼皮子底下呢。

荷葉頓時面若死灰，她做得很隱秘，就是打聽消息也不是經常的，根本沒有人起疑心，更何況出去傳消息，都是借著去大廚房或者辦事。

楚亦瑤說：「還要我把人叫來嗎？」

荷葉抬起頭看著她，這個二少奶奶，平日裡總是一副笑咪咪的樣子，那天在秋紋她們面前立威之後就沒有再做什麼，難道她一直就等著自己露餡？

關氏見荷葉一句話都沒說，再前後一想這些事，有些失望。

這幾個丫鬟都是從買進來就在她這裡的，也沒去沈家其他地方，她也就是看在這點，才讓她們去書香院伺候兒子和兒媳婦，哪裡會料到這心早就不向著二房了。

「既然二少奶奶讓妳去外院雜役，妳就去外院待著吧！這裡不是妳該來的地方。」半晌，關氏叫人把她帶下去了。

這其實沒有半點懸念，楚亦瑤早就查清楚，自己就可以當場發配，只是想在關氏面前把這尾巴給收了。

關氏笑看著她，也料到這是她刻意為之。「看來以後這送人的事，還得多看著。」

「也不是所有的都這樣。」楚亦瑤被她這麼笑看著，反而有些不好意思。

關氏嘆了口氣，良久，嘆息道：「看來我這院子裡，也該好好清掃清掃了。」

都這麼明顯了，也無須楚亦瑤說得那麼明白，見關氏這麼說，她起身要回去。「娘還是要仔細身子，媳婦就先回去了。」

看著楚亦瑤離開，關氏再度嘆了口氣，像是在告訴自己，又像是對她身邊的老嬤嬤說：「亦瑤是個聰明人，看來這兩口子的事啊，是一點都不用我操心的了。」

第五十九章

二房這裡低調地換人，嚴氏那裡很快就有了消息，確切地說是忽然沒人傳消息回來了，所以她察覺到了，派人去打聽，那些安插在二房的眼線，統統都給清理光了，就連二房那一個掃小路的都換了個生面孔，而在這之前她是一點都不知道。

嚴氏沈著臉，看著站在面前低著頭的心腹。「她是怎麼知道的？居然這麼快就把人給換了。」

魏嬤嬤想了想，說道：「興許是夫人提起二少爺和二少奶奶同房的事，讓二夫人起了戒心。」除了這個之外，最近夫人也沒挑二房什麼刺，二夫人也不至於這般動作。

嚴氏自己想想，也覺得有道理，除了這事外，還真想不出其他理由，但往日挑刺的時候還少嗎？怎麼這回就這樣了。

魏嬤嬤見夫人沈著臉不說話，斟酌了一下，把自己的想法說了出來。「二夫人應當是緊張二少奶奶肚子裡的孩子，那可是二房的第一個嫡孫。」

嚴氏自然知道這個道理，上次被老爺子說了之後，她心裡還膈應著，同樣是孕婦，日子也只差了一個月，這體態上，二房那兒明顯是比自己媳婦好很多，她怎麼能不多想，身子好壞和將來生出來的孩子的健康有很大的關係，當初她懷世瑾的時候是什麼都喜歡吃，也養得很結實，如今到了兒媳婦這邊，是吃什麼吐什麼，好幾個月了都不見好。

「去打聽清楚，都新換了些什麼人，我就不信那些人都是油米不進。」嚴氏嘴角揚起一抹怪笑，沈家的嫡長孫只能出在自己媳婦這裡，二房那裡想都不要想。

魏嬤嬤知道這又是一件苦差事了，都換了人哪裡這麼容易收買，但她是替大夫人辦事的，應下後直接出去了。

很快有丫鬟進來通報說大小姐過來請安了。

嚴氏臉上陰鬱未散，沈果寶進去的時候還有些嚇到，猶豫了一下才靠近嚴氏，喊了一聲祖母。

嚴氏如今心裡滿是孫子，又因為嫁妝的事，對她的重視淡了許多，懶懶地應了一聲，問了些平日裡女紅的事。

看她有些猶豫的神情裡和自己兒子那一抹相似，最終臉色好了一些，堆起了一些笑意問道：「有什麼事想和祖母說的？」

沈果寶看祖母臉色好了，心裡有了些底，開口道：「祖母，繡娘有了身子回家休養去了，新的繡娘還沒來，我看嬸嬸送來的繡品很好看，想去嬸嬸那兒向她請教一下，可不可以？」

嚴氏的臉色當下就凜了下來。

沈果寶一看不敢往下說了，低著頭心裡十分委屈，自從娘懷了身孕之後，祖母對自己都不親近了，繡娘走了這麼久都沒給她安排，她的繡活已經扔在那裡一個多月了。

嚴氏看她垂下去的小臉，忽然表情慈祥了起來，連帶著聲音都柔軟幾分。「祖母不是不讓妳去，而是妳二嬸如今也懷著身子，也是祖母的不是，沒給妳及時安排繡娘。不如這樣，若是妳嬸嬸答應指點妳的，妳就去她那兒請教，等到祖母這裡給妳找好新的師傅。」

「真的可以嗎？」沈果寶抬起頭看著嚴氏，語氣裡有一抹希冀。

嚴氏朝著她招手，沈果寶下座椅到她身邊，嚴氏摟著她說：「當然可以了，是祖母的錯，這些日子因為妳娘身子不舒服，忽視了妳，只要妳嬸嬸答應指點妳，妳就去吧！不過千萬要記住，妳嬸嬸如今懷了孩子，可千萬別讓她太累了，知道嗎？」

「嗯！」沈果寶用力點頭。「我不會讓嬸嬸累著的！」

「真乖。」嚴氏笑著摸摸她的頭。

沈果寶很快就去了楚亦瑤那兒，對她的到來，楚亦瑤都有些驚訝。

看了她拿過來的東西，楚亦瑤得知她的來意，有些猶豫，讓她坐到自己對面。「妳來我這裡，妳祖母可知道？」

沈果寶點點頭。「祖母說，在找到新的繡娘前，允許我來嬸嬸這裡請教。嬸嬸，我可以常常過來嗎？」

她怎麼忍心拒絕一個孩子，楚亦瑤看她眼底那一抹怯意，好好的沈家大小姐，居然給養得隨時需要看別人的臉色。

「當然可以了，不過我的女紅也不是特別好，能指點妳的也不多。」楚亦瑤笑著應下。寶笙端上來一些剝好的水果，沈果寶也只是吃了一點便不再動。

「嬸嬸的女紅很厲害，那我以後隔天午後來您這裡，可以嗎？」沈果寶徵求地看著她。

楚亦瑤點頭。「那就按妳說的。」

沈果寶見她答應下來了，很高興，坐到了楚亦瑤旁邊，從丫鬟手中拿過那些繡布，認認真真地學了起來，楚亦瑤偶爾會指點幾句。

很快一個時辰過去了，沈果寶乖巧地和她道別。「嬸嬸，我後天再過來，您好好休息。」

楚亦瑤坐得也有些累了，站起來送她出了門，在屋子裡來回走動了幾次，半晌，嘆了一口氣。

她也很喜歡這個侄女，只不過中間隔閡的東西太多，以她對大伯母的瞭解，哪裡會這麼乾脆地答應孫女來她這裡學，難不成是覺得這樣能夠累著她？

「大夫人如今一門心思都是大少奶奶肚子裡的孩子，老爺子當初說的話，恐怕大夫人心中是記進去了。」錢嬤嬤在一旁分析道。

孫子和孫女而言，自然是孫子重要得多，為了大嫂肚子裡的孩子，大伯母不知道費了多少心思進去，也就沒那精力顧得著孫女了。

若是大嫂真生的是兒子，將來寶兒還會被忽略得更厲害。楚亦瑤笑了笑，這些事還輪不到她這裡來操心。

「既然那孩子喜歡過來，就當是陪我解解悶了。」楚亦瑤走了幾步坐下來。

「就是這麼一個理。」錢嬤嬤倒了水遞給她。

楚亦瑤低頭看隆起的肚子，她最應該擔心的是到了生的時候該怎麼辦，肯定是比大嫂早生的，穩婆那裡還好搞定一些，是不是早產不過是銀子塞過了的事，就是這早產的理由該找什麼好……

沈果寶每隔一天就會來書香院這兒，楚亦瑤都會給她準備些好吃的，沈果寶年紀小，性子也偏孩子氣，對楚亦瑤的親近任誰都瞧得出來。

沈世軒偶爾早回來，還能看到屋子裡楚亦瑤低頭指點沈果寶繡花的畫面，十分溫馨。

「這裡針腳太密，等會兒繡紅線的時候就會太凸出，不好看。」楚亦瑤指著那圖案。

沈果寶點點頭，拉線的動作鬆了一些。

聽到有腳步聲，抬頭看到沈世軒，甜甜地喊了一聲。「二叔，您回來了。」

沈世軒走過來摸摸她的頭，笑道：「寶兒的手藝是越來越好了，什麼時候給二叔繡個來？」

「寶兒給二叔繡個荷包，二叔喜歡嗎？」沈果寶羞澀地笑了笑。

沈世軒點頭。「二叔是第一個得到寶兒荷包的？」

沈果寶想了想。「如果二叔喜歡的話，寶兒就給二叔繡第一個。」

楚亦瑤見他還想逗她，拍了一下沈世軒的手，對沈果寶說：「別聽妳二叔胡說，妳看他都不戴的。」

沈果寶順著她的話，看向他腰間，果真是只掛了個玉珮，便抬起頭看沈世軒。

「那是因為妳二嫂都不繡給二叔。」沈世軒神情裡露出一抹可憐。

沈果寶看二叔可憐兮兮的樣子樂了，很乾脆地答應了下來。「那寶兒給您繡一個。」

楚亦瑤給了他一個鄙夷的眼神，在一個孩子面前告狀，他還好意思！

沈世軒卻像沒察覺，呵呵地笑著。

直到時候不早，沈果寶離開了，沈世軒才趕緊改口，對著楚亦瑤發誓。「如果是娘子的荷包，我一定每日貼身帶著，一刻都不離身！」

楚亦瑤哼了一聲。「呿，我什麼時候說要給你繡了。」

沈世軒沒忽略她嘴角的笑意，把她從軟榻上扶起來。「我給妳請了個好幫手。」

到了外室，一個和錢嬤嬤差不多年紀的婦人站在那兒，揹著一個包裹，身上的衣服雖普通，卻很乾淨，整個人顯得十分利爽。

「這是我特地去找來的嬤嬤，專門伺候妳，她服侍過很多孕期的夫人，還對伺候月子很有經驗。」沈世軒在她耳邊說了個數字。

「這麼貴？」楚亦瑤有些吃驚。

沈世軒點頭。「這還是在別的地方打聽來的，越是有經驗的價格就越高，就是負責照顧妳的起居生活，雖然錢嬤嬤也很有經驗，可她還要負責書香院的事情，而幾個貼身照顧妳的丫鬟，畢竟都還是姑娘家。」最重要的是，沈世軒不放心這沈府裡的人，也沒打算讓大伯母幫忙去找人添在書香院裡。

「那這人可信？」外頭找來的，人心更難測。

「不是金陵這裡的人，我都查清楚了，過去在那些人家做的時候都是乾淨的，妳且安心。」

聽沈世軒這麼肯定，楚亦瑤放心了一些，對那婦人笑了笑。「許嬤嬤是吧？今後的日子可就勞煩您了。」

那嬤嬤謙恭地對著楚亦瑤和沈世軒行禮，跟著孔雀出去了。

吃晚飯的時候，許嬤嬤就開始貼身伺候楚亦瑤了，幾天下來，就連一開始有些反對的錢嬤嬤都開始佩服起這個許嬤嬤了。

錢嬤嬤對如何照顧孕婦還是知道一些的，但怎麼都沒這個許嬤嬤瞭解得多，什麼不能吃，什麼不能多吃，什麼東西要在什麼月分吃，許嬤嬤都能清楚地說出來，包括屋子裡什麼不能放，幾時開窗通風。

楚亦瑤都有些懷疑，許嬤嬤是不是還學過風水。

書香院有了她，錢嬤嬤都輕鬆了很多，關氏那兒知道兒子找了這麼一個能人，也就放心地把穩婆的事交給沈世軒自己去辦……

十一月底，金陵的天越來越冷，這寒冬來得有些早，到了十二月初，竟然結起了冰，這是金陵幾十年沒有過的事情了，楚亦瑤待在屋內，燒著熱呼呼的暖盆並不覺得冷，下午沈世軒回來，開門進來就伴隨著一股冷風。

「這天該不是要下雪吧？」楚亦瑤催他去換一身衣服，渾身都透著一股寒氣。

「那可真是金陵百年難得一見了。」沈世軒笑道。

沈果寶從懷裡拿出一個漂亮的荷包，微紅著臉遞給沈世軒。「二叔，我繡了大半個月才做好的，您看喜歡嗎？」

沈世軒看手中精緻的荷包，再看沈果寶期盼的眼神，拿在手中直接繫在了腰間，問道：「好看嗎？」

沈果寶用力地點點頭。「好看，嬸嬸您說好看嗎？」

楚亦瑤笑著點點頭。「寶兒繡得真不錯，妳二叔往後會天天掛著這個的。」

「二叔喜歡就好。」沈果寶臉上滿是笑靨。

沈果寶其實繡了很多個，最終挑選了一個滿意的來送給沈世軒，比起爹爹，她更喜歡和二叔相處。

「天色不早了，寶兒，就留在嬸嬸這裡吃飯吧，今天有妳愛喝的蹄子湯。」楚亦瑤起身牽著沈果寶去了外室，孔雀布好了菜，三個人坐在一塊兒，有說有笑地吃了晚飯。

入夜，屋外的風越來越大，屋後用來通風的窗子也都關起來了，楚亦瑤換了個姿勢側躺在沈世軒懷裡。「今年的金陵都這麼冷，其他地方不是更冷？」

沈世軒安撫地拍拍她的背。「朝廷會有政策下來的，今年本來就冷得早，他們肯定有所察覺。」

朝廷的政策是有，但是說到底能惠及的人只有一部分，很多人等不到已經凍死了，楚亦瑤不去想這些畫面，扯開了話題。「年底要把酒樓開張起來，最好明年中能讓姊夫拿到第一筆盈利，下半年他就要考試了。」

「日子已經選好了，就在八天後，等著大風過去，天氣好了正合適，這幾天那幾個廚子正忙著學菜譜上的菜，有些他們也沒見過。」開張前廚子們總得把菜譜先熟悉起來，客人們又不能拿試菜的成品。

楚亦瑤輕笑了一聲。「那豈不是便宜了吃的人？就是再有差距，也不會難吃。」

「他們上手得快，年底就這半個月也有不少入帳，到時候酒樓裡的帳務還是得妳來看，妳二舅忙的事已經夠多了，得另外找人。」沈世軒身邊如今是挑不出合適的人選，但凡和他有關的，不能去做這些沈家之外的事。

楚亦瑤很快想到了一個人。「那還不容易，讓淮大叔去就好了，反正這酒樓是我的，也是算在我的私房內，沒讓沈家出面，也沒拿沈家一分錢，我愛讓誰去就讓誰去。」

「只要妳信得過就好，祖父那兒已經和我提起過這事了。」沈世軒在外找酒樓雇人的事，沈老爺子自然知道，但最終都是歸在楚亦瑤手裡的，沈老爺子也沒多說，只是告誡他得分清楚孰輕孰重。

「祖父想把你推得和大哥一樣高，我看是為了讓你督促大哥的吧。」楚亦瑤後來細細想過沈老爺子這些決定，也許在他心中，世軒還是不如世瑾，但也不失為一個促進長孫進步的好手段。

沈世軒的神情淡了幾分，低頭親了親她的額頭。「推得上去，不容易拉得下來。」

第二天起來，沈世軒已經出去了，楚亦瑤卻覺得人有些暈乎，去過關氏那兒請安回來，屋子裡通了風，這感覺又沒了，她以為是屋子裡太悶。

但這樣的情況持續了三天，楚亦瑤開始覺得不對勁了，她一早起來，竟然覺得肚子有些疼。

那不是胎動時候的疼，而是一股墜痛，好像什麼要掉下來似的，她告訴了錢嬤嬤，錢嬤嬤即刻派人去請了大夫。

大夫來了之後把脈過，說楚亦瑤有輕微的流產徵兆，從脈象看孩子很健康，但脈象有些不穩。「看夫人情緒不錯，沒有心鬱。」問了她平日裡的吃食都沒什麼問題，大夫就給她開了幾貼安胎藥。

送走了大夫，一屋子的人陷入沈思，平日裡許嬤嬤把她的起居都把握得很細緻，吃上面不可能出什麼問題，那廚娘也是從外頭找來的，若是這樣都能出事，她就要在自己屋子裡開爐灶做吃的了。

一旁的孔雀先開口道：「廚房裡都是我和平兒交替去拿的。」

楚亦瑤擺擺手，她不是懷疑自己身邊的人。

她沒有點薰香的習慣，現在有了身子更不會去點，屋子裡的擺設沒有動過，楚亦瑤也想不出哪裡出了問題。

她抬起頭看向許嬤嬤，後者輕輕搖了搖頭。「二少奶奶既然是每日早晨醒來不舒服，那定是夜裡聞著什麼了。」

這邊猜測不透到底出了什麼事，關氏那裡得到消息很快過來看她了。「別起來，這好好的身子，怎麼會一下不舒服，是不是吃錯了什麼？」

楚亦瑤心有懷疑，但對關氏還是避重就輕著說：「娘，吃的都沒問題，讓大夫都看了，我屋裡也不放那些香料，興許是這幾天風大，門窗緊閉悶著了，透透氣就沒事了。」

「那也不該是這樣，妳大嫂那兒一樣是窗門緊閉的，妳這院裡頭也都是妳自己的人，不應該啊。」關氏也想不透，看楚亦瑤臉色還不錯，囑咐她好好休息，留了一會兒就離開了。

楚亦瑤半躺在床上，雙手輕輕放在腹部。

致人落胎的，除了吃下去的，那就是聞到的東西，她屋子裡沒什麼特殊的味道，吃的方面也很小心，到底是哪裡出錯了？

下午的時候沈世軒回來得早，一聽說早上的事，忙著進了屋子，楚亦瑤示意他脫了外套。

「大夫怎麼說的？」沈世軒暖過了手才到她身邊坐下，眉宇間盡是擔憂。

「輕微的流產徵兆。」

「查到什麼沒？」沈世軒聽這緣由，眉頭更深，這書香院也算是防得密不透風了。

「沒有，都沒什麼問題。」楚亦瑤擔心的就是這個，能查到什麼起碼還能對付，如今這樣找不到緣由，若是又腹痛了該怎麼辦？

「小姐，該吃藥了。」許嬤嬤跟著寶笙一塊兒進來，為了以防萬一，這煎藥都是兩個人一刻不離地看著的。

沈世軒起身，楚亦瑤剛要接那碗，許嬤嬤盯著沈世軒腰上的荷包問了句。「二少爺，這荷包您是什麼時候開始戴的？」

楚亦瑤和沈世軒都愣住了。

「這是寶兒送的。」沈世軒話剛說完，兩個人就意識到了問題，這荷包送的第二天，楚亦瑤就開始有了頭暈不適的現象。

沈世軒趕緊把荷包摘了下來，許嬤嬤接了過去，拿過剪刀挑開了縫線，拆開荷包裡面是一個香囊，從荷包兩層的包裹中拿出來，這香囊的氣味濃郁了許多，許嬤嬤湊近一聞，皺了眉頭。

「許嬤嬤，這荷包可有問題？」楚亦瑤是聞不出什麼特殊味道。

那荷包的氣味很淡，許嬤嬤有幾分不確定。「這裡面混合了好多種味道，好像有麝香的氣味在裡面，我拿去給大夫看看。」說罷，許嬤嬤就拿了帕子把所有的東西都包起來，出去了。

麝香？

楚亦瑤還為她說的話愣在那裡，怎麼會有麝香？那是寶兒送給世軒的荷包啊。

看向同樣愣住的沈世軒，他的臉上也滿是不置信。

寶笙趕緊去開了窗子透氣，把之前拆了荷包的氣味散掉，屋子內靜默一片。

直到許嬤嬤回來，確定了這香囊中確實放有麝香，楚亦瑤還久久不能反應過來。

「大夫說，加了氣味重的幾種香料，所以麝香的味道很淡，但其中加的量卻不輕，幸好沒有一直在身邊，少奶奶底子也好，否則這孩子恐怕是很難保住。」

楚亦瑤身後冒起一股寒意，難怪她早上起來才難受，世軒一早出門晚上回來，荷包在屋子裡就待了一晚上，所以她醒來會不舒服，若不是發現得及時，她的身體再好都抵不過這東西的危害。

半晌，沈世軒壓著一股怒意說：「寶兒不會這麼做的。」

楚亦瑤看向他，寶兒才七歲，怎麼可能會知道把麝香和多種香料混合在一起，做香囊放在荷包裡面，她也不信這會是寶兒要害她。

答案顯而易見。

「大伯母答應寶兒來我這裡學繡花。」楚亦瑤拉住了他的手，示意他不要激動。「我昨天看寶兒身上也掛了個荷包，不知那裡面是不是也有麝香。」

可以防得住別的，卻不能阻止沈果寶過來，楚亦瑤不忍心告訴她，她的祖母利用她來害嬸嬸，這對她來說打擊太大。

楚亦瑤同樣沒想到，大伯母竟然會利用一個孩子來做這種事，這還是個孩子啊！她竟下得了手，若是被捅出來，讓寶兒今後如何做人。

沈世軒反握住她的手。「妳今日請大夫的事也沒瞞著別人，派個人告訴寶兒，妳身子不舒服讓她最近都別來了，等妳好些了再叫她，至於荷包的事，我現在就去找祖父。」

楚亦瑤攔住他。「不先告訴爹娘？」

沈世軒搖搖頭。「告訴爹娘也是去大伯母那兒質問，肯定要牽扯到寶兒，我直接把這些拿去給祖父，他自會有定奪！」要瞞著別人解決這件事，告訴沈老爺子是最好的辦法了，都是條命，沈世軒做不出把這個還報到一個沒出生的無辜孩子身上。

楚亦瑤點點頭。「把荷包和香囊都帶上，還有大夫寫的診斷，至於這荷包，我再給你繡一個一樣的，讓你戴著。」

沈世軒即刻拿著東西去沈老爺子院子了。

書香院這邊，孔雀扶著楚亦瑤起來吃飯，別說楚亦瑤了，哪個人都想不到，問題會出在大小姐身上，所以當初想原因的時候誰也沒往沈果寶身上去。

「這次多虧了您。」楚亦瑤感激地看著許嬤嬤。

子。

「這是我應該做的。」許嬤嬤要做的就是保證她照顧的人安安穩穩到生產，再伺候完月

「許嬤嬤是如何分辨出這麝香味的？」這麼多味道混在一塊兒，一般人都分辨不出來。

「做這一行前，有專人教導我們這些知識。」

許嬤嬤的這一行是有專門的人教導，據說是從宮裡發放出來的老宮女，曾經伺候過不少妃嬪，對這些飲食起居都教導得十分精細，經驗老道的宮女都能分辨出麝香的味道，在皇宮中，但凡有妃子有孕，身邊的人都跟著嚴陣以待，半點錯誤都出不得，這種分辨味道是最起碼的。

像許嬤嬤這樣沒有只留在一家的，通常是伺候完一個雇主夫人的月子後，初九離開，雇傭的銀子也非常高。

「這一次真的是要多謝許嬤嬤了。」楚亦瑤再度感謝，這後果真的是不敢預想。

第六十章

沈世軒去了沈老爺子那一個時辰後，沈老爺子就派人去了大房，直接把兩個兒子都叫去了。第二天，在眾人都不知情的情況下，嚴氏因身體不適被送去莊子裡養病，所有的事情交由關氏暫為打理。

這一切讓眾人都措手不及，尤其是大房那邊，好好的大夫人怎麼會一夜就病倒了，還要送去莊子裡面養病。

一早嚴氏就被帶走了，等水若芊過去請安的時候才清楚事情的原委，沈振南沒有瞞著兒子和兒媳婦，把妻子意圖謀害侄媳婦肚子裡的孩子這件事從頭到尾說了一遍。

「妳身子越來越重了，家裡的事暫時就交給你們嬸嬸打理，世榮的婚事才剛剛定下，你們兩個也多費點心思。」

知道祖父和爹都在氣頭上，沈世瑾和水若芊對看了一眼，水若芊開口問道：「爹，那娘何時可以回來？」

沈振南看了兒媳婦一眼，語氣平淡。「病好了，自然就回來了。這件事寶兒並不知情，管住你們院子裡的人，別讓消息傳到那孩子耳朵裡，有這麼一個祖母，那孩子該多傷心。」

如今求情是求不出什麼成果來的，嚴氏已經被送走了，沈老爺子那兒言明了不見任何人，包括沈世瑾，這件事沒有任何的轉圜餘地。

水若芊回到自己的旭楓院中，坐在軟榻上久久沒有說話，身旁的王嬤嬤給她倒了水，也只是端在手中，水若芊眼神一閃，有那麼一瞬間，她其實是想那孩子出事的……

楚亦瑤為了這件事裝病了一個月，一個月過去之後，已是年初，到處是新年的氣氛，包括這沈府內，有沈老爺子的命令，嚴氏來不及吩咐給下絆子，如今她人也不在，那些在她跟前的人，在關氏面前也沒敢起什麼么蛾子。

不少人心裡明白，這大夫人哪裡是生了什麼傳染病被送走的，明明就是犯了事，惹了沈老爺子，這樣的情況十五年前也發生過一回，就是不知道這一次要隔多久才回來。

大年初五，楚亦瑤算是身子養好，跟著沈世軒回了一趟楚家拜年，在馬車上，夫妻兩個人把這早產的事商量了一遍。

本來還琢磨用個什麼理由，甚至還要以身試險假裝摔跤來達到目的，如今都不用了，直接用這麝香產生的後果就成了，肚子大起來承受不住就引發了早產，沈老爺子那兒也說得過去。

到了沈家，是楚暮遠出來迎接他們的，喬從安親自下廚，衛初月如今照顧孩子脫不開手，到了過年，反而是他來得最閒。

見沈世軒小心地扶著妹妹，楚暮遠笑呵呵地把他們帶去了自己的院子。衛初月剛剛給孩子餵了奶，兩個多月的孩子趴在娘的肩頭上打了嗝，一雙圓圓的大眼睛看著楚亦瑤，嘴裡還不時吐個奶泡。

「滿月的時候沒能過來，如今啊，姑姑來給妳補禮物了。」楚亦瑤拿出了鎖片首飾，早在孩子出生和滿月的時候都有送東西過來，如今見面了，又拿出一件掛在她的脖子上，小傢伙低頭看了一眼那鎖片，衣服穿得厚實，頭還點不下去，於是拿著見不著手心的手臂往胸口揮了一揮，一次不行再來一次，偶爾聽到娘的說話聲，又仰頭看看。

「也沒幾個月了，妳得仔細身子。」知道楚亦瑤在床上躺了一個月，衛初月是遮掩不住的擔心，做了娘的人才會知道，這十月懷胎，其實沒一天安生的，就怕孩子有個什麼三長兩短。

楚亦瑤伸手逗了那孩子一下，笑著應道：「放心吧，我心裡有數，在那兒我也不做什麼事，就成天在家待著，都有一個月沒去請安了。」

門旁傳來楚應竹的聲音，看到那個身材拔長了許多的楚應竹，楚亦瑤險些認不出來，八、九歲的孩子正是長身體的時候，一年不見楚應竹長高了許多，人又瘦了，這模樣都有些變化。

楚應竹一看楚亦瑤隆起的肚子，只能輾轉到二嬸身邊，逗著妹妹對楚亦瑤說：「姑姑您很久沒有來了。」

「我不來，你可以去沈家看我啊。」楚亦瑤摸摸他的頭，從二哥口中已經得知了，今年年初就要帶著他一塊兒去商行裡學一些簡單的東西。

「那我下次帶著幼兒一塊兒去。」楚應竹一副小大人姿態，自從做了哥哥，這孩子就忽然多了使命感，就是要保護好妹妹。

楚亦瑤噗一聲樂了。「好，那就依你，下回帶著幼兒一起來。」

吃午飯的時候，淮山大叔也在，經過了幾年，淮山已經融入到這個家中，像一家人一樣有什麼節日都會一起吃飯，喬從安沒有拒絕，就是最好的接受了，一家人飯吃得很開心，席間楚應竹一再提起騎馬的事情，楚亦瑤這才知道，淮山帶著大嫂和應竹一起去學騎馬。

看見大嫂故作鎮定的樣子，楚亦瑤笑著附和，一頓飯吃得是和樂融融。

留到了傍晚，天氣有些陰，離開楚家回到了沈家之後，天竟然已經黑了，楚亦瑤抱著暖爐，越發覺得這天冷，嘟囔著該不是開春還會下雪。

一語成讖，第二天，竟然真下雪了。

楚亦瑤站在屋簷下看天空中洋洋灑灑飄散的雪，還真讓她給說中了。

雖說雪下得並不大，但這是金陵百年難得一見的雪天，昨日深夜就開始下起來，院子裡牆角積累了一些，花壇中白白的一處一處，地上已經結了一層薄薄的冰。

「妳唸叨著好幾回，這下可真下雪了。」沈世軒怕凍著她，摟著她進了屋子，這邊下邊融雪，天氣更冷。

關氏那兒忙著增加分配到各院的炭火，楚亦瑤坐在床上，聽李嬤嬤說娘忙碌成這樣，有些不好意思，扯了一下一旁沈世軒的衣服。「你說，我是不是應該去幫娘分擔一些，忽然下了雪，這都有些措手不及。」

沈世軒放下書，好笑地看著她。「我看妳是覺得悶得慌，想找點事做了？」

被他說中，楚亦瑤也沒覺得不好意思。「整日沒什麼事情。」

「大嫂也什麼都沒做呢，安心養胎，妳就是要和她一樣，到時候生了才不會有人懷疑。」

沈世軒說的話楚亦瑤自然懂，見他看書，自己也拿起一本翻看了起來，等著吃午飯……

這場雪連續下了四、五日，就是下得不大，也讓它給積累出了一層，沈家在雪停這天就開門接濟了，下這麼久，饒是朝廷也不會預料到，金陵這裡不少地方都受了災，不至於壓垮房子，卻壓垮了不少農戶搭建的臨時舍所，死了些牲畜，種的菜也凍死了許多，損失很大。

接濟的地方必定人多，楚亦瑤依舊老老實實待在家裡。

雪都融化乾淨已經是十五元宵了，寶笙和平兒兩個人扶著楚亦瑤在散步，快走到園子的時候，拱門處忽然出現了一個男子。

本著避嫌，楚亦瑤正要改道離開，那人卻叫住了她，楚亦瑤回頭，這張臉她太熟悉了，嚴城志。

嚴城志原先是想喊個人問路，等看清楚了楚亦瑤，這才想起，這不是在王家二少爺婚禮上見過一面的楚家大小姐嗎？

楚亦瑤不喜被他看著，開口道：「有事？」

嚴城志抱歉地一笑。「請問旭楓院怎麼走？」
寶笙指了個方向，告訴了他。
嚴城志抱拳道謝，楚亦瑤只是懶懶地瞥了他一眼，並不搭理，轉身要離開。
沒走兩步，背後又傳來嚴城志的聲音，楚亦瑤回看他，眼底漸漸有了一抹不耐煩。
嚴城志也不知道自己哪裡得罪了這個沈家二少奶奶，總覺得她看自己的眼神裡滿是厭惡。
「還有什麼事？」
「嚴某想請問，二少奶奶是否認識一位名叫楚妙藍的姑娘？」
楚亦瑤被他的話挑起了興趣，這兩個人少了她，竟還能認識。
「認識，你找她何事？」楚亦瑤再問道。
嚴城志心中一喜，繼而說道：「我與這姑娘有著一面之緣。」離不開英雄救美這麼俗套的情節，楚妙藍被惡人調戲，嚴城志相救，楚妙藍嚇暈過去，嚴城志把她帶到了客棧裡休息，結果她醒來只留下一封信，人卻不見了。
楚亦瑤聽罷，說：「那真是要替妙藍好好謝謝你了。」
「那日給她看的大夫說楚姑娘頭部受了傷，如今也不知道她恢復得如何。」嚴城志言語間盡是擔憂。
「那是我堂妹，不過兩家人早已不再聯繫，你若真想知道，我可以把她的住處告訴你。」楚亦瑤大大方方地告訴了嚴城志二叔家的住處，如今這嚴城志已經成親，她倒是好奇，這郎情妾意要如何發展。

「多謝姑娘。」嚴城志真心感謝。看著楚亦瑤離開，心中還隱隱高興，打算明日就去她說的那處找找。

回到書香院，楚亦瑤叫來了李嬤嬤，讓她去打聽一下，這大伯母的娘家人前來沈家，到底所為何事。

不一會兒李嬤嬤就回來了，說是嚴夫人帶著兒子過來的，向沈大老爺求情，如今都元宵團圓著，是不是把沈大夫人從莊子裡接回來，這天寒地凍的，人就是病著也好不了啊。

「求出什麼結果沒？」看來這一場大雪，莊子裡是冷得受不住了。

李嬤嬤壓低聲音道：「老爺子那兒說不見客。」

祖父連見都不想見，再求大伯父有什麼用，這子嗣問題關係重大，沈老爺子若是鬆口，別說對她了，就是對沈家也交代不過去。

「據說那嚴夫人想把大夫人接回嚴家去住一段日子，大老爺說，大夫人的病容易傳染，嚴家的好意他心領了。」李嬤嬤又把打聽到的其他事說了一遍。

下午沈世軒回來，沒等她說起白天的事，沈世軒先吃起了醋，瞧著楚亦瑤，竟酸溜溜地說：「今天妳和嚴城志說上話啦。」

那眼神都快要出酸水了，楚亦瑤看他這樣，直接笑出了聲，看著他吃醋的樣子，伸手在他的鼻子上捏了一捏，朝著門口喊道：「孔雀，去看看湯燉好了沒。」

沈世軒見她什麼都不解釋反而這姿態，心裡更不樂意了，拉過她非要她說個清楚不可。

「這醋你也吃，上輩子是上輩子，這一世是這一世，難道大嫂那兒的醋我也要吃？」楚亦瑤無奈地看著他。

沈世軒思量了一下，點點頭。「如果妳這麼說的話，我也可以理解。」

楚亦瑤狠掐了他一把。「胡鬧，那是嚴家來人和祖父求情要把大伯母帶回來，就你還能扯到那上頭去。」

沈世軒這才正經了一些。「孩子出生之前，肯定是不會回來的。」

「那出生之後呢？」算這時間也不過三個多月了，等她生下孩子是不是就要讓大伯母回來？

沈世軒不說話，算是默認了，看楚亦瑤臉上的不情願，拉著她輕聲說：「不可能關她一輩子，她是犯錯在先，但她還是沈家的長媳，要不，我巴不得她一直關著呢。」

楚亦瑤緊握住了他的手，懇切道：「我們分家出去吧。」這孩子肯定是要比大嫂的早出生，除非大嫂的孩子早產，若她生個兒子，等嚴氏回來，不折騰的可能性就是零，她楚亦瑤不介意惡鬥，但牽扯到孩子身上，她就不願意。

「祖父還在呢，如今談分家，是不可能的。」已經四代同堂了，只要沈老爺子在的一天，沈家就不可能會分家，除非是兩房人鬧得不可開交。

楚亦瑤不由得沈了臉，既然躲不過，到時候就別怪她做人狠心，她這輩子最要守護的就是家人，不允許任何人來傷害她身邊的人……

一月底商船出海，幾個月的時間過得飛快，一下到了三月底，商船回來的時候，楚亦瑤已經是九個多月的身子。

沒有嚴氏的沈家出奇和諧，關氏做這些庶務熟悉了兩個月之後也上手了，春季兩個少奶奶都即將臨盆，沈家也就沒有舉辦什麼宴會。

楚亦瑤如今是真的動彈不得，雖然飲食上許嬤嬤都掌控得嚴格，可她就是吃什麼補什麼，到了七、八個月的時候，那原本穩穩大起來的肚子忽然像吹得太急，一下鼓得很大，到現在她已經是行動有難度。

楚亦瑤在屋子裡來回走動，寶笙走了進來，說是楚妙藍來訪，楚亦瑤讓她把人帶去偏廳，慢慢地走了過去。

走進偏廳，楚妙藍坐在椅子上，一看她進來，忙站了起來，有兩年不見，楚妙藍是真正出落成一個大姑娘了。

比她兩個姊姊更甚的美貌，舉手投足間都帶著些柔弱，惹人疼愛。

「可真是稀客。」楚亦瑤不掩飾嘲諷，對她上門的目的雖然不清楚，但也知道絕不是什麼好事。

「亦瑤姊。」楚妙藍囁囁地喊了一聲，從爹和楚家斷絕關係，最開始家裡的日子是挺好過的，可自從爹娶了那個平妻之後，娘的日子就不好過了，直到去年那小娘生了個兒子，連帶著她的日子也不順當。大姊在程家都自身難保，根本顧不到娘和她，二姊回了徽州，一時間她找不到人幫忙，只能求助到堂姊這裡。

「妳來有什麼事？」楚亦瑤沒這麼耐心聽她講述離開楚家後過的什麼樣的日子。

楚妙藍忽然衝到她面前跪了下來，嚇了她一跳，楚亦瑤身子朝後一仰，厲聲喝斥：「妳做什麼！」

楚妙藍不為所動，跪在她面前求道：「亦瑤姊，求妳幫幫我娘，求妳幫幫我們，爹已經被那個小娘矇騙了，她還經常欺負娘，娘前段日子生了一場大病，險些去了，小娘還想逼我嫁人。」

良久，看著她跪在地上眼淚縱橫的樣子，楚亦瑤冷冷地開口道：「楚妙藍，我不欠妳們什麼。」她不明意味地笑著。「妳也不曾想到會有這一天吧？」

楚妙藍疑惑她忽然說出來的這句話。

楚亦瑤繼而冷哼了一聲。「我不欠妳們什麼，我也不需要幫妳們什麼，自食其果罷了。」

「亦瑤姊，妳怎麼可以這麼說話，我們也沒做什麼對不起妳的事。」

楚妙藍話音剛落，楚亦瑤的眼神便冷了幾分。

「沒對不起我？」

楚妙藍怯怯地縮了下身子。門口，沈世軒的身影走來，楚妙藍聽到那聲音，很快就轉換了對象，開始求沈世軒。

直接跪在沈世軒面前，淚眼婆娑地看著他。「姊夫，姊姊狠心，不願出手救我娘和我，姊夫，求您勸勸姊姊，幫幫我娘。」

這動人的哭泣應當是感動多少人的，哭得悲戚美麗，大概說的就是楚妙藍這種，楚亦瑤也不說話，直接看著他們，而沈世軒，眉頭深皺了起來，看著她哭了半天，一點反應都沒有。

楚妙藍心底一沈，這沈家二少爺對她竟無動於衷，不甘心地伸手想要去抓他的衣服。

一旁等著的孔雀即刻就上前拉住了楚妙藍，一面笑著勸道：「堂小姐不嫌地上髒嗎，趕緊起來吧，這麼跪著像個什麼樣，咱們小姐和姑爺又不是什麼青天大老爺，能給您作什麼主啊。」

「亦瑤姊，若不是我爹當初幫楚家，楚家早就撐不下去了，如今我娘有難，妳卻一點都不肯幫忙，妳就是這麼報答我爹娘的幫助，我們拋下徽州的所有前來這裡，你們非但不讓我們住在楚家，趕我們出去，若非我爹娘，楚家早就不在了！」

「啪」地一聲，楚妙藍剛說完，站起來的楚亦瑤揮手就給了她一巴掌。

「妳還有臉說這個！」楚亦瑤眼底滿是怒意瞪著她。

「若非妳爹，我楚家會經歷幾次商行危機？」
「若非妳爹，這商行裡上萬兩的銀子和管事都是誰慫恿走的？」
「若非妳娘，誰能想到把這楚家據為己有，當成是妳們的？」
「若非妳姊，誰能這麼不知廉恥地去勾搭程家大少爺，為了嫁入程家不擇手段，還甚至妄圖想要我的嫁衣、我的嫁妝給她陪嫁。」
「若非妳，妳二姊會去跳池塘讓人救上來，而後又纏著王家三少爺不放，女兒家的名聲盡毀？」
楚亦瑤是真的氣到了，那一巴掌遠遠不足以洩她的憤，看著捂著臉、難以置信的楚妙藍，楚亦瑤哼笑著繼續說：「我欠妳們什麼了？妳們一家子都是白眼狼，現在的一切就是咎由自取，別在我這裡講什麼恩情，若沒有妳們，我這楚家照樣能好好的。楚妙藍我告訴妳，看到妳們這一家子這樣，我楚亦瑤覺得很滿意，妳小娘不是要讓妳嫁人嗎？妳這麼有本事，怎麼不學學妳大姊，也找個人私奔去。」
楚妙藍話沒能說全一句話，沈世軒一揮手，兩個婆子進來直接把她給帶走了，並且吩咐道：「二少奶奶的親人不包括這楚二家的，今後她們再上門來，不必通報，直接趕出去。」
他回頭看，正要去扶住楚亦瑤，就聽見孔雀一聲驚叫，楚亦瑤臉色蒼白地看著他，身下一股濕熱……
情緒一激動，羊水破了，許嬤嬤那兒趕緊準備了起來，派人通知了關氏，很快兩個早就住下的穩婆過來了，燒水，準備乾淨的紗布，沈世軒被請到了屋外。

過了一會兒關氏也過來了，問清楚事情的原委，嘆了口氣。「如今也怪不得誰，先安安穩穩生下孩子。」說著轉動著手裡的佛珠，這可是比預期的日子早了一個月啊！

屋子內的楚亦瑤此刻疼得說不出半個字來，穩婆取了布過來讓她咬上，羊水破了的話就直接要上床躺著生了，檢查了一下子宮口，穩婆抬頭對楚亦瑤說：「二少奶奶，還差一些，您可得憋足了氣。」

楚亦瑤點點頭，等著穩婆開口，卯足了勁用力，痛也不喊出來，憋在那兒省力氣。

屋外，沈世軒半天沒聽楚亦瑤痛喊，有些擔心地問道：「娘，亦瑤沒事吧？」

「那孩子忍著痛都不肯喊。」關氏心疼道：「你別站在這裡了，你祖父也快過來了，你去扶他來。」

沈世軒頓了下，趕緊去沈老爺子的院子。

屋內穩婆看著她身下，鼓勵道：「少奶奶，露頭了，您再加把勁可好。」

楚亦瑤此時已經是筋疲力盡，孩子是頭胎，吸收的確很好，個頭不小，生的時候太費力氣，她早就疼麻木了，那一陣一陣的垂脹在促使她用力，一旁的寶笙給她擦著汗，一手讓她抓著借力。

兩個時辰過去，天色暗了下來，屋外水若芊和沈世瑾也過來了，沈老爺子站在院子裡，聽著那屋子裡傳來的悶哼，臉色微沈。

沈世軒想進去陪她，可門口的婆子不讓，直到天黑下來，屋子內楚亦瑤破聲一喊，穩婆接著一聲「生了」，屋外的人神色各異。

走廊裡早就點起了燈，穩婆小心翼翼地把孩子抱了出來。

沈老爺子上前，從穩婆手中接過那襁褓，不等她開口，自己撥開了那被子看了一眼，繼而眉宇整個舒展開來，大喊了一聲。「沈家嫡長曾孫，好！」

伴隨著他這一聲大喊，原本安靜的孩子哇哇大哭了起來，這哭聲極為響亮……

沈老爺子的笑聲中摻著嬰兒的哭聲，身後的沈世瑾則沈著臉看著沈老爺子懷裡的孩子，而一旁的水若芊卻看著門口那沈世軒衝進去的背影，連孩子都來不及看一眼，他就這麼緊張屋子裡的人？

女人的心思有時候很奇怪，府邸中生活著，過得舒心了不容易想到過去，一旦過得不舒心，她就會不斷地假設著另外一種結果，尤其是看到沈世軒這麼關懷楚亦瑤，總是不自覺地想著，若娶的是她，如今這一切的關切都該是她的。

在場的這麼多人中，也就只有這兩個人，對這新生命的到來不開心著。

沈世軒衝入產房的時候，穩婆剛剛收拾好，楚亦瑤躺在那兒滿頭大汗，累得一根指頭都懶得動，瞥見沈世軒進來，也只是抬了抬眼。

沈世軒到她身邊摸了摸她的頭，在她濕漉漉的額頭上親了一下。「孩子很好，妳睡一覺，睡醒起來精神就會好了。」

夫妻兩個人之間也不需要過多的言語，沈世軒清楚她擔心什麼。

楚亦瑤微抬了下頭，閉上眼睡去了，她是真的好累。

第六十一章

等楚亦瑤再度醒過來的時候，已經是第二天了，屋子裡那股淡淡的血腥氣息早就散去，她身上也已經換了乾淨的衣服，側了下臉，許嬤嬤正在屋子裡。

見她醒來，許嬤嬤喊人去端了米酒過來，扶起楚亦瑤半坐，取溫水漱了口，孔雀端著一碗米酒進來給她喝。

許嬤嬤接過碗親自餵她喝完，在一旁輕聲道：「生完如今空了，這五臟六腑容易往下掉，喝這個對身子好。」

產後喝米酒並不是每個地方的風俗，至少楚亦瑤印象中，當初在嚴家坐月子的時候她喝的不是這個，聽許嬤嬤說，月子期間這個米酒就是代替水來喝的。

「孩子呢？」喝了一碗解了渴，楚亦瑤想看看孩子。

許嬤嬤扶著她躺下。「我讓奶娘去抱過來，二少奶奶可以看看，如今可抱不得。」

楚亦瑤點點頭，那邊奶娘抱著孩子走了進來，放到楚亦瑤旁邊，她側了個身，小傢伙倒是個不安分的，剛一放下，小臉皺在那兒，折騰了好兩下才安靜下來，楚亦瑤伸手在他鼻子上輕輕點了一下，不自覺地笑出了聲。

「有多重？」楚亦瑤問道。

一旁的奶娘回道：「出生七斤六兩。」

「呵，還是個胖小夥。」楚亦瑤看著兒子，眼底的溫柔更甚，她這十個月吃的、補的，還真沒浪費。

「小少爺身子很好。」許嬤嬤誇道，她伺候過這麼多位夫人，楚亦瑤生的這孩子，身體狀況還算是不錯的。

做娘的都喜歡聽別人誇獎自己的孩子，楚亦瑤看著那瞇著眼睡、一臉酣然的孩子，笑了笑。「隔壁的廂房收拾出來，就讓孩子和奶娘住那兒吧。」

許嬤嬤點點頭，把孩子抱起來遞給了奶娘，囑咐她道：「二少奶奶如今要養氣，還是少說話得好。」

中午的時候沈世軒就回來了，一進門先來看楚亦瑤。

楚亦瑤看他這風塵僕僕的樣子，問道：「去見過孩子沒？」

沈世軒搖頭。「有奶娘呢，我先來看看妳，怎麼樣了？」

「好多了。」沈世軒坐了下來，沒等她問就和她說起了昨天生下孩子之後祖父的反應，那一句嫡長曾孫，可是驚擾了好些人。

「等滿月過後，祖父說就入祖宗祠堂。」

和沈老爺子形成鮮明對比的就是大房那兒，少了嚴氏，對比的氣氛還淡了一些，水若芊閉門不出，底下的閒言碎語說的幾乎都是這嫡長的問題。

「取了名沒？」楚亦瑤覺得這一切都是推波助瀾造成的，實際上大哥是沈家的嫡長孫，所以這嫡長曾孫是不是他生的並不重要，而如今沈老爺子的表態卻讓所有人都覺得，二房生的這嫡長曾孫，就能一搏。

「族譜上到了他這一代，是個卓字，祖父說就叫沈卓然。」昨天沈老爺子就把名字給定下了，似乎是早就想好了，估計這名字，本來應該是給大嫂肚子裡的孩子。

楚亦瑤默唸了一遍。「小名就叫康兒吧，不求他有多富貴，但求他健健康康的。」

沈世軒摸了摸她的臉，低聲道：「好。」

洗三這日，沈家很熱鬧，尤其是二房這裡，楚亦瑤生的是沈家曾孫，所以和沈家有來往的人都過來道賀了，楚亦瑤則在屋子內和喬從安她們聊著天。

喬從安對楚妙藍的到來導致她早產的事有些置氣，楚亦瑤在她耳畔輕輕說了幾句。

喬從安瞪大了眼看著她，半晌，嗔了一句。「妳這丫頭！」

「其實我還應該謝謝她，讓這理由給坐實了。」楚亦瑤呵呵地笑著。

喬從安很快想到了沈家送去莊子裡休養的沈大夫人。「那沈家大夫人不是因為重病才送去的？」

楚亦瑤沈吟。「等大嫂生完，估計她也快回來了。」

「我適才去看過一眼，那孩子的生相怎麼都不像是早產的，不少看著的人都說是足月的。」喬從安擔心這裡說的人多了，有人會留心去查。

「大夫那兒不成問題，至於兩個穩婆，是世軒從外頭找來的，不是金陵人，接生完了之後也把她們送得遠遠的，等孩子滿月之後，誰還看得出足不足月，我兒子我自己養得好，他長得快，有什麼不可以的。」流言蜚語堵不住，楚亦瑤也無所謂，孩子一天天長大，到後來哪裡還分得出足不足月的。

「妳自己安排好了就好。」喬從安也知道這小姑子從來是不打沒準備的仗，看著她初為人母的樣子，頓了頓，緩緩開口道：「淮山要回南疆去一趟。」

楚亦瑤抬頭，看見喬從安臉上帶著一抹感慨。

「我打算跟他去一趟南疆。」見楚亦瑤不作聲，喬從安自顧著笑了笑。「以前沒有恢復記憶說不上什麼，如今都想起來了，我應該回去看看，祭拜一下阿曼，也要祭拜一下淮山的娘。」一個是生她的娘，雖然不能夠給予她好的生活，卻盡全力保護她在那個淮家中生存下來；一個是養她的娘，在她失蹤之後一病不起，最終遺憾離世。

楚亦瑤對她的決定還是有些驚訝的，聽她說完之後卻也釋然了，那裡是大嫂的出生地，有著最親的人。「是應該回去看看，我聽大叔說起過，南疆那兒一年四季如春，是個很美麗的地方。」

喬從安說完有些不好意思，別人都說淮山是她親哥哥，可這其中的真實只有她自己心裡清楚，兩個人啟程回南疆，說起來還是有些彆扭。

楚亦瑤輕輕地拉住了她的手，眼底帶著一抹笑意，勸道：「大叔的為人令人欽佩，由他一路照顧大嫂，我和二哥都放心，應竹如今長大了，妳該為自己多想想。」

喬從安微怔了一下，隨即笑了笑。

廳堂那兒洗三已經結束了，婆子把穿戴好的孩子遞給奶娘，抱了回來，一眾客人被請到了宴客廳吃飯。

到了下午客人都走了，關氏才有空過來一趟，見楚亦瑤恢復得好也就放心了許多，臉上是蓋不住的笑意。「都說康兒長得像世軒小時候，我看啊，比世軒小時候可結實多了。」

「娘，您忙了好些天了，也該好好歇息一下。」楚亦瑤如今是最空閒的，餵奶不需要她操心，醒來就是在床上躺一天，月子期間要少看書、少說話，最多的就是睡覺了。

關氏擺了擺手。「妳大伯母也快回來了，等事都交還給她，我就安安心心地抱我的孫子。」關氏對管家權的事看得很開，實際上少了這些操心的事，她還過得更舒暢。

「嚀香的事，別說你們了，我和妳爹心裡這口氣也出不去，但孩子如今是安安穩穩生下來了，老爺子當初就是那意思，若是妳和孩子有什麼三長兩短的，那她就永遠不用回來了。」雖說做了錯事，但楚亦瑤和孩子都健康，這也不能一直關著。

看出了楚亦瑤的擔憂，關氏摸了摸她的手。「經此一事，她也該長點記性了，這家不是離了她過不下去的，都能算計在親孫女身上。」

楚亦瑤心中卻不贊同，不會長記性的人，都是好了傷疤，忘了疼的……

半個月後，水若芊臨盆的日子將近，大房那兒嚴正以待了起來，嚴氏還是沒回來，即便是水若芊大腹便便地去求了，沈老爺子也說等她生了再說，府裡又不缺人手。

三天後的一個早晨，水若芊肚子開始痛了。

楚亦瑤此時還躺在床上坐月子，喝著孔雀端過來的補湯，寶笙每隔一個時辰會進來和她說一下旭楓院的情況。

大少奶奶生得不容易，都三個時辰過去了，還沒什麼動靜。

即便是嚴氏不在，請的穩婆也都是最好的，關氏也不接這茬，那些人都是水若芊和水夫人安排的，眼看著午時已過，院子外沈世瑾漸漸等得有些著急了，屋子內的聲音越發的虛弱。

水若芊不是楚亦瑤，沒有這麼好的身體底子，整個孕期她吐得很多，身體說起來不好不壞，經過這麼一折騰，有些虛脫。

一旁的穩婆正讓她憋著勁。「大少奶奶，露頭了，您可攢足了勁。」

水若芊一聽來了希望，一口氣憋著，等著穩婆開口，用力地使勁。

又過了半個時辰，屋子裡終於傳來了哭聲，屋外沈世瑾神色一鬆，穩婆很快把孩子抱出來了，是個男孩，六斤二兩。

沈老爺子看了一眼這孩子，比起半個多月前楚亦瑤生的康兒，眼前的孩子明顯小了半號，一看就沒有康兒來得好養，不過見著是兒子，沈老爺子心裡還是高興的，當即把一個取好的名字給用上了——「就叫沈卓越。」

這廂楚亦瑤默唸著那兩個名字。「沈卓然，沈卓越，還真是不分仲伯的兩個好名字！」她的語氣裡沒有半點欣喜，這不是給自己還不知事的兒子拉仇恨嘛！

「康兒，你今後這哥哥做得可猶如踩針尖了。」楚亦瑤低頭柔柔地對兒子說著。

一旁的沈世軒笑了。「也沒妳說得這麼誇張，若是取得輕了，豈不是更顯得康兒特別，這名字我看也中衡的。」

楚亦瑤哼了一聲。「你不用解釋，老爺子那點心思還看不出來嗎，若真是有心交給你，就不會什麼都想要取個平衡來讓大哥敵視你，出了這沈家，咱們也不是過不下去，逼急了我直接帶著兒子走。」

「妳都看出來祖父的心思了，那桑田的地，妳還打算拿出來不？」沈世軒呵呵地笑著，她這脾氣，也還真拿她沒辦法。

楚亦瑤親了一口兒子，無所謂道：「那是我的嫁妝，拿不拿出來是我的事情，再說了，拿出來對我有什麼好處，楚家又不惦記什麼皇商。」末了，她看了一眼沈世軒。「還不是便宜了沈家，拿去做順水人情。」

她楚亦瑤不是沈家的長媳婦，更不是沈家的子嗣，她沒有這種要為了沈家肝腦塗地的使命感，她所有的一切都是憑藉著重生一次的機會，努力得來的，她若不痛快了，別人也休想占什麼便宜！

沈世軒見她這小老虎的樣子，默嘆了一口氣，祖父太過於自信，以為全局掌握，他難道不知道，人心這兩個字才是最難揣測的。

很快又是洗三，這沈家一個月內接連的喜事，接下來的還有兩場滿月酒宴要舉辦，沈老爺子終於鬆口，把嚴氏從莊子裡接回來了。

離開半年的嚴氏整個人消瘦了很多，在那莊子裡沒一個自己人，誰也不會告訴她金陵發生的事，尤其是沈家的，在她被關的屋子裡永遠只有佛經。

嚴氏回到了沈家才知道這嫡長曾孫的事情，得知楚亦瑤先生了兒子，那消瘦的眼窩子裡滿是憤恨。

嚴氏先去看了孫子，沈卓越雖然個頭小一些，不過出生後長得也挺快，爹和娘都是俊人，生出來的孩子也不差，粉粉嫩嫩的很可愛，嚴氏抱在懷裡兜了兜，對躺在床上的水若芊說：「萬事有奶娘在，妳安心坐月子就好，如今我回來了，妳也可以放心。」

水若芊能說什麼，笑著點點頭。

嚴氏口中說著乖孫子。「小二十來天怎麼了，你爹這麼優秀，你肯定也是比那房裡的優秀！」

襁褓中的孩子沒給予任何回應，嚴氏放下孩子出去了，水若芊的臉色慢慢地沈了下來。

二十來天……

這又是在諷刺她什麼。

成親晚了二十來天，如今生孩子，明明是她早有身子，也還是晚了二十來天，她難道就是要一直輸給楚亦瑤不成？

一個名不見經傳的商戶女兒，鬧得沸沸揚揚之後還能讓世軒上門求親，還是沈老爺子出面的，如今什麼都高過她一截。

她這沈家長媳，怎麼做得如此憋屈！

「小姐，您可千萬別動氣！」王嬤嬤見她如此趕緊勸道：「月子裡可不能動氣。」

「奶娘，憑什麼那些好都是她的，那原本應該都是我的！」水若芊自始至終都沒有甘心過。

王嬤嬤趕緊示意她不要說下去了。「我的大小姐，您可行行好，這樣的話可不能再說了！」

如今可是叔嫂關係，說出去還有什麼臉面。

水若芊從嫁入沈家到現在的一系列悶氣，在說完這句話後，心中一陣期艾，眼淚落了下來。

王嬤嬤一面勸著，一面替她擦眼淚。「小姐，月子中哭不得、氣不得，您再怎麼樣也不能傷了您自個兒的身子啊。」

水若芊根本聽不進去，她心裡委屈得很，在這沈家，沒有一件事是順心意的，從王嬤嬤手中拿過帕子擦了眼淚，水若芊側了個身朝向床內，王嬤嬤嘆了一口氣，輕輕地拍著她的肩膀。

兩場滿月酒宴都是嚴氏辦的，被送去莊子裡一回，確實是老實了很多，暗地裡擠兌是有的，明面上卻再也沒有對二房這裡說過什麼。

轉眼夏季過去入了秋，洛陽那兒開始考試了。

十一月初，楚亦瑤這邊就收到了消息，張子陵高中，皇帝大為賞識，無須再經考核，直接可以接受官令，外任三年，三年之後再作定奪。

這可是繼錢正之後金陵又一個名人了，眾人除了說張子陵之外，說得最多的就是嫁給張子陵的邢家姑娘，當初嫁的時候已經是高攀了，如今張子陵有出息，她就直接是官夫人了。

楚亦瑤在家裡則樂呵呵地清點著酒樓裡下半年的入帳，把幾張銀票整理好，加上帳簿，放入一個匣子內，對沈世軒說：「明年開春上任，今年應該會回來一趟，這個時候要打點的銀子不少，這些先送過去。」

酒樓的生意很紅火，比楚亦瑤預想當中的紅火多了，即便是菜價不便宜，來吃的人還是很多，酒樓裡忙不過來，所以不接受送食，很多人吃完還要點菜打包回去。

楚亦瑤看了一下帳本。「明年可以開第二家，把這信也捎上，讓姊夫再多找幾個廚子來。」楚亦瑤又把一封信放入匣子內，加上送給暖兒的東西，林林總總也放滿了一個小箱子。

門口那兒奶娘抱著康兒進來，八個月大的孩子長得是虎頭虎腦的，第一眼看到正要出去的沈世軒，小嘴一張，啊了一聲，伸手就要沈世軒抱抱。

沈世軒伸手接過兒子，裝作抱不動地哎喲了一聲。「你爹我抱不動嘍。」

康兒特別喜歡沈世軒這反應，小屁股一蹬一蹬還想給他增加點重量，肉嘟嘟的小臉上堆滿了笑意。

「哎喲喲！抱不動了、抱不動了。」沈世軒假裝手沒力氣，往下鬆了一下，康兒即刻摟住了他的脖子，小臉湊在他的臉頰旁，一面露出怕怕的神情。

楚亦瑤笑看著父子倆怎麼都玩不膩的互動。

沈世軒把他放到了圍起來的軟榻上，康兒開始在軟榻中爬來爬去，一會兒抓著布老虎，一會兒抓著木偶，見沈世軒要離開，爬著到了欄杆邊上，小手一抓，撐起身子一手朝著沈世軒捏了捏。

滿臉的捨不得。

果然，沈世軒又回來陪他玩了一會兒，從六個月開始，康兒就學會這招了，嘟著嘴看著人，小手朝著那人的方向捏著，口中咿呀一聲。

二房這裡沒有誰抵得住他這一招的，這還包括了那個身經百戰的沈老爺子。

楚亦瑤覺得，兒子今後一定是個吃香的。

沈世軒離開沒多久，寶笙走了進來，手裡拿著幾疋布放到桌子上，對楚亦瑤說：「這是大少奶奶送來的，說是給小少爺做衣裳，她還問您，下午有沒有空，帶著小少爺去她那裡坐坐。」

楚亦瑤看了一眼那價值不菲的布，上回大嫂來一趟，她都沒去過，這一回再拒絕，似乎說不過去了……

讓寶笙準備好回禮，下午楚亦瑤帶著康兒去了旭楓院，嫁入沈家近兩年，楚亦瑤只去過兩次旭楓院，第一次是水若芊嫁進來那天，第二次是沈卓越滿月。

水若芊讓人早早準備好了湯茶，邀楚亦瑤坐下後，讓奶娘把兒子抱了出來，剛剛午睡醒的沈卓越有些懵然，對人也是愛理不理，窩在奶娘懷裡只是瞥了楚亦瑤一眼。

「越兒，來，這是你哥哥。」水若芊接過孩子，拿著他的小手指了指康兒的方向，沈卓越偏不搭理，扭頭就在她的懷裡，微張著眼睛又想要睡。

而乖乖坐在楚亦瑤懷裡的康兒則是一臉精神十足地看著周圍，在看到水若芊懷裡的弟弟時眼睛一亮，小手揮揮就想要撲過去

康兒咿呀了一聲，終於引起了沈卓越的注意，兩個小傢伙便大眼瞪小眼地看著，康兒還試圖朝著他揑手，楚亦瑤一陣汗然，兒子的這手段還真是不分老幼了。

水若芊笑著把孩子放到了裡側。「讓他們玩吧，兄弟倆還是第一回見面，新奇得很。」

「平時都覺得孩子養得不錯，如今看到康兒，倒覺得自己養得不如了。」水若芊看著比兒子健壯許多的康兒，對楚亦瑤說：「不知弟妹有什麼好法子。」

「都還是在吃奶，能有什麼好法子，偶爾吃些蛋羹菜粥，嘴刁得很。」還在楚亦瑤肚子裡的時候就是吃什麼，吸收什麼，如今出生了也是如此，小孩子吸收得好，長得也就快。

「如今也才八個月，又不能吃其他的。」

「康兒還嘴刁呢，我看是好養得很，如今想給孩子添些輔食，可就是不愛吃。」

說到養兒經，楚亦瑤的經驗肯定是要比水若芊來得足。「也不能一下添足，第一次少一些，餵個一勺、兩勺，也怕他如今年紀小容易過敏，若是吃習慣了，慢慢加就是了。」

水若芊笑著聽，看楚亦瑤臉上那一抹紅潤，這書香院的日子肯定過得很順當，心中又難癢著想知道什麼，遂假裝無意地問道：「不知弟妹和二弟是如何相識的？」

「大嫂為何這麼問？」楚亦瑤留心著兒子，聽她這樣問，抬起頭看著她。

水若芊即刻擺了擺手。「弟妹可別誤會，妳也知道這沈家和水家也是早有姻親關係，我與相公和二弟小的時候就熟識，以前只覺得二弟不是那種會親口和老爺子開口求親的人，所以好奇著呢！」說罷，水若芊捂著嘴輕輕地笑著。

「也是偶遇。」楚亦瑤回得漫不經心，似乎是對她的話沒有多大的反應。「男女有別，自然是要避嫌的。」成親前就接觸過多，損的不是她楚亦瑤自己的聲譽嗎？

「那二弟對弟妹可真是用心呢，也是，世軒一直是一個心善的人。」水若芊言語間帶著一些些的過往追憶，繼而不好意思地看著楚亦瑤。「弟妹還不知道吧？小的時候兩家人以為我是要嫁給二弟的。」

楚亦瑤算是看明白了。

什麼培養兒弟情誼啊，就是來向她炫耀自己過去和她相公有多熟，熟到差點成親了，順便炫耀她楚亦瑤的相公，以前還扒拉著她水若芊不放，一定要娶她。

楚亦瑤此刻只覺得眼前的水若芊幼稚透了，都已經成親生子了，還在自己面前說這些話，難道不知道傳出去了會變成她覬覦小叔子嗎？就算是有過往情分，那也都是以前的了。還是她覺得，這一定能夠刺激到自己，影響她和沈世軒之間的感情？

楚亦瑤從容地笑了笑。「我確實不知道呢，不過這小時候的事情也都不作數，童言無忌，說過的早就忘了，難得大嫂還記得，世軒都沒和我提起過。」

水若芊臉色微白，對這「童言無忌」四個字忌諱得很，世軒不就是用了這四個字來告訴自己，當年說要娶自己就是童言無忌。

本想說出來讓她知道自己在世軒心中的地位不低，卻被楚亦瑤反將了一軍，水若芊抓緊了手中的帕子，正欲開口，一旁軟榻上傳來一陣大哭聲。

轉頭去看，康兒手裡拿著一個小布偶無措地看著越兒，而越兒則委屈地在那兒大哭，康兒伸手把小布偶往他懷裡遞，沒等水若芊安慰半句，越兒手一揮就把布偶給打掉了，繼而直接一巴掌揮向了康兒。

康兒的臉上即刻被越兒的手指甲給刮出了一道紅痕跡，隨即，放聲大哭了起來。

楚亦瑤把他抱在懷裡，仔細看了一下臉頰，那粉粉嫩嫩乾淨的左臉頰上此刻有一道細細的紅痕，幸好手勁不大，沒刮出皮肉來，康兒一臉委屈地窩在楚亦瑤懷裡，小手不斷地去抓臉上的紅痕，淚珠子一直往下掉。

水若芊抱起兒子的時候還讓他打了下，手直接揮在下巴上，顯得狼狽。「對不起啊，弟妹，越兒不懂事，這孩子就是太頑皮了。」

沈卓越像是聽得懂娘親是在說自己的不是，在水若芊的懷裡更是不安定，掙扎著鬧騰，哭得比被打了的康兒還要大聲。

「小孩子玩鬧。」楚亦瑤抓住兒子的手不讓他亂抓，抱著他，輕輕地拍著他的背，對於水若芊的抱歉，她笑了笑。「大嫂，我先帶康兒回去了，這兩個孩子都哭著，也停不下來。」

水若芊今天的目的還沒達到一半呢，懷裡的兒子哄也哄不好，只能讓丫鬟送楚亦瑤出去，屋子裡響徹天的都是沈卓越驚天動地的哭聲。

「還哭！」水若芊沈了臉看著兒子，沈卓越全然不怕她，看她凶自己，非但沒有停止哭，反而雙手揮著要去撓她。

水若芊的臉頰上中了一掌，狼狽地把他交到了奶娘手中，這孩子被娘慣得無法無天了。

「到底是怎麼一回事！」水若芊問身旁的丫鬟，自己光顧著和楚亦瑤說話，兩個孩子究竟是怎麼鬧起來的都不知道。

一旁的丫鬟解釋道：「卓然少爺想玩布偶，卓越少爺不讓，但是軟榻上的布偶好幾個，卓越少爺拿了兩個拿不過來了，卓然少爺拿起一個想玩，卓越少爺搶不來，扔了手裡的哭起來了，卓然少爺把布偶還給……」

「好了，接下來的我知道了。」水若芊阻止她繼續說下去，接下來的打人，她和楚亦瑤都看到了，就是自己兒子的不對，被寵得沒了邊，就是自己拿不過了，也不肯把東西分享給別人玩。

過了一會兒，水若芊開口道：「去把王嬤嬤找來。」一旁哭了好久的沈卓越漸漸小聲了下來，淚眼汪汪地看著水若芊，水若芊的心一下就軟了，又把他抱到了懷裡，沈卓越啜泣著就睡著了……

那邊楚亦瑤抱著康兒回了書香院，錢嬤嬤一看這小祖宗怎麼眼睛紅腫著，還掛著淚珠子，心疼地從楚亦瑤手裡抱過了他。「哎喲，小祖宗，這是怎麼了，受什麼委屈了告訴婆婆，是不是你娘說你了？」

本來哭得差不多的康兒被錢嬤嬤這麼一哄，頓時咧開小嘴又哭了起來，一面還委屈地指著自己的臉頰，口中說著聽不懂的咿呀聲。

錢嬤嬤這才發現臉頰上那一道紅痕。「不是說去大少奶奶那兒嗎，怎麼會受傷的？」

「被越兒抓了一下。」楚亦瑤嘆了一口氣，她再心疼兒子能怎麼辦，揪起卓越打一頓嗎？本來就是小孩子小打小鬧一下。「快去拿藥膏來。」

「乖，婆婆給你呼呼，不哭了啊。」錢嬤嬤心疼地摸摸他的臉。

孔雀趕緊找來了藥膏，楚亦瑤抱過兒子，挑起一些在他臉頰上慢慢地推開。「乖，不哭了，娘知道康兒是好孩子。」

那清涼的感覺蓋過了不舒服，很快康兒就忘了疼，只是小嘴還噘在那兒控訴他的委屈，他只是想和弟弟玩，為什麼弟弟要打他。

寶笙帶著一個丫鬟走了進來，楚亦瑤抬頭，是水若芊的貼身丫鬟，帶來了水若芊讓她送來的藥膏，外加好幾個布偶玩具。

等那丫鬟離開，楚亦瑤瞥了一眼那布偶，輕輕地拍著懷裡啜泣著睡過去的兒子，淡淡開口道：「都拿去燒了。」

第六十二章

本來是很小的一件事情，卻在第二天府裡傳起了一些碎語，嚴氏那兒卻開心得很，抱著孫子親了親，誇道：「做的好啊，越兒，就是不能讓給他，這些都是你的，將來這沈家也是你的，誰也奪不走。」

沈卓越不懂祖母說的是什麼意思，但聽到她誇獎，他也跟著笑了，打了哥哥一下這件事，沒有任何人責怪過他，也沒有任何人告訴他這麼做是不可以的。

很快那些話就傳到了沈老爺子耳朵裡，底下已經越傳越不像樣，這麼小的一件事情，到了他耳朵裡已經變成了大房容不下二房，就是卓越少爺晚出生這氣勢也不弱，照樣要壓著卓然少爺。

沈老爺子發怒了。

即刻讓江管事把底下那些傳話的人都給揪了出來，統統綁起來扔在院子裡，叫來了嚴氏和關氏，讓她們自己來認人。

這其中沒幾個二房的，絕大多數都是大房的人，其餘幾個則是外院的婆子。

單看這些人歸屬哪個院子，就清楚地知道這消息到底從哪兒出來，沈老爺子當著眾人的面喝斥了嚴氏一聲。「妳是不是覺得莊子裡待得不夠痛快，還想多去住些日子！」

嚴氏頓覺冤枉。「爹，我怎麼可能會指使她們說這種話。」

「對自己房裡的人管束不住就是妳的問題，妳說說，這麼多人，要不是妳放著不管不問任她們說，她們哪來這麼大膽子嚼這些話。」沈老爺子是覺得這個家越來越不像樣了。「妳管家多少年了，這點事情都不知道，還做什麼當家主母！」

最後一句話說出，嚴氏和關氏同時怔住了。

嚴氏顫抖著嘴唇，看著沈老爺子。「爹，您這話是什麼意思？」

沈老爺子看著跪在地上的一群人。「把這些人都給我趕出沈家，妳要再管不牢底下這些人，這家妳也別管了！」

說罷，院子裡哀號聲一片起。

沈老爺子說抓人就抓人，根本不會先通知什麼，那些人毫無準備地就這麼要被趕出去，求情和解釋的機會都沒給。

嚴氏看著沈老爺子進屋子，一口銀牙險些咬碎，江管事帶著幾個人到她面前，直接要這群人的身契約，半日都不讓他們多留。

回到了自己院子裡，嚴氏氣得渾身發抖，一揮手把桌子上的茶盞給掃到了地上。「老不死，什麼都管！」

一旁的嬤嬤急忙又給她倒了一杯，在她一旁勸道：「夫人您別氣壞了自個兒的身子，讓別人高興了去，等老爺子走了，這家還不是您說了算的。」

「老不死，活到現在還這麼多管閒事！」嚴氏喝了一口茶，又猛地把茶杯放在桌子上，茶水濺了一桌子，很快，她那憤怒的神情裡多了一抹隱晦……

轉眼十二月底，新年將至，沈府裡熱鬧了起來，今年新添了兩位小少爺，沈世榮又剛剛娶了親。

大年三十吃年夜飯，看起來和樂融融的畫面，到了沈老爺子那一桌卻顯得有些沈悶，沈大老爺和沈世瑾的臉色都不是很好看，而沈老爺子則是慢慢地喝著酒，目光只落在沈世軒身上。「二小子，你媳婦那酒樓開得倒火熱，鼎悅樓的生意都不及她一半啊。」

沈世軒對沈老爺子這禍水東引不太想接，只是悻悻地笑著。「新酒樓開張都這樣，過段日子就沒這麼火熱了。」

「我看那丫頭管得不錯，不如你把鼎悅樓也交給她，說不準鼎悅樓的生意還能更上一層樓。」

沈老爺子這麼開口，沈世軒更受不住了，忙拒絕。「祖父，那些酒樓鋪子都是她自己閒著玩的，哪能把沈家的酒樓交給她來做。」

沈老爺子見他這麼說也沒否認，權當自己剛才的話只是隨意一說，繼而又倒了一杯酒慢慢喝著，半晌，才放下杯子看著沈世瑾，微沈著聲開口。「本來這樣的日子不該提這些，不過也是給你一個教訓，凡事不要自恃過人，徽州那兒看似好做，這其中的門道深著呢。」

沈世瑾不說話，桌子底下的手早就緊握成了拳頭，本來徽州那兒的分行開了一年半生意是很不錯的，年底收了帳之後還能讓祖父讚揚一番，結果就在十二月中旬，當初他們進駐沒有任何反彈的徽州大家，一下子聯合起來，對分行進行了攻擊。

本來早就定下來的木料訂單統統撤銷不說，連買原料的人都消失不見、沒蹤影了，分行旗下的鋪子付過了最後一輪租金後，撤的撤，關的關，也沒差他們銀子，就是不打算租分行裡的鋪子，另投他處。

短短四、五天，分行在徽州一下被孤立了。

「祖父，明年我一定能讓分行好起來的。」沈世瑾這麼好一筆功績，怎麼可能就這麼讓它失敗，他抬起頭，看著沈老爺子保證道：「徽州就這麼幾大家，他們撐得住一時，撐不住一世，不出一年，那些離開的都會回來，他們總不至於耗空了自己的底子和咱們一家分行鬥。」

「你打算把這些交給誰去做？」見沈世瑾臉色微變，沈老爺子繼而又問：「還是交給水家那小子去？」

沈世瑾頓了頓。「祖父，其實水家……」

「其實水家就是想搜刮乾淨一筆。」沈老爺子直接把他的話給說完了。「你若自己不過去，不出半年，水老爺就會前來和你說，把分行關了，反正這兩年你們賺得也不少，不算虧。」

主桌這邊陷入了長長的沈寂，連楚亦瑤她們那兒也發現了，從她這邊看過去，正好看到了沈世瑾不太好的臉色。她低頭給康兒餵了一口魚肉，小傢伙如今看到好看的都想吃，她都不能分神，否則他抓起面前的勺子都敢往嘴巴裡塞。

輕輕地撥去他嘴邊流出來的湯汁，從寶笙手裡接過了帕子給他擦乾淨，嘴裡的還沒嚥下去，手就忙不迭地指著楚亦瑤給他挾在碗裡的魚。

「饞貓。」楚亦瑤笑著，康兒仰頭看著她，張口還滿嘴的魚跟著呵呵地笑著。

「啪嗒」一聲，桌子對面那兒傳來一陣瓷器落地聲，眾人看過去，嚴氏懷裡的沈卓越還試圖去抓面前的碟子，而碟子中的勺子早就被他給扔在地上碎開了。

見祖母攔著自己，沈卓越不耐煩地皺著臉非要去拿碟子，嚴氏又怕大力握著弄疼了他，結果一個手鬆，沈卓越手指勾到了碟子，直接翻向了自己，把碟子中挾的菜全倒在自己身上，碟子摔在了地上。

連著兩聲，沈老爺子也看向了這邊，嚴氏想把孩子交給身後的奶娘清理一下身上倒掉的菜，誰知沈卓越不樂意了，手上能抓什麼抓什麼，拿起一支筷子揮著，嚴氏怕他傷了自己忙奪了下來，沈卓越看著被搶走的筷子。「哇」一聲哭了起來。

這一哭把幾桌的人視線全吸引過來了，嚴氏抱著孩子起身，有些尷尬。

「怎麼回事！」沈老爺子粗聲喊道。

水若芊跟著起身把孩子接了過來。「祖父，孩子一早有些發熱，如今難受著鬧，我先抱他回去。」繼而和嚴氏說：「娘，您趕緊去換一身衣服吧。」

沈老爺子看著趴在水若芊肩頭、哭著卻不掉半滴眼淚的沈卓越，沒再說其他的，只是揮了揮手讓她們趕緊離開。

康兒看著她們離開，回頭朝著楚亦瑤啊了一聲，點點碟子裡還沒吃完的魚肉，對她張口，表示嘴巴裡已經空空了，他還要吃。

楚亦瑤挾了一筷子給他，小傢伙旁若無人地吃著，一會兒還樂呵一聲，不知道他在高興些什麼。

快吃完的時候，楚亦瑤懷裡的康兒開始不安分了，蹬著腿表示他要下地走路，楚亦瑤對他噓了一聲，主桌那兒氣氛沈悶得很呢。

康兒看著娘親小心翼翼的樣子，忽然格格大笑了起來，蹬著要在她懷裡站起來，一面拍著小手笑著。

他成功地吸引了別人的注意，主桌那裡傳來了沈老爺子和緩的聲音——

「什麼事這麼高興啊？」

楚亦瑤只能把他抱起來，康兒順著聲音的來源探過去，看到了沈老爺子，身子一繃直，右手朝著沈老爺子那兒招了招，咿咿呀呀地喊著。

沈老爺子看著歡喜，開口道：「過來讓我抱抱。」

楚亦瑤走過去，康兒攀著沈老爺子的手臂，坐到了他腿上，先是在他懷裡撲了一下，繼而朝著他呵呵地笑著。

「喲，沈了不少。」沈老爺子掂了掂他。「都吃了些什麼啊？」

康兒坐在他懷裡看了一圈桌子，最終盯著沈世瑾面前的魚眼睛發亮，小手一指，他要吃那個。

知道在自己桌那兒的魚都吃完了，現在學會轉戰接著吃，楚亦瑤哭笑不得，但又不能勸。

沈老爺子讓人把魚端過來放在面前，看著他一臉饞樣，不禁哈哈大笑了起來……

康兒被楚亦瑤帶回書香院的時候已經吃得飽飽的了，楚亦瑤怕他積食，胃裡不舒服，睡前的奶都沒讓他喝，小傢伙腳踩軟墊子，手扶著欄杆自樂地走來走去，半晌打了個哈欠，睡眼惺忪地看著楚亦瑤。

「終於知道睏啦？」楚亦瑤捏了捏他的臉，讓奶娘抱去睡。

康兒趴在奶娘的肩頭上，朝著楚亦瑤揮了揮小手，瞇起眼很快就睡著了。

又過了半個時辰，沈世軒回來了。

帶著些酒氣洗漱過後，楚亦瑤讓平兒去小廚房把熱好的粥端過來。「光看你陪祖父喝酒了，吃點暖暖胃。」

沈世軒確實是餓著，喝了兩碗粥，此時窗外已經響起了煙火聲，開了窗看出去，天空中絢爛一片，漫天的煙火不斷地照亮黑夜。

「祖父說起鼎悅樓的事，說是看妳酒樓打理得好，想交給妳一塊兒打理。」洗漱過後兩個人躺了下來，沈世軒把團圓飯上沈老爺子說的和她說了一遍。

「沈家的產業，我沾都不想沾。」楚亦瑤一口拒絕。「自己的都忙不過來了，再說這些東西若真接受了，還不得讓大房那裡說不是，吃力不討好。」

「年初大哥應該會去徽州。」夫妻倆想法是一樣的，沈世軒不得不爭，妻子就無須插手。嫁進來的媳婦插手沈家的生意，怎麼都名不正、言不順，即便是做得好，也會落人口實。

楚亦瑤微抬了下頭。「他這是不肯放手了？」

沈世軒點點頭。「這麼大一筆，他自然不肯放手，做得好了就是他有這本事，其實也騎虎難下。」做了兩年放手不做了，豈不是反著說明沈世瑾沒能力，只是憑藉著沈家的家底。

楚亦瑤真不想摻和這種爭家產的事，有這點閒工夫爭，她早就可以在外置辦不少掙錢的行當了，於是她勾了勾他的衣服。「不如明年你去和爹說，我們分家出去吧。」

沈世軒記得半年前她就打消這年頭了，怎麼如今又生起來了？摸了摸她的臉頰柔聲問：「怎麼了？」

「不是我瞧不起越兒那孩子，按照大伯母這養法，這孩子將來指不定和曹三是一個德行，老爺子這身子還硬朗著，若是等他走了再分家，還不知道要待多少年，康兒長大了，我們不能每時每刻盯著，我不想在這沈府中給別人留著機會害他。」在她肚子裡的時候都能下手段不讓她生下來，等孩子長大比那人孫子出色，指不定那人又會想什麼法子。

楚亦瑤的意思也足夠明確，要麼速戰速決，狠得下心拿得下沈家，依照目前情形來看難度太大，沈老爺子尚在；要麼就分家出去，各過各的，她從來沒眼紅過沈家這些東西，分家自己過自己的還更自在。

「妳說的分家我想過，就算爹答應了，祖父那兒也不肯。」沈世軒嘆了一口氣，看著她眼底的了然。「即便是一分錢都不要，他也不會答應，拿祖宗家法一說，爹肯定就妥協了，百善孝為先，若是說得多了，豈不是讓他們覺得是在咒祖父早點死。」

這也不行、那也不行，楚亦瑤不樂意了，推了一把他賭氣道：「我不管，在這沈家綁手綁腳的，誰樂意待誰待著。」

「亦瑤……」沈世軒無奈地喊了她一聲。

楚亦瑤眸子一瞪，看著他。「這事沒得商量，既然大哥要去徽州，你就把該做的都做了，要麼搶，要麼走，沒別的選擇！」

沈世軒失笑著，想拉她，她又不肯，兩個在被窩裡折騰了一下，他好不容易抱住了她。

「妳說妳怎麼跟個小強盜似的，要麼把東西留下，要麼把東西和命都留下。」

楚亦瑤梗著脖子哼了一聲。「我就是強盜怎麼了，遇見我不繞道走著，你偏撞上門來，不就是送上門等著被搶？我告訴你，這桑田的地我還就不給了，人情我也不送了，皇商怎麼了，等你們宮裡那位走了，看你們找誰去！」她就不信了，她敢破罐子破摔，沈家敢？

「好好好！我想辦法！」說到做到還真是她的好秉性，沈世軒知道她沒有開玩笑的意思，緊抱著她忙答應。

楚亦瑤伸手捏了一把他的臉，一字一句地重複道：「是必須想辦法！」

「好好，我必須想辦法。」沈世軒疼得皺著眉答應。

楚亦瑤這才鬆了手，滿意地笑著，摸了摸他被掐紅的臉頰，翻了個身，背對著他打了個哈欠。「好了，睡了，明早還要起來拜年呢。」

臉上餘熱未退，黑暗中沈世軒輕嘆了一口氣，伸手環住了她的腰身，明年可有的忙了……

這邊夫妻倆剛剛想好了法子，計劃趕不上變化，那頭就出事了。

年初，沈世瑾剛決定去徽州親自管理分行，一月中春凍一場寒潮，沈老爺子病倒了。

沈老爺子十幾年不生病的身子，這一病倒竟是床都下不了，大夫說是寒氣入體，傷了身子，需要調養。即便是過去再好的身子，年紀擺在那了，一病下就不容易好，怕這傷寒感染到了別人，沈老爺子還不讓楚亦瑤她們去看。

直到二月初，養了半個月，沈老爺子才允許來人探望。

楚亦瑤進去看到沈老爺子的時候，有些嚇到，本來身子骨硬朗的人，如今病了一場，竟消瘦得眼窩子都陷下去了，不過那眸子卻絲毫沒有消沈的跡象，加上少了些肉的兩頰，更顯凌厲。

「坐吧。」沈老爺子指了指離床不遠的位子，聲音洪亮卻透著些虛。

楚亦瑤坐下之後，江管事就帶著那個伺候的嬤嬤出去了，屋子裡就留下沈老爺子和楚亦瑤兩個人。

「祖父，您覺得好些了沒？」猜到他有話要說，楚亦瑤還是先關心了一下他的身體。

沈老爺子擺了擺手。「好多了，亦瑤啊，祖父有件事和妳說。」

「祖父您請說。」

沈老爺子從床的內側拿出一個盒子，裡面放著一封信，他取出來遞給了楚亦瑤。「皇貴妃的事，世軒那孩子一定和妳提起過。」

楚亦瑤打開那信，是半年前的，關於建造休養行宮的事。

「就是在今年，皇上派人過來看地方，選中的是桑田那塊地。」沈老爺子看著楚亦瑤的反應。

楚亦瑤把信看完折了一折，抬頭笑道：「那很好啊，桑田在金陵，也能造福金陵百姓。」

「丫頭，桑田的地，是在妳手上吧？」

楚亦瑤既不承認也不否認，只說：「若是行宮建在桑田，那應該能賺不少，皇上應該不是小氣的人。」

沈老爺子見她不肯說，微嘆了一口氣。「皇上不是小氣的人，不過這桑田的地不僅可以賺銀子，它能獲得的東西還要多得多。」

楚亦瑤莞爾一笑，對著沈老爺子的視線誠懇道：「但我只需要銀子，不需要別的。」沈老爺子沒想到她這麼硬氣，慢慢給她講明這其中的厲害。「若是奉上桑田的地，皇上可是會記得我們沈家，沈家這皇商的位置才能更牢固。」

「那是皇貴妃還在世的時候，一旦皇貴妃離世，她沒有留下一兒半女，皇上憑藉什麼去顧念舊情？」到時候即便是皇上想顧念，背後攔著的人都一大群，想靠著那點舊情延續皇商的位置，絕對是不可能的。

楚亦瑤看沈老爺子微沈下去的臉，繼而開口。「除非祖父能答應我一件事。」

「丫頭，妳可是嫁給世軒的，如今也是沈家的人。」沈老爺子預想中他出面讓這丫頭進門，她應該感謝他才對，桑田的地對她來說，最大的用處就是多些銀子罷了，對沈家可是大有利處，這其中的道理她這麼聰明不會不明白。

「祖父，我嫁給世軒，您心裡難道沒有算著別的？」楚亦瑤直接點穿了他的想法。

沈老爺子一怔，繼而眼底閃過一抹笑意。「那也是幫了你們兩口子。」

「那祖父您如今就不妨多幫一把。」楚亦瑤對這沈家可沒多大的犧牲心，對大伯母的作態又十分的不屑。「桑田的地到時候我可以送給沈家，但是要讓世軒送去給皇上派來的人。」

「就這件事？」沈老爺子看她笑咪咪地說著，手輕輕地摸著拇指上的扳指。「可以答應妳。」

「當然不止這一件，還有一件事，既然祖父想看著大哥和世軒一搏高下，那就請祖父好好坐著看，不要插手，將來這沈家到底誰作主，就由不得祖父您當初所想了。」

「若我不答應呢？」沈老爺子臉色微變，眼底一抹寒意。

「不答應也沒關係，還有一個選擇，那就請祖父准許分家，該給多少您就給多少，這沈家祖父您就交給大哥，世軒就不奉陪了，畢竟，鞭策大哥這種事我們也做不好，萬一功高蓋主了，大哥還不樂意呢。」從她嫁入沈家開始，沈老爺子說得好聽，可做出來的呢，三番兩次用世軒去刺激沈世瑾，讓沈世瑾受挫，再站起來努力。陪練還收錢呢！

良久，沈老爺子瞇著眼看著她。「丫頭，妳這是在威脅老爺子啊。」

「威脅不威脅看祖父您怎麼想了，若您真心想讓世軒把沈家發揚光大，您也該放手看著，若您心中還猶豫不決、選不出來，您就更應該放手看著，贏的那個總是最適合的。」楚亦瑤臉上帶著盈盈的笑意，她不像沈家這些人畏懼沈老爺子的威嚴，她更相信在老爺子心中，沈家的利益大過一切。

沈老爺子看著她眼底那一抹自信，恍惚間好像看到了當年的女兒，神采飛揚地和自己講述著她的想法，他從楚亦瑤的身上看到了沈傾苑當年的影子。

屋子裡一下安靜了下來，良久，沈老爺子轉頭看向了床的內側，眼底有幾分欣賞，又有幾分遺憾，最終開口道：「我可以答應妳。」

直到楚亦瑤離開有半個時辰，沈老爺子才叫了江管事進去。

看著江管事，沈老爺子第一次疑惑自己當初的決定。「我是不是太貪心了？」

他最中意的人一直是長孫，因為他的性子和自己最像，後來漸漸發現長孫在做生意上太過於自恃，驕傲過了頭，於是他就想讓世軒來平衡一下世瑾，用弟弟的成功來刺激世瑾認識到自己的不足。

而看著世軒做得越來越好，他確實是猶豫了，這沈家也許世軒會比世瑾做得好，但自己一手培養起來的繼承人就這麼放棄，沈老爺子心中諸多的不願啊，所以他才一而再、再而三提攜二房。

「老爺只是想讓沈家越來越好而已。」江管事把他扶了起來。

沈老爺子長嘆了一口氣。「這次是真的不管了。」也管不了了……

夜裡等著沈世軒回來之後，楚亦瑤就把一個盒子塞到了他懷裡，裡面是厚厚的一遝銀票。

看著楚亦瑤眼底的狡黠，沈世軒揶揄她道：「妳怎麼肯把這麼多銀子拿出來給我了？」

「記不記得商隊回來之後，白璟銘說過什麼。」楚亦瑤坐在那裡，一手輕輕地叩著桌子。

沈世軒想了想。「請我喝酒聊天？」

楚亦瑤搖頭。

沈世軒又補了一句。「感謝我的及早告訴，讓商隊的人倖免於難？」

「沒錯，就是這句，現在他報答你救命之恩的時候到了。」楚亦瑤點點頭，指著塞給他的盒子。「他是白家的嫡長孫，又僅是獨苗，除了白家生意外，他私下一定也有不少行當。」

沈世軒見她忽然起意說這個，乾脆坐下來聽她說：「若是能明面上兩家合作就更好了，既然大哥能和水家一起合作開分行，你也能和白家合作。」

「祖父和妳說了什麼？」沈世軒很快猜到了關鍵。

楚亦瑤呵呵地笑著，湊近他的耳邊輕輕說了幾句。

「妳威脅祖父？」沈世軒詫異地看著她。

楚亦瑤不置可否地眨了眨眼，嘴角揚起一抹得意。「這怎麼算威脅，他當初既然起了不是嫡長孫繼承的這個想法，如今不正是時候讓你和大哥分個高下？」

「我是驚訝祖父怎麼答應妳。」按照祖父的性子，妻子這麼說，很大可能上會讓他震怒，很難相信這麼簡單就答應了。

楚亦瑤聽他這麼一說似乎也有些道理，撇頭掃去內心的疑惑。「沒什麼好想的，既然祖父答應了，你去做就是了，只要能和白璟銘談妥，祖父能允許大哥和水家合作，肯定也會答應你和白家合作，公平競爭！」

沈世軒看著她眼底閃爍的那一抹光彩，就像當初第一次遇見她的時候，茶館裡她對著自己說關於黑川分紅。

「你有沒有在聽？」楚亦瑤說了一半抬頭看他，發現他看著自己走神著，伸手晃了晃。

「我在聽。」沈世軒笑了，眼底一抹溫柔，拉著她的手輕輕地捏了捏。

楚亦瑤被他看得有些不好意思，抽回了自己的手，輕咳了一聲。

「我去看看康兒睡了沒。」話音剛落，身子就被沈世軒拉了回來，那股熟悉的氣息撲面而來，楚亦瑤微瞇起眼閃躲了一下，輕推了他。「別鬧了。」

沈世軒哪肯放手，把她禁錮在自己懷裡一下抱了起來。「看什麼，有奶娘在的。」

「就快開口說話了。」楚亦瑤推他不動，轉眼人就被他給壓在床上，她恨恨地捶了他一下。

沈世軒抓住她的手，高舉過頭頂。「也不差這一天。」另一隻手熟練地解著她領子那兒的扣子。

外面的寶笙聽到這動靜直接把門關上了。

楚亦瑤咬牙，不喘出氣來，胸口一涼，看著他壓上來的聲音嘀咕了聲：「流氓。」

沈世軒對她的身子是極為熟悉，不消片刻，那出口的聲音就變成了嚶嚀，床幃內旖旎一片……

——未完，待續，請看文創風180《嫡女難嫁》4完結篇

獨家番外　王寄林篇

王寄林其實是一個實打實的熊孩子，作為王夫人生的第三個孩子，王寄林怎麼說也得和兩個哥哥差不多，再不然遺傳點王老爺、王夫人的性子也好啊，可是等王寄林慢慢長大，王夫人發現，一切都是她想太多了。

王寄林五歲那年，王夫人娘家嫂子來做客，帶來了小女兒，小孩子養得很好，才三、四歲沒長開，有點嬰兒肥是很正常的。

王夫人自己沒女兒，看著就很喜歡，胖嘟嘟的也很可愛，唯獨王寄林看到了，直接戳了一把小姑娘的臉，一臉嫌棄。「胖死了！」

小姑娘當下就懵了，王夫人也尷尬了，王寄林那一聲「胖死了」可是實打實的厭惡十足，半點都不攙假。

王夫人的嫂子對他這童言無忌的話也不在意，抱著已經眼淚汪汪快要哭了的女兒，對王寄林笑說：「以後表妹給寄林你做娘子好不好？」

話音剛落，這屋子裡就傳來了王寄林驚天動地的哭聲。

王寄林哭得上氣不接下氣，使勁地往王夫人懷裡躲，一面萬分委屈地哭號著。「我不要娶她，我不要娶她，胖死了。」

王夫人的嫂子直接愣在當場，她懷裡的女兒也不哭了，啜泣著，張大眼睛看著對面哭得萬分委屈的表哥。

王寄林一扭頭，見她這麼望著自己，哭得更凶了。

齊夫人回去之後，王寄林還因為這件事，居然作了好幾天噩夢，夢見胖表妹手裡拿著雞腿鴨腿，滿嘴油膩地邁著那兩條粗腿，朝著他狂奔而來。

從此，這表妹在王寄林心中留下了不可磨滅的陰影……

時間過得很快，王寄林十六歲了，王家大哥和二哥相繼成親生子，唯獨他，婚事也沒定，散漫地像個沒長大的孩子，王夫人開始著急。

可王寄林死活不願意成親，童年有表妹那樣的陰影，前兩年還有楚妙菲那狗皮膏藥一樣的女子，儘管家裡大哥、二哥的婚後日子都過得很美滿，但這都無法撼動他那顆不想成親的心。

他覺得天底下的好女人就這麼幾個，要麼是他娘，要麼是他嫂子，還有如楚亦瑤那般的，早就讓沈世軒下手了，其餘的都太糟心，他還不如一個人舒坦。

不過王夫人怎麼可能如他所願，想著法子給他尋找中意的女子。

王寄林也是個能鬧的，知道自己娘相中了哪家，就想法子找機會攪和了這件事，找人嚇那姑娘，或者是當街遇到了調戲，總之手段層出不窮，非要把自己名聲弄臭了這才滿意。

王夫人也不生氣，看著他自己開心著鬧騰，過了個年，去了一趟娘家，回來直接告訴王寄林，他的親事訂了。

王寄林起初沒反應過來，可當他知道娘回去一趟訂下的是齊表妹時，王寄林整個人都不好了，但王夫人在王家的權威是無可挑戰的，若說當初給他說親的，都讓他攪和是鬧著玩的，訂下親事這件事，絕對是沒有回轉餘地的。

那可是占據了王寄林整個童年噩夢的存在，王寄林覺得自己不是王夫人親生的。那齊家不在金陵，王寄林不能像對付別人家的一樣去嚇唬，最重要的是他對齊表妹有著深深的抗拒，根本不想見到她，於是王寄林想到了逃婚！

這邊王夫人已經和齊家把成親的日子都敲定了，王寄林見沒有回轉的餘地，連夜收拾東西準備離家出走。

可連去了好幾個朋友家，王寄林都被拒之門外，最終去了楚暮遠家，從他那兒得了地契和銀兩，偷偷躲到了鄉下。

王寄林小算盤打得好，就是娘再堅持，他若怎麼都不肯回去成親，他們總會放棄的，到時候不管道歉也好，賠禮也好，那也都是後話，只要不成親，什麼都好說。

王寄林在鄉下偷偷躲了十幾天，每天都不忘記打聽金陵那邊的消息，但每每打聽來的消息都是王家三少爺要成親了，王家上下忙裡忙外的都在準備婚事，就是沒有任何關於他失蹤的消息。

眼看著成親的日子也沒幾個月了，他若不回去，就是萬事俱備也沒有用啊！

想到這裡，王寄林覺得這就是自己家那狠心娘的計策，引蛇出洞，於是更為安心地留在這鄉下了……

幾天後的一個下午，王寄林正在屋子裡午睡，院子外忽然傳來一聲嬌斥把他給吵醒了。

王寄林迷迷糊糊地開了門，卻看到一個穿著火紅色衣裳的姑娘一臉怒意地看著他，她的身後還跟著一大群的隨從。

「姑娘，妳找誰？」王寄林睡意迷濛地問道。

齊靜舒瞪著他，一字一句地從牙縫裡擠出字來。「王寄林，你竟然敢逃婚！」

等王寄林徹底反應過來的時候，他已經被五花大綁扔在馬車上了，只見那個紅衣姑娘指揮著人，把他的東西都從屋子裡收拾出來，扔進了馬車，王寄林急著大喊。「妳趕緊鬆開我啊，妳要幹什麼！」

齊靜舒見收拾得差不多了，在丫鬟的扶持下跟著進了馬車。

王寄林越往馬車裡面躲，齊靜舒就離他越近，笑嘻嘻地看著他。「你知道我是誰嗎？」不是娘派來的人就是女強盜！王寄林哼了一聲沒回答。

齊靜舒居高臨下地看著他，眼底閃過一抹狡黠。「好表哥，我是靜姝呀，你不記得我啦！」

王寄林怔了怔，緊接著，馬車內發出了一聲哀號，伴隨著離開鄉下的馬車，顯得格外好笑……

回到了王府，王寄林依舊不肯成親，齊靜舒小時候給的陰影太大，即便如今完全變了個模樣，王寄林還是不願意，更何況他還是被綁回來的呢！

不過這一回王夫人是鐵了心要治他，直接告訴他，他要不願意拜堂，她就直接找隻大公雞替他拜堂，這樣一來，禮成之後，齊靜舒就是他妻子了，他若還不肯承認，那就白白糟蹋了人家姑娘，浪費了她大好的青春年華，讓她為他守活寡。

這下王寄林沒話說了，他是不願意成親，但他不是個渣，娶了人家姑娘還這麼對她，王寄林從小薰陶出來的家庭觀不允許，就是他自己也做不出這樣的事。

於是他發愁了。

左思右想之下，他決定從表妹那兒下手，若是表妹不願意嫁，娘肯定不會強人所難……

再見到齊靜舒，她依舊是一身的紅色衣裳，站在假山邊上等著自己。

王寄林走過去，兩個人對看了一眼，一開始一句話都沒有，王寄林是不知道怎麼開口，十幾年沒見面，表妹在他腦海中的形象落差太大了。

齊靜舒見他一直不說話，直接走到了池塘邊，坐在石塊上，雙腳掛在石壁上，一晃一晃。

王寄林在這邊猶豫了一下，跟著走了過去，齊靜舒回頭看了他一眼，繼而低頭瞧著自己晃動的腳尖。

「妳……為什麼會答應嫁過來？陳州離這裡這麼遠。」王寄林想著理由來說服她，卻被齊靜舒給駁了回來──

「姨母也嫁過來了，我就不是一個人。」

「可妳以後很長一段時間都回不去，妳會想家的。」王寄林說得一臉認真。

「你不想娶我？」齊靜舒忽然委屈著神情，看著他。

王寄林近距離地看著她張大眼睛，嘟著嘴看著自己，忽然間有些不知所措，他躲閃著眼神往一旁的樹上靠去，語無倫次地說：「我我我我……有什麼好的，不值得妳這麼遠嫁過來。」

「你不想娶我？」齊靜舒聽他這麼說，更委屈了，眼睛裡都快溢出淚水來，這麼水汪汪地看著他。

王寄林見過楚妙菲死纏爛打的，也見過別家小姐裝柔弱的，但沒見過她這麼可憐兮兮的樣子，忙急著說自己的不好。「不是，我是說，我有什麼好的，長得不夠英俊，人也不出色，而且我很笨的，家裡的事什麼都不會，妳看上我什麼，要這麼不遠萬里地嫁過來，我，我腦子不好使！」

「你怎麼這麼傻！」齊靜舒見他這麼不遺餘力地詆毀自己，笑了。

王寄林錯愕地看著她，半晌沒有反應過來她話的意思。

齊靜舒看他呆呆的模樣，臉上的笑意更甚。「你記不記得我以前長什麼樣子？」

王寄林收回了視線，有些彆扭地點點頭。噩夢啊，怎麼會忘記？

齊靜舒全然沒了剛剛可憐兮兮的樣子，而是笑咪咪地望著他。「那個時候我是不是很胖？」

王寄林很誠懇地點點頭，末了，在她的注視下，遲疑了一會兒，緩緩地搖了搖頭。

「那我現在瘦嗎？」齊靜舒往他這裡挪了一下。

王寄林靠著樹沒處躲，只能挨得更近，忙點頭。

「那你知道，我是怎麼瘦下來的嗎？」齊靜舒撲閃著大眼睛，一眨一眨地望著他。

王寄林的腦海中短暫空白了一下，繼而搖搖頭。

齊靜舒收回了視線，雙手放在膝蓋上，盯著腳尖緩緩開口。「回去之後，我什麼都不願意吃，非要餓著，把娘都急壞了，打我、罵我都不聽，最後還是逼著我吃東西。」

「但我還是不肯吃，回去後沒多久，我就病了，生病的時候我還挺高興的，因為大姐生病之後人就瘦了很多，我想我生病一場一定可以瘦下來，結果病好了之後我非但沒有瘦，又胖了很多。」齊靜舒幽幽地說著。

一旁的王寄林聽得驚然。一個三歲的孩子在那兒硬是不肯吃東西，就因為他當初說的那句無心話，這比他做噩夢還要讓他來得詫異，轉而心裡就是一股濃濃的內疚。

「我當時……」王寄林還沒說下去，齊靜舒打斷了他的話——

「你當時說的那話我一直記得。」

呢！」

王寄林看著她，默然。

齊靜舒繼而說：「我不吃，娘逼著我吃，你知道嗎，那幾年家裡被我鬧得雞飛狗跳的呢！」

王寄林看著她的笑靨，覺得刺眼極了，張了張嘴，卻最終說不出什麼。

「直到八歲那年，我娘扛不住，終於鬆口，還為我請了專門的師傅，我還去了廟宇中吃戒齋。」齊靜舒笑著。「我的體質是易胖不易瘦的，稍微吃一點就會胖，繼而要花很多的功夫下去，我常常為了多吃一塊糕點糾結，也常常為了掉一斤重量開心，但是兩年過去，這麼努力還是成效很低。」

「妳別說了。」王寄林開始害怕她的眼神，害怕她的笑臉，說她對自己造成的陰影，那麼他呢，那句童言對她造成了多大的傷害，他才是十惡不赦的人。

「後來我遇到了一個武術造詣很高的師傅，他說可以讓我習武從而瘦下來，也不必忌口，於是我跟著他離開陳州四年，直到去年，我才回陳州。」

她這十幾年的生活都跟瘦下去相關，跟當初他說的話相關。

齊靜舒長長地嘆了一口氣。「現在想想，那些年所經歷的，還真是怪嚇人的呢！」

王寄林怔怔地看著她，齊靜舒莞爾一笑。「你說，我是不是應該嫁過來呢？」

「我……」王寄林臉上露出一抹難過。「對不起。」

「你和我說什麼對不起？」齊靜舒奇怪地看著他。

王寄林搖搖頭。「若不是我當年無心的一句話，妳也不會……」

「若不是你的話，我還沒有瘦下來的動力呢，說不定現在我還是一個很胖很胖的胖妞，那就真的沒人要了！」

齊靜舒說得越無所謂，王寄林心裡就越內疚，一個三歲的孩子要經歷這些，他對她造成多大的心理創傷啊，他還一直想著退親不娶她。

「表哥，那你現在想娶我嗎？」

王寄林正想著，忽然齊靜舒的臉就到了他面前，他嚇得往後靠，雙頰上泛了一抹紅。

「男、男……男女授受不親，妳別靠我這麼近！」說完王寄林通紅著臉往旁邊一閃，繼而狂奔逃走了。

齊靜舒保持著那個姿勢好一會兒沒動，良久，她的嘴角揚起一抹勝利的笑，二嫂教的辦法果然好用……

王寄林從「別人傷害了我，到現在我傷害著別人」，經歷了一段奇特的心理掙扎過程。以前一直覺得表妹才是他的噩夢，如今聽了表妹說小時候的事，他覺得自己才是那個噩夢，這麼多年來堅持做一件事情，就是因為當初他說的一句話，饒是他聽著都覺得好難，更何況是親身體驗的她。

王寄林再也沒辦法去遊說齊靜舒關於解除婚約的事。

成親的日子一天一天近了，王寄林又不能逃，似乎是認命了。

王夫人倒有幾分驚訝，兒子什麼性子她還不瞭解嗎？怎麼一下就服軟了，她這裡都沒來求情，尋思著他是不是想等著大家都放鬆警戒了再逃。

但是王寄林始終是乖乖待在家裡，什麼動作都沒有，直到成親那天到來。

出乎所有人預料的是，成親那天，王寄林也是出奇順從，甚至王大哥和王二哥都不敢把弟弟灌太醉，送進了洞房，眾人才算是真正的安心。

王寄林走進內屋。

齊靜舒安靜地坐在床前，見他進來，起身要扶他。

王寄林揮了揮手，自己扶著床沿坐下來，映入眼底的是齊靜舒那含羞的樣子。

藉著酒意，他壯了膽子，這麼怔怔地看著她，忽然冒出了一句。「妳真好看。」

齊靜舒哭笑不得，那天逃走之後他就對自己避而不見，她還以為二嫂教的失效了呢！沒想到他這回是乖乖成親了，什麼反抗都沒有，就是適才揭紅蓋的時候都不敢多看自己，如今倒是張大眼睛看得仔細。

王寄林看著她笑了，自己也嘿嘿了一聲，笑了一半，看著她大紅色的衣服，又把眉頭給深鎖了起來。

齊靜舒差人去倒了熱水，要給他擦臉，王寄林忽然抓住了她的手，握著她纖細的手腕，臉上露出幾抹不捨得。「妳是不是沒吃飽？」

「你才沒吃飽。」齊靜舒想抽回手，但王寄林力氣大得很，就是不讓她掙脫。

「吃飽了，怎麼這麼瘦？妳騙人。」王寄林摸著她纖細的手，抬起頭看她求證。「是不是因為我？是不是因為我說的話？」

喝醉了還記得這事，齊靜舒拉扯不開，乾脆推了他一把。「是，就是因為你說的。」

本想順著他的話好讓他安靜下來，未料齊靜舒說完，王寄林便不依不饒地拉著她的手，開始叨唸：「是我的不對，是我說錯了話，對不起。」

「王寄林，你放開我。」齊靜舒怕下重手傷了他，推了幾下都推不開，本想側個身抽手出來，哪知腳下一滑，人就在床上了。

王寄林順帶地壓在她身上，木愣愣地看著她，不說話了。

「你起來！」齊靜舒被他瞧得難受，酒氣逼在臉上，熱呼呼地不舒服，推著他的胸膛要他起來。

王寄林不肯，只是這麼看著她，忽然伸手撫上了她的臉頰。

齊靜舒一怔，臉就像火燒一般滾燙。

四周的空氣裡一瞬間像是染上了什麼，酒香中散發著一股淡淡的曖昧，王寄林感受到掌心間順滑的肌膚，平穩的呼吸漸漸急促了起來。

心口的跳動在這靜謐的空氣中尤為突兀，一下，一下，和那呼吸一樣漸漸加速，陌生而新奇。

「妳……」王寄林瞧著她泛紅的臉頰，眼神裡一抹迷離，他好像感覺到什麼不得了的事情。

「你放我起來。」齊靜舒同樣也感覺到了那跳躍，語氣裡帶著一絲撒嬌，正要抬頭看他，迎面壓下來的黑影將她帶入了一股酒香四溢的香軟之中。

「唔……」齊靜舒的腦海中乍然空白一片，彷彿是無數的小蟲子，不安分地在她的身上爬動，有些癢，有些酥，異樣非常。

王寄林這是無師自通地親上癮了，半晌抬頭看了她一眼，盯著那微微泛腫的嘴唇，很快又俯身親了下去。

齊靜舒終於得空推了他一把，王寄林被她推到了一旁，低頭一看，衣領都被解開了一半，頓時她羞得直瞪他，王寄林才不管這些，伸手往那帳子上一拉，床內暗了幾分。

接下來要發生什麼，兩個人都清楚得很，齊靜舒緊張，拉緊著領口不看他，王寄林吞嚥了下口水，最終也不曉得哪裡來的膽子，直接一撲，再度把她壓在身下。

只聽見齊靜舒輕喊了一聲，接下來的，便是一室旖旎……

出乎所有人的預料，王寄林的婚後生活簡直就是大變樣，若說婚前他對齊靜舒是避之不及的話，婚後就是黏得緊。

王夫人從來不知道自己兒子會是這麼黏人的一個，王寄林的兩個哥哥也從來不知道，自己的弟弟是個獨占慾這麼強的人，就是出門一趟，他都不允許別人多瞧自己媳婦幾眼。

用秦滿秋最後蓋棺論定的話來說，那就是活脫脫妻奴一個。

這其中的原因，齊靜舒知道得最清楚不過了，當初她杜撰的童年記事，最後給王寄林造成了不小的影響，他覺得自己虧欠了她，所以要用往後的人生去彌補，之後齊靜舒想解釋當初自己其實沒那麼苦的時候，王寄林已經認死理了覺得她是在安慰自己，反而更加用心地對待她。

王家出了名地對老婆好，看王老爺，再看王家大哥、二哥，如今再看王寄林。

齊靜舒從最開始的擔心，到如今的心安理得，也經歷了一段曲折的心理過程。

對於她來說，王寄林其實並沒有消除內心的恐懼，婚後他依舊不喜歡和別的女子，更不喜歡胖的人，齊靜舒打算讓這源頭從自己身上消除。

懷上第一胎的時候，齊靜舒開始發福。

王寄林果然抗拒了，但他從來不明顯地表現出來，尤其是在齊靜舒面前。

夫妻二人相處多時，齊靜舒自然是察覺到他的變化，但也不挑明，只是每日這麼相處著，在他面前不時出現，非要他陪著自己出去散步、聊天，就算是肚子大起來，不能一塊兒睡了，齊靜舒也要他陪著過夜，腿腫了替自己按摩，夜裡渴了替自己倒水。

到了九個多月走不動了，他還要扶著自己如廁，夜裡幫自己翻身。

她要讓自己這個胖乎乎的身影無時無刻不出現在他視線中，逼著他去面對，讓他習慣，而不是厭惡。

懷孕生子是一個艱辛的過程，王寄林看過大哥、二哥陪伴嫂子的畫面，也聽到過大嫂、二嫂生孩子的時候那痛苦的呻吟，齊靜舒所有的無理要求在他看來都是合理的，所以他全力配合著。

直到齊靜舒生產，他也這麼熬過了這樣一段日子。

等到齊靜舒生下孩子，恢復身材，王寄林竟然還懷念起她懷孕時那胖乎乎、軟軟的身子。

齊靜舒知道，他這是克服心理的障礙了。

日子一天一天過去，孩子從出生到長大，成家立業，他們也老了。

王寄林不僅一次問她，就算是自己當初說錯了，為何她還這麼執著要嫁給他？

齊靜舒也不止一次笑著告訴他，人這一輩子，真正擁有執念的東西太少了，有些事解釋不清楚，可它就是停駐在心底，揮之不去，牢記著。

世間奇妙的事情太多，而他們，不過是這萬千中的一件而已……

獨家番外　淮山，淮靈篇

那是很偶然的一次相遇。

二十年過去，容貌變了認不出來，聲音變了聽不出來，可她能夠準確無誤地喊出「淮山」二字就足夠讓他肯定，他找到淮靈了。

但淮靈好像什麼都不記得了，她已經嫁人了，還有了孩子，她看起來生活得不錯。

淮山看著那個噙著溫柔笑意的女子，一顆二十年來都未曾放下的心，終於落下了。

得知她住在金陵，淮山收拾了關城的東西，再度遷到金陵住下，開始打聽起有關楚家夫人的事情。

現在的她姓喬，名從安。她五歲那年被喬家人收養，之後嫁給楚家大少爺，幾年前楚家商船出事，楚家大少爺意外身亡，留她一個人和當時不到兩歲的兒子，而在這金陵中，楚家一門少小弱女，並不如他當初想像中過得這麼安穩。

本來放棄了的淮山，心中又燃起了一些希望，他想要留在她的身邊，照顧她，陪伴她，不論以什麼樣的身分，就算是遠遠地照看著，他都願意。

於是淮山去喬家打聽有關她的事，告知喬家人，他是她失散多年的哥哥，他們已經找她整整二十年了。

喬家人對他的出現很意外，直到他拿出了淮靈過去用的幾樣東西做對照，那喬家的老婦人才有些信服。

喬家老夫人回憶當年撿到淮靈時的情形，讓淮山越加心疼，她究竟是受了多少的苦？

一個月後，淮山在楚家再度見到了淮靈，如今的楚夫人。

對於自己這個意外出現的哥哥，淮靈難以接受，淮山並不介意，把一切能夠讓她想起過去的東西都留了下來，淮山離開了楚家，他給她時間，讓她慢慢去接受這件事，去回憶過往……

也許是老天爺不忍心這麼多年的分離，喬從安慢慢回憶起了過去的事情，回憶起了那個淮山哥哥，封塵的回憶太厚了，喬從安記起那一段被人拐賣的過去，記起了在那個破舊的院子裡所受的苦，當時那段叫天天不應、叫地地不靈的日子，之所以選擇忘記，是因為那段回憶太痛苦了，痛苦到她寧願封存起來。

當她全部想起來的時候，已經是二十年之後，淮山的阿曼病死了，淮山因為要找她二十年來都離開了南疆，一個人在大梁各地流浪。

她的痛是停駐在五歲的那一年，而他的痛，卻整整持續了二十年。

喬從安不忍心他繼續等下去，可淮山堅持。

二十年都等下來了，半生都過去了，他還有什麼堅持不下的？

在楚家大小姐的幫助下，過了很長時間，淮山以喬從安哥哥的身分住進了楚家，他和那個小不點很相處得來，甚至連楚家大小姐都贊同他和淮靈在一起。

用楚家大小姐的話來說，她大哥走得早，應竹早晚有一天要成親生子，她不忍心也不願意大嫂一個人，如今能有一個人陪著她，她們楚家沒有這麼多的忌諱，知道他對大嫂好。

儘管喬從安一直躲避，淮山總是在試圖慢慢地靠近她，直到楚家大小姐出嫁後的第二年，喬從安終於開口要他帶自己回一趟南疆，她想回去看看。

兩個人啟程得很快，淮山知道這是一個機會，他帶著她一路遊玩過去，憑藉著自己這麼多年走下來的經驗，帶著她從各地好玩的地方經過，一路往南疆。

一個多月的路程他們走了近三個月，到了南疆，淮山帶著她去見了已經年邁的阿塔。

儘管超過二十年不見，但心底最深處對淮山父母的想念都還存在。

看著白髮蒼蒼一直堅信她會回來的阿塔，喬從安哭了，這院子裡的一切對她來說熟悉而陌生，她住的那個小屋子裡，東西都還放著，櫃子裡甚至還有她五歲那年穿的衣服，雖然已經泛黃，但那都是阿曼一針一線給她縫製的。

喬從安拿起放在小櫃子上的木雕。「我是不是晚了太多時間了……」她應該一恢復記憶就回來的，再晚一點，她恐怕連阿塔都見不到了。

站在門口的淮山搖搖頭。「不晚，只要找到了妳，任何時候都不晚，這裡的一切都還是給妳留著。」

喬從安輕吸了一口氣，走出屋子。「帶我去淮家吧，我想去祭拜一下阿曼。」那個生她的母親……

離開淮家主宅將近三十年，淮家家主早就換了，幸運的是她生於主宅，淮靈這個名字還有在族譜上。

喬從安在淮家祖墳旁邊的墳堆裡，找到了那個不起眼的墓碑，周圍雜草叢生，許多年不曾被打理。

淮山幫著她清理乾淨，放上了祭拜品，喬從安跪了下來，對著墓碑重重地磕了三個頭。

喬從安很想把墳墓遷出去，可淮家家規在上，喬從安拿出了一筆銀子，拜託淮家家主能夠派人時常去打理，燒點紙錢、放點貢品。

從淮家出來，淮山又帶她去了他們移居之前住的地方，喬從安走了南疆許多地方，本來預計幾個月的行程拖延至半年。

站在那棵大樹下，遠遠望去就能看到家裡的小院子，喬從安在樹下坐了下來，不遠處還有幾個孩子穿著南疆人的服飾在那兒玩鬧，很多年前的自己也像他們一樣，無憂無慮地生活在這四季如春的地方。

喬從安喜歡這個地方，從心底裡的眷戀……

半年後，她和淮山離開了南疆，啟程回金陵，阿塔不願意跟他們回來，給他們準備了許多南疆的東西讓他們帶回來，又是兩個多月的行程，回到金陵，距離出發的時間過了將近一年。

從南疆回來之後，淮山覺得自己和淮靈的關係近了一些，伴隨著楚應竹越來越大，能夠獨當一面的時候，終有一天，陪在她身邊的人會是自己。

抱著這樣的信念，日子一天一天過去。

人老起來其實很快，看著半點大的孩子長大，成親，忽然會發現本來就不年輕的自己一下老了許多，和淮靈相認的第十三年，楚應竹成親了。

在喜堂外，淮山笑著看楚應竹和新娘拜見淮靈，這樣的日子，他已經很滿足了。

楚家交給了楚應竹打理，喬從安終於把孩子養大，看著他成親，可以獨當一面。

他們成親後三個月，喬從安找了淮山。

兩個都不年輕的人坐在院子裡，猶如當年在南疆的時候，喬從安望著天空中安靜的明月，對著淮山笑道：「一晃眼十幾年過去了。」

淮山給她倒了一杯茶。「大半生走完了。」

喬從安看他重新長滿鬍子的臉，眼底一抹歉意。「你有什麼心願還沒有完成的嗎？」

淮山搖搖頭。「我最大的心願都完成了，此生無憾。」他的心願就是想陪在她身邊，到老去，到離開這個人世間。

喬從安微濕了眼眶，轉頭看向他處，她這輩子，先是遇見了暮行，嫁給他，生下了應竹，而後和淮山相認，他無怨無悔地陪著自己，養大了應竹，這幾十年來她虧欠他的，數都數不清。

如今好了，兒子大了，不需要自己操心，往後的事她也不想操心了。
她能回報給眼前這個人的，就是用剩下的時間陪著他。
半晌，淮山聽到她的聲音——
「我們回南疆吧。」
淮山猛地抬頭看她，看到了她眼底閃爍著的淚光，還有那重複了一遍的話語——
「淮山哥哥，我們回南疆吧。」
這是他這輩子聽到最想聽的一句話。
淮山顫抖著竟說不出話來，好半天才張口道：「好，我們回南疆。」

步步為營，活出自己的一片天／紅景天

親親後娘

全套三冊

嫁老公附兒子，聽起來好像她吃虧？
才不呢！哪怕不是親生，這娃兒也是她心頭肉～～

小資女穿成農家女，
感情小白直升人妻人母，
她外表很淡定，內心很慌張！
都說後娘難為，
可這粉嫩嫩的繼子對了她的眼，
她比親媽還親媽！
一家三口
把柴米油鹽醬醋茶的平淡生活
過得有滋有味～～

文創風 155 1

重點是，附帶的現成兒子是個超萌小正太，
第一次見面時，怯生生望著她的模樣讓人母愛氾濫，
這嫁人的「附加贈品」真的太超值了！
為了沒安全感的小娃兒，她這後娘前前後後顧得周全，
生孩子這件事也得排在後頭，旁人愛說閒話由他們去，
關起門來，他們一家人其樂融融才要緊，對吧！

文創風 156 2

眼見他們一家發達，被休棄的「前任」抱著兒子來認親，
口口聲聲說懷裡的孩子是宋家金孫！
看著婆婆和丈夫巴巴望著她，期望她接納這孩子的模樣，
她皮笑肉不笑，內心怒火燒，
真當她是聖母，還是以為她是「專業後娘」，
任誰抱來孩子她都照單全收啊？!

文創風 157 3 完

這些年風風雨雨歷練下來，
她家丈夫已從老實巴交的莊稼漢，成為獨當一面的大當家，
眼見老公如此長進，做妻子的自然相當欣慰，
她樂得退居幕後，安心在家相夫教子，照看寶貝兒女。
想當年剛穿過來時一窮二白，怎麼也想不到如今的好光景，
抬首笑望丈夫，她由衷感謝自己曾走過這一遭……

顛覆史實　細膩深情／懷愫

既然身為堂堂正妻，就得顯出該有的威風來！

過勞死就算了，還穿越時空當個不受寵的正妻……
要是那些小妾真以為能把她踩在腳底，可就大錯特錯了！

溫柔嫻淑，是滿懷計謀最好的保護色；
女人心機，足將男人玩弄於股掌之間。
看她發揮智慧大展魅力，定要丈夫只愛她一人！

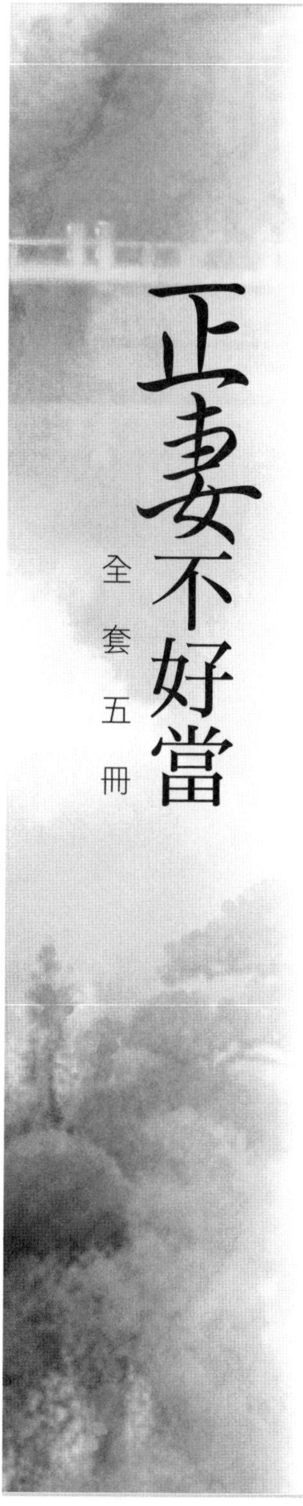

正妻不好當

全套五冊

文創風 150 **1**

在現代要是過勞死，還能上個新聞，提醒大眾注意身體健康，
在古代嘛，累死、寂寞死、傷心死，那都是自己不爭氣！
虧這個身體的原主還是個正經八百的嫡妻，
誰知有面子沒裡子，徒有端莊大方之名卻不得寵愛，
幾個側室都是明著尊敬，暗地裡使絆子，要她不見容於丈夫。
周婷一醒來，就面對這絕對不利的情勢，
要是有個穩固的靠山也就罷了，偏偏她還剛死了兒子……

文創風 151 **2**

既然身不由己，來到這個光有身分還不夠尊貴的地方，
唯一能讓日子好過一點的方法，就是發揮身為「正妻」的優勢，
光明正大設下許多小圈套，等那些豺狼虎豹自行上鉤，
打擊敵人之餘，還博得溫良恭儉讓的美名，真是不亦樂乎。
原本周婷就想這樣舒心過完一生，豈料丈夫發現她的轉變後，
竟像戀上花朵的蜜蜂，成天黏答答，非要將她吃乾抹淨才甘心，
惹得她心思盪漾，覺得多生幾個孩子也不錯……

文創風 152 **3**

明知每回小選大挑，府上都會被塞進好些個侍妾，
但「只見新人笑，不聞舊人哭」這事可不許發生在自己身上！
周婷成功打趴後院所有女人，讓丈夫再怎麼飢渴也只上她的床，
非但無人說她善妒，從上到下、從裡到外還全是讚美聲。
就在她以為所有事情全在掌控中時，那個被她養在身邊的庶女，
竟受了生母指示，企圖向她施蠱……

文創風 153 **4**

既然「家事」搞定了，接下來就是發揮賢內助的本事，
這頭打點、那邊安撫，幫助丈夫在爭奪皇位上取得有利的位置，
好讓兒子、女兒未來的路平平順順，一生無憂。
只不過……既是九五至尊，未來後宮佳麗自然不會少，
成全他長久以來的心願是一回事，要端著皇后的臉面故作大方，
實際上卻委屈了自己，她真能做到嗎……？

文創風 154 **5** 完

面對那一屋子等著遷入皇宮中，好接受冊封的側室與小妾，
無論如何也無法讓人舒心。
原以為所有的甜蜜都將隨著皇帝、皇后分宮居住而漸漸淡去，
想不到丈夫卻信守諾言，非但只寵幸她，還打破傳統，
跟她「同居」起來，教周婷又驚又喜。
偏偏這時還有人不死心，非得把自己逼上絕路不可，
很好，就別怪她手下不留情，使出看家本領掃蕩「障礙物」了！

文創風 179

嫡女難嫁 3

國家圖書館出版品預行編目資料

嫡女難嫁 / 蘇小涼著. --
初版. -- 臺北市 : 狗屋, 民103.04
冊 ; 公分. --(文創風)
ISBN 978-986-328-281-5(第3冊 : 平裝). --

857.7　　103005311

著作者	蘇小涼
編輯	王佳薇
校對	黃鈺菁　曾慧柔
發行所	狗屋出版社有限公司
地址	台北市104中山區龍江路71巷15號1樓
電話	02-2776-5889～0
發行字號	局版台業字845號
法律顧問	蕭雄淋律師
總經銷	知遠文化事業有限公司
電話	02-2664-8800
初版	103年4月
國際書碼	ISBN-13　978-986-328-281-5
原著書名	**《嫡女难嫁》**，由北京晉江原創網絡科技有限公司授權出版

定價250元

狗屋劃撥帳號：19001626

網址：love.doghouse.com.tw　E-mail：love@doghouse.com.tw